KB183990

너답게 살아가렴.

그것이 삶이라는 선물에게 할 수 있는 가장 큰 보답이란다.

꼭 꽃이 될 필요 없어.

너 자신을 사랑하렴.

네 안에 있는,

네가 가진 찬란한 빛을 마음껏 뿜어내렴.

어쩌면, 아주 오래전에 들어야 했을
그러나 깜빡하고 지나쳐 버린 인생 수업을 오늘 네게 들려줄게.
즐거운 인생의 비결은 삶 곳곳에 숨겨져 있단다.
저기 날아가는 파랑새를 보렴.
이제 네가 저 파랑새가 되어 하늘을 훨훨 날아가는 거야.

살다 보면 가끔 지칠 때가 있지.

어린아이처럼 누군가의 도움이 절실히 필요할 때도 있어.

어른이 되었지만,

세상엔 여전히 모르는 거 투성이니까.

사랑과 지혜의 날개를 너에게 달아줄게.

네가 무너질 때마다,

네가 엎어질 때마다,

그 날개가 널 부축해 줄 거야.

진정한 너의 모습을 찾아 나설 수 있게 말이야.

세상은 넓고, 할 일은 많단다.

너는 나무야.

네가 상상하는 그 어떤 모양으로도 자랄 수 있어.

꼭 꽃을 피우지 않아도 좋아.

꼭 꽃이 될 필요는 없어.

깊은 골짜기,

그 속에 앉아 산뜻하게 불어오는 바람을 온몸으로 느껴보렴.

땅에 뿌리를 내리렴.

온 산과 강, 대지가 너에게 양분을 공급해 줄 거야.

높은 곳을 향해 힘차게 자라나렴.

하늘에 뜬 태양과 달, 별이 너를 응원해 줄 거야.

평안하렴.

그것이 요동치는 세상 속에서

절대 빼앗겨서는 안 될 힘이자 능력이란다.

꼭 꽃이 될 필요 없어

리웨이천(理微尘) 지음
하은지 옮김

《你不必是一朵花》
ISBN: 9787115638137
This is an authorized translation from the SIMPLIFIED CHINESE language edition entitled《你不必是一朵花》published by Posts & Telecom Press Co., Ltd., through Beijing United Glory Culture & Media Co., Ltd., arrangement with EntersKorea Co.,Ltd.

목
차

2장 나를 보호하는 것에 수치심을 느낄 필요 없다

3장 마음의 짐을 내려놓고 편안해지는 법

4장 몸과 마음의 화합을 통해 진정으로 성장하기

5장 세상과 잘 어울려 살아가는 법

서문

단 한 번도 당신이 아니었던 적 없는, 나의 외할머니

돌아가신 지는 꽤 되었지만, 나는 아직도 할머니를 자주 떠올린다. 할머니는 조금 특별한 분이셨다. 몸집은 작고 왜소했지만 내게는 언제나 백두산보다 더 큰 존재로 느껴졌다. 부모님은 조금 엄하신 분들이어서 할머니 댁에는 방학에만 갈 수 있었다. 그곳은 나의 놀이터이자 마음의 안식처였다. 소박하지만 단정했던 할머니 집의 냄새와 온기, 분위기를 아직도 생생하게 기억한다. 성인이 된 후 어렵고 힘든 일이 있을 때마다 그곳을 찾아가면 할머니는 어김없이 명쾌한 해답을 선물해 주시고는 했다.

언제부터인지 모르겠지만 '소모'라는 단어가 유행처럼 번지고 있다. 심지어 그 개념에 너무 열중하고 조심한 나머지 자신을 소모하지 않으려 아무것도 시도하지 않고 행동하지 않으려는 사람들이 늘어나고 있다. 아마 할머니가 살아계셨다면 이런 상황을 많이 안타까워하셨을 거다. 할머니는 일단 결단을 내리면 거침없이 행동으로 옮기는 분이셨으니까. 늘 활기로 가득하고 생명력 넘치는 분이셨으니까.

할머니는 부유한 집안에서 태어나 사대부의 자제들만 다니는 학교에서 교육받았다. 그렇지만 말했다시피 그녀는 조금 특별한 사람이었다. 다른 형제자매들은 순순히 학교에 다니며 열심히 공부해 '절차대로' 명문대에 진학했지만, 그녀는 굳이 음악을 하겠다며 고집을 부렸다. 집안끼리 짝지어 준 배우자와 정략결혼을 올린 형제자매들과 달리 가세가 기울던 외할아버지에게 시집을 갔다. 혼인 당시 친정에서 상하이에 신혼집으로 마련해 준 4층짜리 건물에는 굳이 야간학교를 열어 노동자들에게 글과 주산을 가르쳤다.

할머니의 거침없는 행보는 거기서 끝나지 않았다. 결혼 후에는 돌연 할아버지를 따라 번화했던 대도시 상하이를 떠나 가난한 지방 도시로 거처를 옮기고 학교에 들어가 교편을 잡았다. 그런데 당시 학교장은 단지 여자라는 이유로 할머니를 무시하고 얕잡아 봤다. 심지어 월급도 제대로 주지 않았다. 그렇다고 당하고만 있을 그녀가 아니었다. 할머니는 관련 부처에 민원을 넣기 시작했고 결국 국무원 國務院*에도 청원을 넣었다. 그리고 얼마 후 할머니의 권익을 보호하고 그녀를 지지하겠다는 내용의 답장을 받았다. 그 후로 학교장은 할머니를 건드리지 않았다. 그 일이 있고 난 후 학교장 퇴임을 요구하는 움직임이 시작되면서 교내 서명운동이 일어났다. 그런데 놀랍게도 할머니는 거기에 서명하지 않았다. '기억력이 너무 나빠 아무것도 기억하지 못한다'는 게 이유였다. 그녀는 한 사람의 인생을 벼랑 끝으로 몰아넣는 데는 관심이 없었다.

학교폭력으로 유명했던 한 중학교에서 학생부장을 맡았던 할머니는 아이들과 특별히 관계가 좋아서 인기가 많았다.

내가 좋아하는 할머니의 또 다른 특징은 늘 젊은 마인드로 인생을 사셨다는 것이다.

73세에는 영어로 겨우 인사말 정도만 아는 상황에서 큰 캐리어 두 개만 끌고 캐나다로 떠나 6개월을 살다가 돌아왔다.

* 國務院, 중국의 국가 업무를 수행하는 집행기관, 한국의 국무조정실에 상당함_역주

86세에는 가사를 도와주러 오는 도우미 이모님이 가정 폭력에 시달린다는 사실을 알고는 변호사를 선임해 소송을 할 수 있도록 도와주었다.

88세에는 서른을 훌쩍 넘기고도 결혼 생각이 없는 내게 '혹시 동성을 좋아하는 건 아니냐'며 조심스레 물어 오셨다. 캐나다에서는 그런 일이 많다며, 내 친구 한 명을 '여자 친구'로 오해한 나머지 그녀의 손을 붙들고 나를 잘 부탁한다고 진지하게 청하기도 했다. 몇 년이 지난 지금도 친구는 그때 일을 떠올리면 웃다가 눈물을 흘릴 지경이지만, 한편으로는 나를 진심으로 아끼고 위해 주는 할머니의 마음이 너무나 감동이었다고 말한다.

89세에는 발을 접질려 병원에 입원했다가 옆 병상 환자 가족들에게 갖은 수모와 멸시를 받으며 일하는 간병인 아주머니를 위해 대신 싸워 준 일도 있었다. 상대측에서 분노에 가득 차 할머니에게 고래고래 소리를 질러 대자, 할머니는 인자한 미소와 함께 하늘을 가리키며 "내가 곧 저 위에 올라갈 텐데 거기서 잘 지켜드리리다."라고 말씀하셨다. 그러자 상대는 아무런 말도 하지 못했다.

생의 마지막까지도 외출하기 전에는 스카프며 립스틱 색을 고르느라 준비에 한 시간 이상이 걸렸고 꼭 화장에 공을 들였다.

할머니는 '액션형' 인간이었다. 어떤 일을 한 번 해야겠다고 생각하면 무슨 일이 있어도 해내고 말았다. 어영부영 미루거나 기다리는 일이 절대 없었다. 한때는 그게 좀 무모하다고 생각도 했지만, 시간이 지나고 보니 그것이야말로 삶의 지혜라는 걸 깨달았다. 인생에는 무수한 변수가 존재하고 기회는 찰나에 사라지며 우리의 꿈과 바람도 수시로 변하기 때문이다. 그러니 현재를 충실하게 살아 내고 지금, 이 순간에 온 기회를 잡아야만 한다.

할머니는 삶을 '덧셈'으로 살아 내는 분이셨다. 본인에게 찾아온 기회를 그냥 흘려보내는 법이 없었고, 삶의 모든 경험을 겹겹이 쌓아내며 행복을 만들어 나갔다. 할머니는 단 하루도, 한순간도 허투루 살아 내지 않았다.

그렇지만 대다수 사람은 행복의 기준을 '뺄셈'으로 잡는다. 먼저 완벽한 계획을 설정해 놓고 그걸 실행하는 과정에서 만날 수 있는 좌절이나 실패를 모두 잠재적인 '손실'로 계산한다. 이런 논리로는 결코 행복한 삶을 살 수 없다. 계획을 실행하기 전에는 '과연 내가 잘할 수 있을까?'를 걱정하고, 잘 완수하고 나면 행여나 '이뤄 놓은 모든 걸 잃어버리지 않을까?' 염려하기 때문이다. 늘 노심초사, 좌불안석이기 때문에 내적 소모가 상당하다. 이 소모는 마치 지우개와 같아서 현실과 이상 사이에서 반복적으로 사용하다 보면 결국에는 사라져 없어지고 만다. 진정한 내 모습이 소멸하는 것이다.

할머니의 인생철학과 지혜는 자신을 향한 믿음과 사랑에서 비롯했다. 그녀는 진심으로 자신을 아끼고 사랑했으며, 본인은 좋은 사람이고 유능하며 신뢰할 만한 존재라고 믿었다. 하고 싶은 일을 과감하게 밀어붙일 수 있었던 이유다. 어려움 앞에서는 주눅 들기보다 어떻게든 해결할 방법을 찾아내고 끊임없이 시도했다. 성공하면 긍정적인 피드백으로 다음 도전을 향해 나아갈 수 있도록 자신을 격려하고 응원했다.

예전에 할머니께 살면서 후회되는 일은 없냐고 물은 적 있다. 할머니가 했던 말이 아직도 기억에 선명하다.

"후회할 게 뭐 있니? 하고 싶은 건 그냥 하면서 살면 되는데."

"그러다가 결과가 안 좋으면 어떡해요?"

"그러면 뭐 어때. 최소한 한 가지 결과는 명확하잖니. 너와 나의 인생은 아름답다는 거."

이제부터 할머니가 내게 말씀해 주셨던 이야기들과 그녀의 인생 스토리를 적어 내려가 볼까 한다. 그러나 여기에는 찬란했던 그녀 삶의 일부만을 담았을 뿐, 할머니라는 아름다운 한 사람을 온전히 다 표현하기엔 나의 필력이 턱없이 부족했다. 그중에서도 가장 큰 고민은 바로 '흩어진 이야기들을 어떻게 하나의 주제로 엮어 내는가' 하는 것이었다. 어릴 때 놀러 갔던 바닷가 모래사장에서 조개껍데기를 주워서 목걸이로 꿰어 만들었던 것처럼, 그 많은 이야기를 우아하고 아름다운 하나의 주제로 엮어 내는 것이 큰 부담이자 고민거리였다.

그러던 어느 날, 텔레비전 한 프로그램에서 과수원 농부가 상한 나무를 돌보는 모습을 보다가 어쩌면 우리 인생도 저 나무와 비슷하지 않을까 하는 생각을 했다. 상처를 입으면 먼저 상한 가지부터 쳐내고 환부에 붕대를 둘러 주어야 한다. 인지 자각의 단계를 거쳐 자기 보호에 들어가는 것과 같다. 이어서 앞으로 잘 자라날 수 있는 안전하고 편안한 환경을 마련해야 한다. 이 단계에서 우리는 조금 더 편안해지는 법을 터득하고 훈련한다. 그렇게 조금씩 뿌리를 내리고 영양분을 흡수하면서 회복에 집중해야 한다. 몸과 마음이 함께 자라나는 단계다. 키가 자라고 가지가 뻗어나가기 시작하면 붕대를 풀어내고 잎을 무성히 맺어야 한다. 그러면서 외부 세계와 긴밀히 연결되는데 이는 우리의 관계 맺음, 즉 사회생활에 해당한다.

물론 그 과정이 쉽진 않다. 다소 거친 비와 바람, 차가운 새벽이슬을 고스란히 견뎌야 한다. 그러나 이러한 요소는 정신분석학자 코헛(Heinz Kohut)이 지적했던 것처럼 우리에게 꼭 필요한 '최적의 좌절'이 될 것이다.

건강하고 평온하며 말에 힘이 있는 사람, 내면과 외면이 서로 조화를 이루는 사람이 될 때 우리는 비로소 온화하고 다정하며 생명력 넘치는 삶을 살 수 있다. 사실 그것이 바로 우리가 가지고 태어난 본래 모습이다.

길고 긴 인생길에서 나와 당신은 숱한 어려움과 장애물을 만나게 될 것이다. 그렇더라도 우리 모두가 당당하고 즐거운 매일을 살아갈 수 있길 소망한다. 나의 할머니가 그러했듯 말이다.

내 마음속 할머니는 늘 산과 같은 존재였다.

늘 평온하고 힘 있는 모습으로 그 자리에 한결같이 우뚝 서 있었다.

이따금 정상에 독수리가 날아와 앉아 있을 때도 끄떡없었다.

그만큼 할머니는 힘 있고 든든한 존재였다.

"얘야, 너는 산으로 태어났단다. 어찌 꽃 한 송이 삶에 머물려고 하니?

네게 이렇게 큰 날개가 있는데 어찌 날기를 주저하는 거니?"

1
장

올바른 인지 자각을 통해 착각에서 벗어나라

얘야, 너는 충분히 사랑받을 만한 존재란다

할머니가 어릴 적, 사람들은 모두 그녀를 '큰아가씨'라고 불렀다. 그때는 소위 돈 좀 있다고 하는 사람들은 다 상하이에 모여 살았다. 항일전쟁의 영향으로 중국 동부의 장쑤(江蘇)와 저장(浙江) 일대 부자들이 대부분 상하이 조계(租界)*지역으로 피난을 떠났기 때문이었다. 고조모는 첫 번째 외손주였던 할머니를 특별히 아껴 상하이로 데려와 곁에 두고 사랑과 정성으로 가르치고 길러 주셨다.

할머니 말에 따르면 '바깥사람들'은 부잣집 며느리나

* 상하이 조계(上海租界)지역은 1842년에 맺어진 난징 조약에 의해 개항하기로 한 상하이에서 설정된 조차지로 1845년 11월부터 시작하여 1943년 8월까지 약 100년간 상하이의 일부 지역에서 지속된 외국인 통치 특별 구다. 처음에는 영국, 미국, 프랑스가 각각 조계를 설정하였고, 나중에 영미 열강의 조계를 정리한 공공 조계와 상하이 프랑스 조계로 재편되었다. 이 두 개의 조계를 상하이 조계라고 말한다._역주

딸들은 매일 진수성찬으로 차려진 밥을 먹고 카드놀이나 하다가 하릴없이 수다 떨며 하루를 보내면 그만이라고 생각했지만, 사실은 그렇지 않았다고 한다. 오히려 공부할 게 너무 많아서 하루가 모자랄 지경이었다. 특히 할머니처럼 어릴 때부터 가족의 '총지배인'으로 길러진 사람은 두말할 것도 없었다. 소설 《홍루몽(紅樓夢)》에 나오는 왕희봉처럼 대가족의 대소사를 책임지는 것은 물론 집안 살림을 도맡아 하면서 양가 사돈 사이를 조율하는 일까지 해야만 했다. 한마디로 정말 쉽지 않은 자리였다.

더군다나 당시는 사회적으로 여성의 지위가 매우 낮았다. 할머니의 어머니, 그러니까 증조할머니는 고조모의 '비호'를 받으며 자랐는데, 성격도 온순한 데다 마음이 착해 살면서 누군가와 마찰을 일으키는 일이 한 번도 없었다. 고조모는 아주 어릴 때부터 자기 딸에게 대인관계 대처법이나 현명한 처세술 등에 관해 가르쳤는데 언젠가 본인이 나이가 들어 세상을 떠나버렸을 때 하나밖에 없는 착한 딸이 혹여나 사람들에게 멸시나 천대를 받진 않을까 염려했기 때문이었다. 그래서 택한 방법이 바로 '믿을 만한 손녀'를 키워내 자기 딸을 지켜내는 것이었다.

자식 사랑은 내리사랑이라고 했던가. 그런 관심과 사랑을 받고 자란 할머니는 내게도 정말 많은 사랑을 주셨다.

훗날 할머니는 가세가 기울어 가는 집안의 할아버지와 결혼해 결혼식도 소박하게 치러냈다. 그렇지만 외할아버지 집에서는 그에 대해 어떠한 의견도 없었다. 오히려 그걸 반겼다고 한다.

할머니는 어린 시절에 학교에서 가르쳐 주지 않는 많은 것을 고조모에게 배웠다. 가령 집안의 사용인들이 음식 재료로 장난치지 않도록 단속하는 법, 값비싼 의류 소재나 장신구를 판별하는 법 등이었다. 차림새는 늘 소박하고 단정하게 하고 다녔는데 아마도 신변의 안전을 고려한 고조모의 처사였을 것이다. 또 자신의 물건을 귀중하게 여기고 보관하는 법, 자기 몸을 보호하는 법도 함께 배웠는데 '유괴범'을 만났을 때를 대비한 호신술까지 훈련했다. 할머니가 조금 더 크자 고조모는 그녀를 곁에 두고 집안의 사용인을 관리하는 법이나 귀중품 관리법, 문 앞에서 구걸하는 사람들 거절하는 법 등을 가르쳤다.

아주 어릴 때는 가정교사와 공부했지만 조금 더 크고 나서는 여학교에 들어갔다. 할머니는 학교에서 피아노를 배웠다고 한다. 고조모는 매우 깨어 있는 사람이어서 당시 사회적 풍토에 구애받지 않고 할머니를 학교에 보내 주었을 뿐 아니라, 부인들과 마작 두는 법, 얼굴색 변하지 않고 상대에게 져 주는 법, 남자들과 교제하는 법 등을 알려 주었다. 할머니를 데리고 찻집에 다니며 다도를 알려 주거나 대극장에 데려가 공연을 관람하며 시야를 넓혀 주기도 했다. 하지만 친구들과 영화관에 가는 일만은 허락하지 않았는데, 그건 영화관 안이 너무 캄캄해서 안전하지 않다는 이유였다.

내가 열 살 때 할머니가 어딘가에서 담배 한 갑을 구해 왔다. 할머니는 담배 한 개비를 꺼내 불을 붙여 내 코에 들이대며 냄새를 맡아 보라고 했다. 매캐하고 기분 나쁜 냄새가 났다. 목구멍이 따끔거리고 눈물이 나올 것 같았다. 이윽고 할머니는 담배를 물어 한 모금 빨아 마신 뒤 내게도 한번 해 보라고 했다. 토끼 눈을 하고 쳐다보는 내 입에 할머니가 담배를 물렸다. 나는 할머니가 한 대로 한 모금 빨아 마셨다. 목구멍에 매운 고추기름을 사정없이 쏟아부은 것 같았다. 활활 불이 타오르는 기분이었다. 구역질이 나고 기침이 멈추지 않았다. 웩웩거리며 눈물 콧물을 한 바가지 쏟고 난 뒤에야 정신이 조금 돌아왔다. 기운이 다 빠져 바닥에 널브러진 내게 할머니가 말했다.

"이제 알겠지? 담배는 이런 거야. 하나도 재미가 없어. 그러니 나중에 누군가 네게 담배를 권하면 그리 말해라. 초등학교 때 펴 봤는데 하나도 맛이 없었다고."

그땐 잘 이해하지 못했지만, 나중에 시간이 지나서

할머니의 이런 교육 방식은 고조모에게 비롯한 것이라는 걸 깨달았다. 할머니는 고조모를 따라다니며 실전 경험을 통해 세상 견문을 넓혔다. 심지어 담배까지도.

이렇듯 할머니가 배운 것들은 대부분 학교에서는 가르쳐 주지 않는 것들이었다. 할머니에 따르면 고조모의 교육 철학은 '애들은 일단 경험을 해 봐야 좋고 나쁜 걸 분별할 수 있다'는 것이었다. 그래서 항상 안전한 환경 속에서 최대한 많이 탐색하고 경험해 보는 게 중요하다고 강조하셨다. 안 그러면 좋은 건 남들이 다 가져가 버린다는 것이었다. 그런 의미에서 집안 살림을 잘 운영하는 법, 중요한 걸 손에 넣으려면 사사로운 건 적당히 포기하는 법, 사람 대하는 법, 내게 유익한 사람과 그렇지 않은 사람을 구별하는 법 등을 배워야 했고 그러려면 경험이 필요했다. 물론 그중에는 어리기 때문에 경험할 수 없는 것들도 많았는데 그런 건 주변의 어른들을 보면서 간접적으로 이해하고 터득했다.

보통 가정 교육에서 부모들이 쉽게 간과하는 것이 하나 있다. 바로 '순서'다. 으레 부모는 자신이 겪은 모든 경험과 인생에 대한 철학을 거의 세뇌하다시피 자녀에게 주입한다. 그렇지만 적어도 한 가지, 아이들이 뭘 먼저 배우고, 뭘 나중에 배워야 하는지 주의 깊이 생각해 봐야 한다.

니체는 "나무가 높이 자랄수록 뿌리는 더 깊이 내려가는 법"이라고 했다. 뿌리가 견고하지 못한 나무는 쓰러질 수밖에 없다. 현대인들이 쉽게 지치고 자꾸만 자신을 소모하게 되는 이유다.

'견현사제(見賢思齊)'라는 말이 있다. 훌륭한 사람을 보면 그와 같이 되려고 생각하고 따라 한다는 뜻이다. 다시 말해 전제나 동기가 충분하면 행동은 얼마든지 자연스럽게 따라가게 되어 있다. 자녀 교육도 마찬가지라고 생각한다. 아이 스스로 '나는 존귀한 자아를 지닌 사람'이라고 믿게 하는 것, 본인은 얼마든지 스스로 변화할 능력이 있는 존재라는 믿음을 주는 것이 먼저다. 그런데 아직도 너무 많은 부모가 반대로 한다. 전통적인 '약육강식'의 개념을 연약한 아이에게 주입한다. 어린애에게 '성인(聖人)'의 기준을 적용하고 그만큼 따라와 주길 채근한다. 그게 당연하다고 생각하기 때문에 아이가 요구치에 도달하지 못하면 갖은 비난과 질책을 퍼붓는다. 한 인간이 어떻게 자라나야 하는지, 성장의 본질이 과연 무엇인지 전혀 고려하지 않은 채로 말이다.

더 안타까운 사실은 이렇게 악몽으로 얼룩진 유년기를 보낸 아이들이 성인이 되어 결혼하고 부모가 되면 똑같은 교육 방식을 답습한다는 점이다. '나는 절대 커서 그러지 말아야지' 하고 부모를 원망하면서 다짐해 놓고 결국 자녀를 낳고 기르다 보면 자기도 모르게 본인에게 익숙한 길을 걸어가고 만다.

인간은 자신에게 익숙한 '습관'을 '합리적'인 것으로 둔갑시켜 다른 가능성을 생각하지 않는 습성이 있기 때문이다. 우리가 평소에 공기의 존재를 의식하지 못하고 살아가는 것처럼, 원가정에서 행해지던 잘못된 행위와 소통 방식이 습관으로 굳어지면 그것의 문제점을 잘 인식하지 못한다. 심지어는 고통스러운 상황을 타인에게 강제하거나 답습하기도 한다. 아프고 힘들었던 과거의 어두운 터널을 겨우 지나와서는 비슷한 환경이나 조건이 형성되면 자기도 모르게 다시 똑같은 고통을 만들어 낸다. 가정 폭력이 대표적인 예다. 이는 세상에 태어나 가장 먼저 접한 원가정에서 겪은 경험과 밀접하게 연결되어 있다. 그러한 가정에서 자란 아이는 변화하는 것이 더 안전할 거라는 생각을 하지 못한다. 되려 '익숙한' 것이 안전한 상황이라고 인식하거나 심지어 그것을 '사랑'한 나머지 똑같은 행동을 취하고 만다. 수많은 가정에 비극이 반복되는 이유가 여기에 있다.

할머니는 단 한 번도 내게 "다른 집 애들은……"이라는 말을 하지 않으셨다. 이것저것 비난하며 트집을 잡거나 체면 때문에 나를 혼내는 일도 없었다. 윗사람이 아랫사람을 대할 때 나오는 '훈계조'의 말투로 혼내고 비아냥거리지도 않았다. 가족 중에서 할머니는 그 누구보다 '어른의 권위'라는 칼을 휘두르며 자식을 가르칠 자격이 있는 사람이었지만, 그러지 않으셨다. 할머니가 내게 무언가를 가르쳐 줄 때마다 어깨를 토닥이며 하던 말이 있다.
"너는 아직 안 늙어 봤지만, 나는 그래도 젊어 봤잖니."

할머니는 항상 시선을 내게 맞추어 주셨다. 내 키에 맞춰 쪼그리고 앉아 나의 눈으로 같이 세상을 바라봐 주었다. 단 한 번도 '세상 이치'를 들먹이며 설교하지 않았다. 다만 진짜 어른에게서만 배울 수 있는 일상의 교훈이나 가르침을 몸소 시범을 보이며 행동으로 가르쳤다.

진정으로 중요한 이치는 보통 마음의 깨달음을 통해 터득하는 법이다. 그녀의 가르침은 내 인생의 가장 귀한 자산이 되었다. 물론 그때 당시엔 잘 깨닫지 못하는 것들도 있었다. 그렇지만 시간이 지나 비슷한 상황이 생기면 옛날에 할머니가 했던 방법이 떠올라 혼자 되뇐다.
"아……. 그랬구나. 이런 뜻이었구나."

중국 명나라의 대표 사상가 왕양명(王陽明)의 제자 육징(陸澄)이 물었다. "고요할 때는 생각이 그런대로 괜찮다고 느끼다가도, 막상 일을 만나면 생각 같지 않은 것은 무엇 때문입니까?" 그러자 그는 이렇게 대답했다. "그것은 한낱 편안한 고요 속에서만 수양하고 진정으로 자기를 연마하지 않았기 때문이다. 그와 같으면 일에 부딪혔을 때 곧 무너지게 된다. 사람은 반드시 어려움 속에서 연마해야만 비로소 확고하게 일어설 수 있으며, 그래야만 '고요 속에서도 안정되고, 움직임 속에서도 안정되는(静亦定, 动亦定)' 경지에 이르는 것이다."

보통 마음이 평온할 때는 뭐든지 할 수 있을 것 같은 생각이 든다. 그럴 때는 무슨 상황에서 어떻게 대응해야 하는지 자신 있게 이야기한다. 그런데 막상 일이 벌어지면 다른 사람이 된다. 대체로 원래 생각했던 것들을 잊어버린 채 감정적으로 대응할 때가 많다. 그래서 자꾸만 후회한다. '어려움 속에서 자신을 연마'했던 경험이 없기 때문이다. 그렇지만 그런 상황에서 '어른들'이 어떻게 반응하는지 본 사람은 간접적인 경험을 통해 어렴풋이 그 진리를 깨닫는다. 그리고 나중에 똑같은 상황이 벌어지면 그 옛날 어른들이 했던 방법을 떠올리고 따라 하는 과정에서 진정한 깨달음을 얻는다.

상담하다 보면 여러 유형의 사람을 만난다. 그중에서도 몇몇 인상 깊었던 내담자가 있다. 부모님의 잦은 부부

싸움으로 힘들어하는 소녀가 있었다. 아이는 부모님이 자기가 못나서, 자기가 부족해서 갈등이 잦다고 생각했다. 자기가 조금만 더 잘하면 가정이 화목해질 거라 믿었다.

하지만 사실 그녀는 이러한 방식으로 일종의 '착각적 통제감(illusion of control)'을 얻으려는 것이었다. 마치 자기가 조금만 더 잘하면 본인에게 두려움을 주는 일이나 상황(예를 들면 부모님의 부부싸움)을 피할 수 있을 거라 잘못 생각하는 것이었는데, 이런 아이들은 나중에 성인이 되면 자기 잘못이든 아니든 모든 문제의 책임이 본인에게 있다고 믿는다. 구체적으로는 다음과 같다.

외출해서 교통사고가 나면: "그냥 집에서 나오지 말았어야 했어."

누군가가 내 욕을 하면: "아니 땐 굴뚝에서 연기 날까. 나한테 문제가 있어서 그런 거야."

누군가가 나를 무시하면: "사람들은 왜 나만 괴롭힐까? 내가 뭘 또 잘못했나?"

이런 식으로 일종의 '거짓 안정감'을 확보하려는 사람들은 '내가 조금만 더 잘했으면, 내가 조금만 더 조심했다면 이런 일이 없지 않았을까?'라고 생각한다. 정말 그럴까? 아니다. 이런 생각은 그들을 더 작아지게 하고 자꾸만 뒷걸음질 치게 한다. 세상에는 우리가 아무리 노력해도 안 되는 일들이 있다. 물론 내가 책임져야 하는 잘못이나 문제도 있지만, 다른 사람에게 책임이 있는 일들도 있다. 나만 죽어라 잘하면 모든 게 해결되는 게 아니라는 뜻이다.

세계적인 심리학자 로버트 헨더슨(Robert S. Henderson)이 백 살이 되자 한 학생이 기대에 찬 눈빛으로 물었다. "선생님 연세가 되면 더는 콤플렉스나 열등감의 영향을 받는 일이 없나요?" 그의 대답은 'NO'였다. 여전히 영향을 받는다는 뜻이었다. 학생은 실망스러운 표정을 지었다. 제아무리 유명한 심리학자라도 백 살까지 콤플렉스의 그늘에서 벗어날 수 없다는 사실을 알고는 힘이 빠진 모양이었다. 헨더슨이 이어서 말했다. "하지만 내 나이가 되면 최소한 그게 어디에 있는지, 어떤 상황에서 발현되는지는 잘 알고 있죠. 그래서 잘 피해 가는 방법도 알고 있어요."

어떤 문제가 일어날 때마다 핑곗거리나 구실을 찾는 건 잘못된 방법이다. 그렇다고 모든 문제를 내 탓으로 돌릴 필요는 없다. 그보다는 조금 더 다각도로 문제를 분석하고 상황 자체에서 분리되어 생각해 보는 연습이 필요하다. 실수를 저지르거나 결과가 내 뜻대로 되지 않았을 때는 모든 원인을 일일이 다 열거해 보자. 내 능력으로 바꿀 수 없는 부분들이 있다면 다음번에는 최대한 그것을 피하는 것도 좋은 방법이다. 그런데 만일 정말 내게 책임이 있다면 반성하고 용감하게 대가를 치러내야 한다. 단 내 책임이 아닌 것까지 모두 짊어지고 힘들어할 필요는 없다. 인생이라는 길고 긴 여정에 내 것이 아닌 짐까지 모두 이고 지고 갈 수는 없는 노릇이다.

심리 상담을 하다 보면 내담자의 대다수가 여성임을 알 수 있다. 오랜 시간 여성은 성장 과정에서 어려움을 겪었다. 과거 전통적인 가정에서는 단지 여성이라는 이유로 순종적이고 집안일을 잘해야 하며 부모 말을 잘 들어야 한다고 강요했다. 열심히 배우고 공부해도 하루아침에 그것이 쓸모없는 것이 되어 버리는 일이 다반사였다. 여자라는 이유로 학교에서도, 가정에서도 가르치지 않는 것이 많았고, 심지어 배울 필요조차 없다고 했다. 그런데 아이러니하게도 일단 사회에 발을 들이면 다 큰 성인이 되어 왜 그것도 못하냐는 질책이 돌아오기 일쑤였다. 그러면 일부 '마음 착한' 여성들은 정말 자기가 잘못해서, 부족해서 그런 거라는 생각에 자책하고 괴로워하다 우울증에 걸리거나 깊은 자괴감에 빠졌다.

그럴 때마다 나는 그들에게 그건 당신의 잘못이 아니라고 말해 주었다. 지금도 같은 이유로 힘들어하고 있는 사람들이 있다면 똑같이 말해 주고 싶다. 당신이 살아온 그 길이 쉽지 않았다는 걸 너무 잘 안다고, 하지만 그건 결코 당신 탓이 아니며, 당신이 통제할 수 없었던 어떤 이유로 잠시 그랬던 것뿐이라고 말이다. 우리가 할 일은 하나다. 이제부터 다시 배우면 되는 거다. 우리가 할 일은 그뿐이다.

나의 암흑기, 내가 겪은 학교폭력

나는 언제나 왼쪽 가르마를 탄다. 왼쪽 볼에 2cm 정도의 흉터가 있어서다. 유치원 시절, 같은 반의 한 친구가 내가 가지고 놀던 장난감을 뺏으려 했다. 내가 쉽게 주지 않자 그 아이가 손톱으로 내 눈을 찌르고 왼쪽 볼을 휘갈겼다. 피가 뚝뚝 떨어졌다. 조금 뒤 부모님이 오셨고 곧장 병원으로 향했다. 공교롭게도 내 얼굴에 상처를 남긴 아이의 부모는 우리 부모님과 잘 아는 친구 사이였다. 그래서였는지 우리 부모님은 그쪽에 따지거나 따로 사과를 받아 내지 않았다. 그 후로 유치원 아이들은 걸핏하면 나를 괴롭혔다. 그건 초등학교까지 이어졌다. 학교폭력의 '표적'이 된 나는 괴롭힘을 당할 때마다 집에 돌아와 부모님께 얘기했지만, 돌아오는 건 절망적인 대답뿐이었다. "다른 애들은 다 괜찮은데 너만 그렇게 괴롭히는 이유가 뭐겠니? 그건 너한테도 문제가 있다는 거야. 친구들에게 친절하게 하고 서로 사이좋게 지내면 이런 일도 없을 거다. 조금 더 노력해 봐."

나의 외가는 청나라 시기부터 여성이 상인으로 활발히 활동했던 가문이었고, 친가는 대대손손 가난했던 농촌 집안 출신이었다. 그래서 아빠와 외할머니는 의견 차이가 컸다. 아빠는 '좋은 게 좋은 거'라 믿으며 사는 사람이었다. 누군가와 마찰이나 갈등이 일어나면 일단 사태를 진정시키는 게 최우선이었다. 직장 동료가 아빠에 대한 나쁜 소문을 퍼뜨려도, 상여금을 뺏어 가도, 임금을 적게 줘도 집에 와서 화를 내고 성질을 부리면 부렸지, 사람들 앞에서는 언제나 '좋은 사람'이었다. 그런 아빠는 시간이 지나면서 동료들 사이에서 점점 '아웃사이더'가 되었다. 경력이나 능력 모두 아빠에게 훨씬 못 미쳤던 사람들도 점점 아빠보다 더 높은 자리에 올랐다.

엄마가 태어났을 땐 외할아버지의 여동생이 학교에 다니고 있어 학비를 대느라 집안 살림이 빠듯했다. 그래서 외할머니는 돈을 모으기 위해 일을 다녀야 했고, 하는 수 없이 엄마는 유모가 돌보았다. 엄마가 중학교에 입학하자 국가에서 '하방(下放)' 정책을 실시했다. 도시의 지식 청소년들을 농촌으로 보내 육체노동을 시켜 사상을 개조

한다는 취지였다. 엄마도 예외는 아니었다. 그래서 실제로 엄마가 외할머니와 함께했던 시간은 상대적으로 적었고, 그러다 보니 두 분이 일을 처리하는 방법이나 가치관이 달랐다. 그리고 이는 일련의 '연쇄반응'을 낳았다.

첫째, 수년간에 걸친 나의 학교폭력 시대가 열렸다. 학교 아이들은 나를 괴롭혀도 아무 일도 일어나지 않는다는 걸 알았고, 그 누구도 책임을 묻지 않는다는 걸 알았다.

둘째, 선생님이 날 무시하기 시작했다. 나를 그런 식으로 막 대해도 부모님이 찾아와 언성을 높이거나 따지는 일이 없었기 때문이다.

어린 시절, 나는 이상하리만치 감기에 자주 걸리거나 열이 났다. 이유도 모르게 자꾸 아파서 엄마 아빠는 이상하게 여겼다. 하루는 엄마의 직장 동료가 몸이 아파 집에서 쉬다가 테라스에 잠깐 나와 봤다고 한다. 그 집 테라스에서는 내가 다니는 유치원이 바로 보였다. 그날 아주머니가 본 장면은 조금 충격적이었다. 내가 바지에 실수를 해서 다 젖었는데 선생님은 새 옷으로 갈아입혀 주지 않고 나를 마당에 세워 놓았다. 마를 때까지 거기 가만히 서 있으라고 했다. 나는 마당에 한참을 서서 눈물을 흘렸고 하원 시간이 다 되자 선생님은 내 팔을 거세게 잡아채 교실로 데리고 들어갔다. 그런 일이 반복되다 보니 자주 감기에 걸렸다. 유치원 생활은 악몽의 연속이었다.

하지만 그중에서도 가장 흉악하고 슬픈 악몽은 어떤 일이 일어나든지 나는 그들에게 아무런 대항도 할 수 없었다는 것이다. 또 아무리 억울한 일을 당해도 부모님께 이야기할 수 없었다. 두 분이 내 편이 아니라는 걸 너무 잘 알았으니까. 나는 천천히 죽어 갔고, 세상을 증오하기 시작했다.

일본의 유명 기업가 이나모리 가즈오(稲盛和夫)는 말했다. "사람들이 당신을 무시하는 이유는 당신이 나약하기 때문이며 당신을 우러러보는 이유는 당신이 자신감에 가득 차 있기 때문이다. 사람들이 당신에게 관심 없는 이유는 당신이 열등감에 차 있기 때문이며, 당신을 사랑하는 이유는 당신이 스스로를 사랑하기 때문이다." 부모에게 충분한 사랑을 받지 못한 아이들에서 풍겨 나오는 특유의 분위기가 있다. 음침함, 우울함, 나약함. 불행은 기가 막히게 그 냄새를 맡고 악착같이 달려든다. 대머리독수리가 죽은 시체 냄새를 맡고 달려들어 게걸스럽게 해치우듯.

초등학교 5학년 2학기가 시작하면서 담임 선생님이 출산 휴가를 떠나고 잠시 기간제 선생님이 왔다. 학급 아이들을 아직 다 파악하기 전이어서 선생님은 1학기 때 성적을 바탕으로 학급 반장을 임명했다. 1학기 때 운이 좋아 시험을 잘 봤던 나는 점수가 높은 편이었다. 선생님은 나를 반장으로 임명했고, 문예부 부장으로 친한 친구였던 L을 임명했다.

당시 L의 아버지는 공직계에서 고위 간부직을 맡고 있었다. 한 번은 L의 집에 가서 같이 숙제하다가 쓰레기통에 꽃이 버려져 있는 걸 봤다. 줄기 끝만 조금 시들었을 뿐, 아직 싱싱해 보였다. 그 당시만 해도 꽃다발은 정말 값비싼 선물이었던데다 잘 구할 수도 없었다. 나는 꽃을 좋아하는 엄마를 떠올리며 L에게 그걸 가져가도 되냐고 물었고 괜찮다는 허락을 받았다. 집에 돌아와 시든 부분을 잘라 내고 꽃병에 꽂아 놓자, 거실이 금세 화사해졌다. 퇴근하고 집에 돌아온 엄마는 꽃을 보고 우선은 기뻐했다. 그렇지만 그 꽃의 출처를 알고 난 후에는 핸드볼 선수처럼 냅다 쓰레기통에 들이꽂았다. 그러곤 무서운 얼굴로 내게 경고했다. "다신 이런 짓 하지 마. 남의 집 쓰레기통이나 뒤지는 거지라고 놀림 받아."

학교 수업을 마치면 늘 L과 함께 학교를 나왔다. L은 수업을 마치기 전에 늘 교무실에 가서 선생님께 뭔가를 전달하고 나왔다. 난 별로 궁금하지 않았는데 L은 꼭 그걸 내게 보여 줬다. L은 그날그날 반에서 친구들이 무슨 얘길 했는지 선생님께 미주알고주알 다 '보고'하고는 했는데 잘 모르는 내가 보기에도 매일 가져오는 그 '물건'이 점점 더 고가로 변하는 것 같았다. 나는 조금씩 불안해지기 시작했다. 그 이야기를 부모님께 했더니 이제 다시는 L과 같이 다니지 말라고 했다. 나는 조금씩 L과 거리를 두었고 선생님께 '조공'하러 가는 길에 더는 동행하지 않았다.

한 번은 주말에 엄마와 함께 시장에 갔다가 집에 돌아왔는데 대문에 잔뜩 낙서가 되어 있었다. 전부 입에 담지 못할, 나를 향한 욕이었다. 어디서 많이 본 글씨체였다. 딱 봐도 L의 글씨체임을 알 수 있었다. 나는 주머니에서 열쇠를 꺼내 내 이름만 정성스레 긁어냈다. 엄마는 처음에는 조금 놀란 눈치였다. 조심스럽게 내 표정을 살피더니 내가 아무렇지 않아 보였는지 잠시 후 본인 주머니에서 열쇠를 꺼내 작업에 합류했다. 끽-끽-. 소름 끼치는 철문 긁는 소리가 한참 이어졌다.

다음날, 학교에 가자 애들은 오늘부터 내가 반장이 아니라고 했다. 선생님이 그렇게 하라고 했다나. 조금 뒤 교실에 들어온 선생님이 나를 앞으로 불러냈다. 그러고는 아이들 앞에서 내 잘못을 인정하라고 했다. 무슨 영문인지 몰랐다. 선생님이 무슨 얘기를 하는 건지 당최 감을 잡을 수 없었다. 내가 아무 말 없이 계속 서 있자, 그녀는 내게 '선생님 욕을 하지 않았다'는 걸 스스로 증명해 보라고 했다. 그러고는 반 아이들에게 내가 '그런 몹쓸 짓'을 뒤에서 했는지 안 했는지 물었다. 당시 나와 관계가 좋은 줄 알았던 '친구'들은 모두 고개를 떨군 채 아무 말도 하지 않았고, L은 고개를 숙인 채 나를 째려보며 씩씩대고 있었다.

반 아이들은 모두 서른여섯 명이었다. 다행인지 불행인지 그중에 나는 아무 잘못 없다고 '증언'해 준 친구가 단 한 명 있었다. 자리에서 일어나 한 단어 한 단어에 힘주어 이야기하던 그 친구의 모습과 그 장면, 또 그 친구의 이름을 아직도 선명하게 기억한다. 비록 나중에 다른 중학교에 진학하면서 서로 연락이 뜸해졌지만, 선생님이 선두가 되어 권위를 남용해 한 학생의 자존감을 무참히 짓밟던 그 폭력의 현장에서 용기를 내어 자리에서 일어났던 그녀의 모습이 여전히 기억에 선하다. 지금껏 인생을 살아오며 힘들고 어려운 일을 만날 때마다, 절망의 바닥에서 숨을 헐떡이며 허우적거릴 때면 그 장면이 한 줄기 빛이 되어 내 눈앞에 펼쳐졌다. 칠흑 같은 어둠 속에 있는 나를 끌어내고 내 팔을 부축해 일으켜 세워 주었다. 그것은 마치 일종의 '신앙'이 되어 나를 살리고 내 갈 길을 인도해 주었다. 그렇게 내 마음속에 그 친구는 영원히 살아있는 희망이 되었다.

어디서 그런 용기가 났는지 모르겠지만, 하루 종일 서서 벌을 받을지언정 내가 언제 저질렀는지도 모르는 잘못을 인정하고 싶진 않았다. 반 아이들은 선뜻 나서 주지 않았고, 나 역시 이 일로 부모님을 불러오긴 싫었다. 오후가 되자 선생님은 나를 교무실로 끌고 가서 한가운데 세워놓고 잘못을 시인하지 않으면 집에 보내 줄 수 없겠다고 겁박했다. 종일토록 일방적인 훈계가 이어졌고, 옆에 다른 선생님이 지나가면서 흘깃거리면 “얘 좀 보세요. 이 버르장머리를 어쩌면 좋죠?”라며 비아냥거렸다. 서러워서 눈물이 났다. 처음엔 반장까지 시켜 놓고 지금에 와서 이런 대우를 하는 게 앞뒤가 맞지 않다고 생각했다. 혼란스러웠다. 학교가 끝날 무렵, 선생님은 나를 자기 자리로 데려갔고, 의자에 앉아 또다시 훈계를 이어갔다.

예전에는 학교 선생님들이 유니폼으로 치파오를 입었다. 원래 기간제로 온 교사에게는 따로 유니폼을 지급해 주지 않는 건지 잘 모르겠지만, 어쨌든 선생님은 출산휴가를 떠난 담임 선생님의 옷을 빌려 입었다. 문제는 그녀의 몸집이 원래 주인보다 두 배는 더 크다는 거였다. 꽉 끼는 옷 때문에 울룩불룩 튀어나온 뱃살이며 옆구리살이 안쓰러울 정도로 그대로 드러났는데, 의자에 앉으니 그게 더 도드라졌다. 하마터면 '지퍼는 도대체 어떻게 올리신 거냐'고 물어볼 뻔한 걸 간신히 참았다. 두세 겹 겹친 뱃살 위로 수놓인 장밋빛의 빨간 꽃문양이 들숨 날숨의 호흡에 맞춰 천천히 꿀렁거리는 걸 보니 마치 구렁이 한 마리가 그 위로 지나가는 것 같았다. 죽을힘을 다해 웃음을 참았지만, 선생님이 일장 연설을 마치고 '휴!' 하고 한숨을 내쉴 때는 구렁이가 '까꿍!'하고 튀어나오는 것만 같았다. 결국 나는 '챌린지'에 실패했다. '킥킥' 거리다가 숨이 넘어갈 정도로 웃었다. 그러다가 문득 지금은 웃을 타이밍이 아니라는 사실을 깨달았다. 몰려오는 자괴감에 눈물이 흘렀다. 그런데 구렁이는 아까보다 더 가쁜 숨을 몰아쉬며 꿀렁대고 있었다. 다시 웃음이 났다. 웃을 때가 아닌데 또 웃은 내가 한심하고 미워서 눈물이 났다.

아마 그런 나를 보며 선생님은 적잖이 놀란 모양이었다. 다른 선생님들이 하나둘 다가와서 나를 가리키며 귓속말로 "전부터 많이 아팠던 애"라고 언질을 주었다. 그만하면 됐다고, 그러다가 무슨 일 나겠다고 말하는 사람도 있었다. 놀란 구렁이는 자리에서 일어나 부모님께 전화를 걸어 빨리 나를 데려가라고 했다. 집에 돌아와 부모님이 내게 대체 무슨 일이 있었던 거냐고, 왜 울다가 웃다가를 반복한 거냐고 물었지만 나는 구렁이에 관해서는 차마 사실대로 얘기하지 못했다.

그 일이 있고 부모님은 나를 '요양' 목적으로 외갓집에 보냈다.

나는 할머니께 그동안 있었던 일을 모두 이야기했다. 구렁이 이야기를 할 때 할머니는 너무 웃겨서 배를 잡고 침대 위에서 데굴데굴 구르기까지 했다. 할머니가 눈물을 닦으며 아쉽다는 표정으로 말했다. "그놈의 옷이 그냥 팍 터져 버렸어야 했는데, 아쉽구나. 자기 옷도 아닌 걸 그렇게 함부로 입은 거만 봐도 인성이 어떤 사람인지 눈에 훤하다." 할머니는 아마 대문에 있던 낙서는 L이 한 게 아닐 거라고 했다. 학교 선생님도 형편없는 마당에 거긴 더 다닐 필요가 없다고, 전학을 가는 게 좋겠다고 했다. 이런 일은 시비를 가려 봤자 아무런 의미가 없다면서.

"하지만 이 일로 그 선생님께 안 좋은 영향이 가면 어떡해요?"

내가 조금 걱정스러운 얼굴로 물었더니 할머니는 눈을 부릅뜨고 단호한 얼굴로 말씀하셨다.

"누가 널 때렸는데 그 사람 손이 아프진 않을까 걱정할 거야? 잘 들어. 호의는 그런 식으로 사용하는 게 아니야. 선생님에겐 학생들을 가르치고 훈계할 권리가 있어.

그러니 더더욱 그 권리를 더 신중하게 사용할 줄 알아야 한단다. 잘 알아보지도 않고 그 자리에 학생을 종일 세워 놓고 훈계하는 방법은 나는 살면서 한 번도 해 본 적 없다. 아무리 선생님이라도 틀린 건 틀린 거야. 네가 그 사람을 위해 해 줄 건 아무것도 없어. 책임은 그 사람이 질 몫이야."

얼마 후, 나는 가족들과 함께 교육부에 찾아가 민원을 넣었고, 교육부는 사안을 심각하다고 여겨 내 전학 절차를 빠르게 처리해 주었다. 새로운 학교에 가서는 거의 그 일을 잊고 살았다. 나중에 들은 바로는 구렁이는 그해 교원 평가 자격이 취소되었고 L의 아버지는 뇌물수수 혐의로 실형을 선고받았다.

그 후로 몇 년이 지나서 나는 우연히 그해 벌어진 사건의 진상을 제대로 알 수 있었다. 원래 우리 반 반장은 X였다. 그런데 성적이 떨어지면서 내게 그 자리를 빼앗겼다. 화가 난 X는 평소 나와 친하게 지내던 L의 글씨체를 베껴서 우리 집 대문에 낙서를 했다. 그래 놓고 다음 날 내가 학교에 가자 나를 위로했다. "많이 상처받았지? 어떻게 L이 너한테 그럴 수 있니." 한참 나를 위로해 주고 오후에는 L에게 갔다. 내가 L을 마구 욕하고 무시했다며 이간질했다. 화가 난 L은 안 해도 될 말까지 해 버렸다. 늘 자기와 '조공' 길을 동행해 주던 내가 요즘은 같이 가 주지도 않는다고. 치사한 년이라고. 고급 정보를 알게 된 X는 바로 선생님께 달려가 말했다. 내가 애들을 모아놓고 선생님이 '뇌물'을 너무 밝힌다는 소문을 퍼트리고 있다고.

나는 전학을 갔지만 X는 예전처럼 반장이 되지 못했다. 6학년에 올라가서는 성적이 더 심하게 고꾸라졌다고 한다. 그렇지만 그때도 지금도 X에 대한 나의 마음은 미움이나 원망이 아닌 연민과 동정이다. 아직도 생생하게 기억난다. 한 번은 친구들과 X 집에 놀러 간 적이 있었다. X는 우리 중 한 명에게 현관 앞에 서서 자기 엄마가 오는지 안 오는지 망을 보라고 했다. 몇 번이고 확인한 뒤에야 그녀는 비로소 라디오를 켜고 음악을 들었다. 엄마가 라디오 켠 걸 알면 그날은 아마 제 제삿날이 될 거라고 했다. 또 한 번 그녀의 집에 놀러 갔던 날에는 엄마가 집에 계셨다. 그러다가 X가 아주 작은 실수를 저질렀는데, 우리가 보는 앞에서 버젓이 딸에게 심한 욕설을 퍼부으며 빈정대고 조롱했다.

아마도 반장 자리를 내게 빼앗겼던 날, 그녀는 그날처럼, 아니면 더 오랜 시간 엄마가 퍼부어 대는 공격을 무방비 상태로 받아야 했을 것이다.

너의 성장이 세상에 대한 가장 큰 복수란다

전학을 신청하자 교육부에서는 학교를 지정해 주었다. 하지만 선뜻 나를 받아 주는 담임 선생님은 없었다. 이유는 매우 현실적이었다. '문제아'로 낙인찍힌 학생이 새로운 학교에서 또 같은 문제를 일으키지 말라는 법은 없다는 것. 전체 학급 분위기를 흐릴 수 있다는 것. 게다가 당시만 해도 졸업 고사가 있어서 6학년이 끝날 땐 시험을 봐야 했는데, 학급 성적이 교사들의 상여금이나 진급에 직접적인 영향을 미쳤다. 그러니 아무도 나라는 '리스크'를 짊어지려 하지 않았다. 어쩔 수 없이 학교장은 강제로 반을 지정해 주었고 나는 당연히 담임 눈에 '미운털'이 되었다. 전학을 가자마자 모의고사가 있었다. 학교별로 수업 진도에 차이가 있었던 데다가 중간에 전학 절차로 인해 수업을 빠져야 했기 때문에 나는 32점이라는 점수로 고전을 면치 못했다. 담임은 나를 볼 때마다 들으라는 듯 땅이 꺼지라 한숨을 쉬며 혼잣말치고는 큰소리로 중얼거렸다. "어쩐지 전학을 와도 받아 주는 선생님이 아무도 없더라니……."

심지어 부모님을 학교로 불러 교무실에서 보란 듯이 망신을 주기도 했다. "애 공부 잘한다고, 걱정 말라고 하시지 않았어요? 보세요! 이런 쓰레기 같은 성적을 받아 놓고도 그런 말이 나옵니까?" 부모님은 큰 잘못을 저지른 어린애처럼 선생님께 연신 허리를 90도로 굽히며 잘못했다며 사과했다. 그렇지만 두 분은 집에 돌아와서 내겐 아무런 얘기를 하지 않았다. 예전 같으면 90점 밑으로 점수가 내려가기만 해도 시험지를 내 눈앞에서 갈기갈기 찢어 버렸었는데. 지금 생각해 보면 두 분은 아마 구렁이 때문에 '울고 웃었던' 사건을 계기로 내가 정신적으로 문제가 있다고 생각했던 것 같다. 그래서 또다시 충격을 줬다가는 증세가 심각해지거나 더 큰 문제를 일으킬지도 모른다고 여긴 것이다.

1주일 후, 외할머니가 우리 집에 오셨다. 엄마 아빠의 긴급 호출인 듯했다. 그런데 할머니는 오자마자 나를 데리고 자전거 가게에 가서 비싼 자전거 한 대를 사 주었다. 아빠의 한 달 월급에 맞먹는 돈이었다. 아직도 기억난다.

자전거 페달을 밟을 땐 구름 위에서 발을 구르는 것 같았다. 물 위를 부드럽게 흘러가는 것처럼 발에 휘감기던 그 감촉이며 코끝을 기분 좋게 간지럽히던 바람까지. 자전거를 탈 때만큼은 세상이 나에게 괜찮다고 위로를 건네는 듯했다.

한 번은 교외로 가족 나들이를 하러 갔다. 잔디밭에 돗자리를 펴고 집에서 싸 온 도시락을 맛있게 먹었다. 배불리 먹고 나자, 할머니가 가방에서 빨간색 색연필과 내 모의고사 시험지를 꺼냈다.

"자, 이 문제는 네가 아직 배우지 않은 개념이야. 배웠으면 틀리지 않았을 게다. 그러니 플러스 2점!"

"이건 조금 덤벙대서 그랬어. 다음에 집중해서 계산하면 맞을 수 있을 거야. 그러니 플러스 5점!"

"이건 시간이 없어서 못 풀었지. 앞 문제에서 배우지 않은 개념 때문에 시간을 너무 낭비했어."

그렇게 하나하나 점수를 매기다 보니 어느새 97점이 되어 있었다.

"이거 봐. 네가 원래 받을 수 있는 점수는 97점이라고."

그러더니 할머니는 '32점'에 빨간 줄 두 개를 좍좍 긋고 그 밑에 '97'이라는 숫자를 크게 썼다.

시험지 위에 쓰인 '97'이라는 숫자가 영롱하게 빛났다. 머리 위로 드리운 나뭇잎 사이사이로 햇살이 쏟아져 내려 시험지를 비추고 내 마음도 비춰 주었다.

"힘들지? 할미도 네 맘 다 안다."

세상에 이보다 더 다정한 목소리와 눈길이 있을까 싶었다.

"그런데 예전 그 선생님이나 지금 선생님을 너무 미워하진 말았으면 한다. 물론 화가 날 수는 있어. 그건 아주 정상이야. 그렇지만 기억하렴. 어찌 되었든 사람은 실력으로 승부 해야 해. 네가 실력을 키우고 성장하는 것이야말로 이 세상에 대한 가장 큰 복수란다."

그 이후로 정말 열심히 공부했다. 수업 시간엔 최대한 집중하고 모든 숙제를 꼼꼼히 하고 선생님이 내 준 과제를 성실히 수행했다. 한 번은 반 아이들이 전부 내 숙제를 베낀 적이 있었다. 그중에 한 문제를 잘못 푸는 바람에 반 아이들 모두가 똑같이 틀리고 말았다. 결국 선생님은 이 사건의 '원작자'가 나라는 걸 알게 되었고, 그날 나만 뺀 모든 아이가 서서 수업을 들어야 했다. 이상했다. 짝꿍 한 명에게만 숙제를 빌려줬었는데, 아마 반 아이 모두가 돌려 가며 똑같이 따라 쓴 모양이었다. 그 후 치러진 기말고사에서 나는 수학 만점을 받았다. 우리 반은 물론 학년 전체에서 유일한 만점자였다. 선생님은 그 뒤로 나를 볼 때마다 찬란하게 빛나는 미소로 답해 주었다. 이후로 수학은 내가 가장 좋아하고 잘하는 과목이 되었다.

어린아이들은 자신을 보호하는 능력이 없기 때문에 보호자의 도움과 아낌없는 응원, 지도가 필요하다. 그렇지만 안타깝게도 학교에서는 이런 것들을 잘 가르쳐 주지 않는다. 어떻게 나를 보호하고 방어해야 하는지 알려 주는 학교는 거의 없다.

늘 무시당하고 천대받던 학교생활은 중학교에 가서야 조금 달라졌다. 그런 변화가 일어난 이유는 의외로 아주 간단했다. 시외전화 요금이 내려가면서 할머니께 자주 전화를 걸 수 있었기 때문이었다. 마음이 힘들 때마다 할머니께 전화를 걸면, 할머니는 늘 새로운 방법으로 내가 문제를 해결할 수 있도록 도와주었다.

학교폭력에 대응하는 자세

할머니는 키 150cm에 체중 40kg으로 왜소한 체구였다. 노년이 될수록 키와 몸무게가 더 줄어들었지만, 살면서 그녀를 얕보거나 무시하는 사람은 없었다. 그런 걸 보면 '진정한 힘'은 체격에서 나오는 게 아닌 모양이라고, 어릴 때 어렴풋이 생각했다.

중학교 1학년, 같은 반에 내 공책에 계속 콧물을 묻히는 남자애가 한 명 있었다. 선생님은 종종 본인이 숙제를 봐 줄 시간이 없으니 옆자리 친구와 서로 바꿔서 채점하라고 했다. 그런데 옆자리 남학생은 매번 내 공책에 코딱지와 콧물을 묻혔다. 심지어 나중엔 내 숙제를 찢어 버리거나 심심풀이로 한 번씩 내 머리카락을 잡아당기기도 했다. 참다 참다 할머니께 전화를 걸었다.

할머니는 먼저 그 아이와 대화로 잘 풀어 보라고 했

다. 하지만 소용없었다. 녀석은 매번 알았다고 대답해 놓고는 계속 똑같은 짓을 반복했다. 그다음엔 선생님께 이야기해 보라고 했다. 그러나 선생님은 오히려 그런 사소한 일로 고자질을 하면 못쓴다며, 내가 너무 속이 좁은 아이라고 핀잔을 줬다. 친구들끼리는 서로 이해하고 사이좋게 지내야 한다면서. 할머니는 마지막으로 내게 억울하냐고 물었다. 내가 그렇다고 하자 그러면 '필살기'를 준비하라고 했다.

"자, 그 억울한 마음을 계속 기억해야 해. 처음엔 참아야 한다. 내색하지 말고 기다려. 지금은 공책을 새로 바꾼 지 얼마 안 돼서 별 설득력이 없거든. 걔가 콧물을 있는 대로 묻혀서 공책이 말도 못 하게 지저분해지면, 그러니까 증거를 충분히 확보하고 난 뒤에 움직이도록 하거라."

나는 할머니 말대로 때를 기다렸다. 그러던 어느 날 녀석이 심한 감기에 걸려 왔다. 그는 내 공책이 휴지인 줄 아는 모양이었다. 찐득찐득한 콧물을 있는 대로 묻혀 놔서 풀로 붙인 것처럼 종이가 엉겨 붙고 주름이 자글자글해졌다. 공책이 휴지 조각처럼 너덜너덜해졌을 때 나는 행동을 개시했다. 수업이 끝난 후 공책을 들고 교무실로 향했다. 공책을 선생님 책상에 올려놓고 목 놓아 울기 시작했다. 울다 보니 정말 서러워져서 나중엔 말이 잘 나오지 않았다. 교무실에 있는 모든 선생님이 우리를 쳐다봤다. 학년 부장 선생님이 놀라서 달려왔다. 때로는 말을 하지 않을수록 효과가 좋다. 그럴수록 사람들은 무슨 일인지 알고 싶어서 난리니까. 선생님은 다급히 반 애 중에서 말하기 좋아하는 몇몇을 불러왔다. 아무리 달래도 내가 꺽꺽대며 울기만 하니까 생각해 낸 방법이었다. 화가 난 학년 부장 선생님 앞에서 그동안 녀석에게 괴롭힘을 당했던 애들이 이때다 싶어 자기 '에피소드'를 줄줄이 풀어놨다. 담임은 어쩔 줄 몰라 하다가 바로 교실로 달려가 녀석을 불러내 따끔하게 혼을 냈다. 놈은 바득바득 이를 갈았지만, 무섭게 혼내는 선생님 앞에서는 어쩔 수 없었는지 모두가 보는 앞에서 내게 사과를 건넸다.

그날 나는 확실히 알았다. 꼭 내 입으로 말하지 않아도 정의는 승리한다는 걸. 그리고 나와 같은 처지에 있는 사람이 생각보다 많다는걸. 사실 거기서 끝나도 충분했지만, 안 할 거면 아예 시작도 하지 말고, 할 거면 끝까지 제대로 하라는 게 할머니의 신조였다. 조금 더 안전하게 마무리하기 위해 할머니는 우리 가족 중에 얼굴이 가장 험악하게 생긴 아빠를 학교로 보내 하굣길에 녀석의 길을 막도록 지시했다. 아빠 말로는 녀석이 아빠와 눈이 마주

치자마자 벌벌 떨었다고 한다. 그런 녀석에게 아빠는 웃으며 새 공책 한 권을 건넸다. "자, 선물이다. 친구들끼리 사이좋게 지내야지." 어벙한 표정을 짓던 녀석은 조금 뒤 감동한 얼굴로 공책을 건네받았다고 한다. 그 뒤로 나를 괴롭히는 일은 두 번 다시 없었다.

아이들의 세계든 어른들의 세계든 인간관계 전략은 대부분 비슷하다. 사람은 복잡하고 귀찮은 일을 싫어한다. 그게 인간의 천성인 것을 어쩌겠는가. 정규 수업 말고도 학교 선생님들은 할 일이 많다. 힘들고 바빠서 지치는 게 당연하다. 그래서 학생들 간의 마찰이나 갈등에 관해서는 고의든 아니든 좋게 좋게 넘어가라고 가르친다. 싸움이 일어나도 한쪽이 참고 넘어가면 문제를 해결할 수 있다고 믿는다. 하지만 서로 간의 무시와 괄시, 괴롭힘과 폭력이 그렇게 하나둘 덮어지기 시작하면 연약한 '피해자'는 씻을 수 없는 상처를 받게 된다. '가해자'들은 자기의 행동이 잘못된 것이라는 걸 인지조차 하지 못한다. 심지어 자신이 괴롭힌 아이들과 사이가 좋다고, 그냥 친구 사이에 장난 좀 치며 재밌게 논 거라고 말한다.

이런 일을 가볍게 생각하는 부모들도 있다. 내가 녀석과의 일을 부모님이 아닌 할머니께 알린 이유는 말해봤자 소용이 없을 거란 걸 잘 알았기 때문이다. 부모님은 분명히 원인을 나에게서 찾으려고 했을 것이다. 그런 말을 들었다면 나는 더 심한 상처를 받고 힘들어했을 거다. 부모님 혹은 보호자의 지지와 응원이 없다면 '열세'에 처한 아이는 더더욱 반기를 들지 못한다.

처음 만난 사이에서 무턱대고 벌어지는 괴롭힘이나 학교폭력은 없다. 그것은 아주 서서히, 끈질기게 지속되고 점점 강도가 심해지다가 결국에는 당사자가 통제할 수 없는 지경에 이른다. 그렇게 되면 '피해자'는 심리적인 지배까지 받는 상황에 이른다. '가해자'는 아무리 그들을 괴롭혀도 자신이 아무런 대가를 치르지 않아도 된다는 사실에 득의양양해진다. 그렇게 세상에 무서운 것 없는 '악마'가 자라나고 그 악마에게 시달리는 죄 없는 희생양이 탄생한다.

약자에게는 너무 가혹한 '원수를 사랑하라'

천 리 먼 집에서 온 편지가 겨우 담장 때문이라니
(千里修書只爲墻)
그에게 땅 세 척을 양보한들 어떠랴 (讓他三尺又何妨)
만리장성은 지금도 여전하지만 (長城萬里今有在)
당시의 진시황은 보이지 않는다네. (不見當年秦始皇)

중국 청나라 강희제 때 예부 상서 장영(張英)이 어느 날 안후이(安徽)성 퉁청(桐城)시 고향 집에서 날아온 편지 한 통을 받았다. 내용인즉슨 이웃 오(吳)씨 집안과 다툼이 벌어졌으니, 힘을 써 달라는 것이었다. 장씨와 오씨 두 명문가의 담장 경계를 둘러싼 분쟁으로 관청이 중재를 나섰지만, 아무런 소용이 없었고 결국 고관으로 있던 아들에게 부모가 도움을 청하기에 이른 것이다. 아들은 여기에

위와 같은 시 한 수로 마음을 전했다고 한다.

이 편지 한 통으로 집안 사람들은 마음을 돌려 담을 뒤로 세 척이나 물려 쌓았다. 장씨 가문이 먼저 양보하자 오씨 가문에서도 똑같이 뒤로 세 척 물러났다. 극적인 타협이 이뤄지면서 길이 100m의 담장 사이로 6척 넓이의 통로가 생겨났다. 두 가문이 작은 이익과 자존심을 버리고 한걸음 뒤로 물러나자, 육척항(六尺巷)이라는 길이 뚫렸고 그 미담은 오늘까지 전해진다.

중학교 때 할머니는 이 이야기를 다 해 주고는 피식 웃으며 말씀하셨다.

"하지만 먼저 알아야 할 게 있다. 당시 두 집안은 그 지역에서 알아 주는 명문가였어. 재력으로나 권력으로나 빠질 게 없었지. 만약 장씨 집안은 미천한 집안이고 오씨 집안만 명문가였다면 얘기가 달라졌을 거다. 오씨 집안에서 장씨 집안 담장은 물론 마당까지 다 차지해 버리면 그만이니까."

할머니는 만일 상황이 그랬다면 이 얘기는 역사서에 거론조차 되지 않았을 거라고 했다.

"봉건사회에서 천민은 아무리 분노해 봤자 소용이 없었어. 무시당하는 게 당연한 줄 알고 살던 시대였으니까. 공명정대(公明正大)? 그런 말은 죄다 돈 있고 실력 있는 사람들에게나 해당하는 말이었지. 아마 오씨 가문에서는 마음속으로 그렇게 생각했을 거다. '기껏 이런 담장을 둘러싼 사사로운 일로 쩨쩨하게 굴겠어?' 하지만 장씨 가문은 그렇지 않았어. 원래 있는 사람들이 더 한 법이거든. 게다가 자기 아들이 조정에서 일하고 있지 않니."

할머니가 풀어 주는 '뒷이야기'가 너무 재밌어서 나는 화장실에 가고 싶은 것도 꾹 참았다.

"그런데 아가, 원래 정계에도 '라인'이라는 게 있는 거거든. 물론 장영이라는 인물이 정말 호탕하고 마음이 넓었을 수도 있다만, 아마 그는 분명 이런 생각도 했을 게다. '겨우 이런 일 때문에 내가 나섰다가는 나중에 책잡힐 일이 생기고 말 거야. 당장 내가 사는 집도 아닌데 삼 척을 더 못 가진다 한들 무슨 대수겠어?'"

할머니는 마치 본인이 장영이라도 되는 양, 사뭇 진지하게 그를 연기했다.

"옛날에는 이웃집 숟가락이 몇 개인지 서로서로 알 정도로 가깝게 지냈단다. 서로에 대해 잘 아는 만큼 소문도 빨랐지. 아마 장영이 답장을 써 주면 무슨 내용인지 다음날 글자 하나도 빠지지 않고 온 동네에 퍼졌을 거야. 그러니 대충 마무리하고 좋게 좋게 넘어가는 것보다는 도리어 오씨 가문을 이용하는 게 좋다고 판단했겠지."

그러고선 할머니는 내게 갑자기 퀴즈 하나를 냈다.

"그러면 장씨 집안이 아들에게 편지를 보냈다는 사실을 알게 된 오씨 집안에서는 무슨 생각을 했을까?"

내가 머뭇거리며 대답을 주저하자 할머니는 원래부터 정답은 내가 말할 참이었다는 장난스러운 얼굴로 이야기를 이었다.

"큰일이구나! 장영이 이 일을 안 이상 겉으로는 너그러운 척해도 뒤에서 칼을 꽂을지 몰라! 지금은 담장을 양보해도 나중에 더 큰 걸 빼어 가고 말 거야!"

할머니는 아마 오 씨네 집안이 며칠 밤을 새우며 고민하다가 결국에는 장 씨네와 똑같이 세 척을 양보하게 되었을 거라고 했다. 그래서 이 이야기가 미담이 되어 내려오는 거라고. 나는 잠시 멍한 표정이 되었다. 아름다운 줄로만 알았던 옛이야기에 그런 현실적인 배경이 있었다니. 할머니는 내 표정을 살피고는 본인이 너무 사실적으로 이야기했다고 생각했는지 말을 돌렸다.

"생각해 보렴. 숲에는 많은 동물이 함께 살고 있어. 하루는 토끼가 지나가다가 잠자는 호랑이의 꼬리를 밟았단다. 이럴 때 호랑이가 할 수 있는 일은 두 가지야. 토끼를 없애거나, 넓은 아량으로 용서하거나."

나는 할머니 말에 동의한다는 듯 고개를 끄덕였다.

"그런데 반대로 생각해 보려무나. 호랑이가 모르고 토끼를 밟았다고 말이야. 그럼 어떻게 될까?"

"뼈가 으스러지거나 그 자리에서 죽지 않을까요?"

"바로 그거야! 똑똑한 것. 혹시나 그런 상황이 생긴다면 토끼는 밟히지 않도록 죽을힘을 다해 도망쳐야 해. 그런데 토끼에게 '참아야 한다', '강해져야 한다', '용서해야 한다'고 가르친다? 그건 일종의 범죄에 가까운 거야. '원수를 사랑하라'는 말이 토끼에겐 얼마나 가혹한 일이니? 세상 모든 지식은 자기 상황에 따라 적용할 줄 알아야 해."

할머니는 마치 내게 그걸 알려 주는 것이 본인에게 주어진 중대한 사명인 양, 결의에 찬 표정으로 말했다.

"그러니까 애들에겐 먼저 자기를 보호하는 방법, 그리고 타인의 괴롭힘에 대처하는 방법을 알려 줘야 해. 그래야 건강한 어른으로 성장할 수 있는 거란다. 사자가 된 후라야 호랑이를 용서하는 아량도 생기지."

오랜 시간 심리 상담을 하면서 확실히 알게 된 사실 한 가지는 내담자 대부분이 일상에서 언제나 가장 착하고 온순한 역할을 하고 있다는 것이다. 그들은 관계 속에서 늘 희생하고 참아 주기 때문에 항상 누군가에게 자기 것을 빼앗기고 잡아먹혀 심리적인 문제를 겪는다. 그런데 놀라운 건 이런 현상이 전 세계적으로 존재한다는 점이다. 나의 슈퍼바이저는 "인류 사회는 근본적으로 경쟁사회이기 때문에 그건 당연한 이치"라고 말했다. 그러니 이 세상을 지나치게 이상적이고 아름다운 눈으로 바라보지 말 것을 당부했다.

앞서 강조했던 것처럼 자녀 교육에서 놓치지 말아야 할 것은 바로 '순서'다. 아직 더하기 빼기도 제대로 못 하는 아이에게 미적분을 시키면 소화해 낼 수 있겠는가? 토끼에게 사자의 사냥법을 알려 준다 한들 아무런 소용이 없다. 도리어 토끼에겐 해가 될 수 있다. 학생들을 가르치는 교사가 쉽게 저지르는 잘못도 같은 맥락이다. 그들은 강자에게 적용해야 할 '약육강식'의 원리를 자꾸만 약자에게 주입한다. 괴롭힘을 당하는 아이들에게 '참아라', '친구와 사이좋게 지내라', '네가 더 강해져야 한다'고 말한다. 그 배경에는 당장 상황을 모면하고 사태를 진정시키고자 하는 게으름과 부족한 능력이 있다.

《도덕경(道德經)》은 제왕에게 하고 싶은 이야기를 담은 책이다. 나라를 슬기롭게 다스리는 법에 관한 내용이 주를 이룬다. 특히 여기에 등장하는 '원수에게 은혜를 베풀라(以德報怨)'는 가르침은 한 나라의 왕이라면 반드시 터득해야 할 덕목 중 하나다. 과거 봉건사회에서 제왕은 무한한 권력을 손에 넣을 수 있었다. 다시 말해 인자함과 의로움이 없는 인물이 왕이 되는 것은 곧 백성들에게는 재난이요 국가엔 재앙과도 같은 일이었다. 평범한 사람들에게는 아마 공자가 말했던 '정의로써 원한을 갚으라(以直报怨)'는 가르침이 훨씬 와닿았을 것이다. 공자가 살았던 시대는 사회적으로 매우 불안하고 혼란스러운 시기였다. 그런 시대에 '원수를 사랑하라'고 가르쳤다면 어땠을까? 마음 놓고 그를 괴롭히고 심지어 목숨을 위협하고 해치려는 사람들이 들끓지 않았을까?

선함은 본래 훌륭한 덕목이다. 다만 그 대상을 잘 구분해서 베풀어야 한다. 아무에게나, 누구에게나 선한 사람이 될 수는 없다. 물은 저항이 가장 적은 방향을 따라 흐른다. 인성도 마찬가지다. 스스로 나서서 자기 이익을 보호하지 않고 희생하는 게 습관이 된 사람에겐 아무도 손을 내밀지 않는다. 아무리 도움을 주려고 해도 그 습관에서 '벗어나려' 하지 않기 때문이다. 문제는 당신은 많은 부분을 내려놓고 희생하지만, 상대는 전혀 그걸 고마워하지 않는다는 점이다. 도리어 그걸 아주 당연한 일로 여긴다.

나 자신을 보호하는 것은 매우 중요하다. 그리고 이 과정에서도 '순서'를 놓치지 말아야 한다. 기초가 튼튼하지 못한 집은 금방 무너진다. 모래 위에 지은 집처럼 말이다. 동물의 세계는 피도 눈물도 없다. 생존에 필요한 자원을 누군가에게 양보하는 순간, 죽음이 덮쳐오기 때문이다. 식물의 세계도 마찬가지다. 양분을 충분히 확보하지 못하면 곧 말라 죽는다. 이것이 자연의 법칙이다.

생태계의 법칙이 이러한데 하물며 인간 세상은 어떠하겠는가. 힘 있는 자는 자기 편의에 따라 규칙을 정하고 힘없는 사람에게 그걸 따르라고 강요한다. 순종하지 않는 순간, '부도덕한 사람'이라는 비난의 화살이 날아든다.

괴롭힘을 당하는 '피해자'가 계속 참기만 하는 이유는 자기 자신에 대한 한계치를 너무 낮게 설정했기 때문이다. 즉 누구에게나 좋은 사람이 되는 걸 꿈꾸고 언제 어디서나 그런 사람이 되려는 데 익숙해진 탓이다. 하지만 가해자들에게 알려 줘야 한다. 남을 괴롭히는 일이 얼마나 치사하고 비열한 짓인지 알려 줘야 한다. 심지어 그로 인해 그들이 상상하는 것 그 이상의 대가를 치를 수 있다는 점을 상기시켜 줘야 한다. 그래야만 그들도 신중히 생각하고 행동할 것이다. 그러니 상대가 처음 공격해 올 때 용감하게 반격하도록 하라. 남을 괴롭히는 일이 얼마나 비열하고 지저분한 일인지 알게 해 줘야 한다. 사람은 모두 자기 통제력을 지녔다. 집에서 가족들을 폭행하는 사람도 밖에 나가 상사 앞에서는 공손하게 머리를 조아릴 줄 안다. 하지만 피해를 보는 사람은 언제나 말없이 폭력을 참아내고 순종하는 착하고 선한 가족이다.

자기를 보호하는 법을 터득한 사람이 사회에서 일정한 지위에 오르면 겸손한 자가 되어 사람들에게 존경받는 인물이 될 수 있다. 또 자신이 속한 단체와 사회의 발전을 위해 공헌할 수 있다. 하지만 늘 '생존'의 위협에 시달리는 사람, 자기를 보호할 줄 모르고 항상 희생하고 양보만 하는 사람은 자기 밥그릇도 제대로 챙기지 못해 늘 불안에 시달린다. 그런 사람이 어떻게 누군가에게 선한 영향력을 끼칠 수 있을까?

먼저 당신의 잔을 충만하게 채우자. 당신의 그 선의를 받을 만한 가치가 있는 사람에게 흘려보내도록 하라. 스스로를 보호하고 당신이 누려야 할 합당한 권리와 이익을 수호하라. 하지만 기억하라. 당신을 위해 희생하고자 하는 사람들은 당신의 선함과 됨됨이에 감동해서 그러는 게 아니다. 그저 자신이 어떤 대가를 치르게 될까 봐 두려워 나서는 것뿐이다. 그러니 그걸 너무 미화해서 생각할 필요 없다.

다들 그렇게 하잖아요, 그게 뭐 잘못됐나요?

오지랖 넓은 할머니는 여기저기 참견을 잘해서 가족들을 종종 귀찮게 했다. 집 나간 옆집 이모를 직접 찾아 나서서 다시 집으로 데려오거나, 아이를 때리는 부모가 있으면 다짜고짜 달려들어 뜯어말리고 화를 냈다.

한 번은 가족 행사가 있어 할머니가 상하이에 있는 여동생 집에 며칠 머물렀을 때 일이다. 옆집에서는 하루가 멀다고 큰 소리가 났다. 아이를 혼내거나 심할 땐 손찌검을 하는 듯했다. 아이는 잘못했다며, 제발 살려 달라며 울고불고 악을 썼다. 사실 예전엔 이런 집이 많았다. 자식을 똑바로 가르친다는 명목으로 때리거나 심한 욕설을 퍼붓는 부모를 심심치 않게 볼 수 있었다.

마음이 불편했던 할머니는 결국 참지 못하고 옆집 문을 두드렸다. 흥분이 가라앉지 않은 부모는 신경질적으로 문을 벌컥 열었다. 할머니는 좋게 좋게 이야기했다. 그러다가 애 잡겠다고, 좋은 말로 타이르라고. 그러자 그 부모는 보란 듯이 그 자리에서 아이를 더 두들겨 패기 시작했다. 하는 수 없이 할머니는 발길을 돌렸다. 그 후로도 아이를 때리는 소리는 자주 들려왔다. 할머니는 이모할머니에게 이유를 물었다. 대체 저 집은 왜 저러냐고. 그러자 이모할머니는 대수롭지 않은 듯 대답했다.

"쯧쯧. 뭐 특별한 이유가 있겠어? 조금만 눈에 거슬리면 그냥 때리는 거지. 한 번은 애를 너무 쥐잡듯 잡아서 숨을 못 쉬고 뒤로 넘어간 적도 있었잖우. 애만 불쌍하지 뭐."

할머니는 아무런 말도 하지 않았다.

그러던 어느 날, 이모할머니가 잔뜩 화난 목소리로 엄마에게 전화를 걸었다. 알고 보니 할머니가 집에 돌아오기 전, 그곳 주민센터에 가서 옆집 상황을 알리고 민원을 넣었다고 한다. 그런데 주민센터에서 미지근한 반응을 보이자, 시청으로 달려가 민원을 넣었다. 며칠 뒤 시청 사람들이 옆집을 찾아와 방문 상담을 했다. 옆집에서는 이런 일을 벌인 사람은 단 한 명밖에 없을 거라 확신했다. 화가 머리끝까지 난 그들은 이모할머니 집에 득달같이 달려와 한바탕 난리를 쳤다.

"아니 대체 너희 엄마는 왜 그렇게 오지랖을 부린다니? 자기는 그러고 집으로 휙 가 버리면 그만이지만, 난 여기서 저 사람들이랑 계속 얼굴 보며 살아야 하잖니! 대체 왜 이 사달을 내서 사람을 괴롭히는 거야! 왜!"

엄마는 할 말이 없었다. 이모할머니 말이 틀리지 않다고 생각했기 때문이다. 게다가 자기 엄마가 벌이고 온 일인데 무슨 할 말이 있으랴. 사실 할머니의 '오지랖'에 관해서는 엄마도 말릴 방법이 없었다. 이미 엄마 아빠와 삼촌이 나서서 여러 차례 당부하고 화도 내봤지만 소용없는 일이었다. 하지만 이번에는 이모할머니까지 성화인 만큼 할머니에게 다시는 남의 일에 참견하지 않겠다는 약속을 받아 낼 참이었다. 씩씩대며 대문을 박차고 들어가 일장 연설을 하는 엄마에게 할머니가 뜻밖의 미소를 지으며 물었다.

"그래서, 그 집은 아직도 애를 때린다니?"

순간, 엄마는 다리에 힘이 풀려 주저앉을 뻔했다.

"아니, 엄마! 엄마는 아직도 그게 궁금해?"

엄마는 제발 남의 집 일에 참견하지 말라며, 그게 할머니나 가족들 정신 건강에 좋다며 잔소리를 늘어놓았지만, 할머니는 귓등으로도 듣지 않는 듯했다.

"됐어. 신경 쓰지 마. 어쨌든 나는 걔 언니잖니. 시간이 지나서 화가 수그러들면 아무 일 없을 게다. 사랑의 매? 개 풀 뜯어 먹는 소리 하지 말라고 해. 세상에 그런 게 어딨어? 나는 절대 반대다. 애가 그 지경이 되도록 맞고 있는데, 어떻게 어른들이라는 사람이 아무도 나서 주질 않니? 도저히 이해가 안 돼. 그 집 사람들이 이번 일로 자식을 때리는 게 잘못됐다는 생각을 조금이라도 한다면 네 이모에게 무릎을 꿇어서 빌래도 빌 수 있어 나는!"

그리고 이어진 한 마디에 엄마는 준비해 갔던 말을 모두 거둘 수밖에 없었다.

"너 어릴 때, 내가 널 때린 적 있니? 내가 널 그렇게 키웠다면, 넌 어땠겠어?"

우리가 임대 주택에 살 때 한동안 할머니가 오셔서 며칠 머문 적이 있었다. 촘촘하게 들어선 주택 단지 안에서 이웃들은 서로서로 다 알고 지냈다. 우리 집은 5동이었고 나와 동갑내기 R은 맞은편 건물 1층에 살았다. R은 엄마가 돌아가셔서 아빠와 둘이 지냈다. 성적은 그리 좋지 않았지만 그림 하나는 정말 잘 그리는 친구였다. 친구들은 모두 R의 그림을 좋아했다.

어느 여름날, 아빠 엄마는 외출하시고 나와 할머니만 둘이 집에 있었는데 갑자기 열어 놓은 창문 너머로 날카로운 비명이 들려왔다. 깜짝 놀란 나는 베란다로 달려갔다.

이미 밖으로 나온 이웃들이 삼삼오오 모여서 뭔가를 구경하면서 수군대고 있었다. 자세히 보니 속옷만 입고 발가벗은 채로 R이 바닥에 내동댕이쳐져 있었고 그의 아버지가 잔뜩 화가 난 얼굴로 그녀에게 소리를 지르고 있었다. 한 손에는 야구방망이 같은 몽둥이를 든 채.

“이걸 점수라고 받아 와? 그러고도 네 엄마 볼 낯이 있어?”

그러면서 구경하는 사람들에게 들으라는 듯 소리쳤다.

“동네 사람들 보기 창피하지도 않아? 공부는 안 하고 이따위 만화책이나 보고 말이야!”

그는 작정이라도 한 듯 그동안 R이 군것질도 안 하고 아껴서 모은 돈으로 산 만화책과 그림들, 성적표를 갈기갈기 찢어서 R의 얼굴을 향해 던졌다. 막막한 심정이 된 나는 두 손으로 입을 틀어막았다. 그때 어디서 많이 본 사람이 무리를 지나서 뚜벅뚜벅 걸어 나왔다. 할머니였다. 할머니는 자기 외투를 벗어서 R에게 덮어 주었다. 불행히도 그 순간 R의 아버지가 내리친 몽둥이가 할머니 손을 가격했다. 평소 골다공증으로 고생하던 할머니는 손가락 골절상을 입었다.

또다시 ‘오지랖’ 때문에 벌어진 일이었다. 아빠와 엄마는 할머니를 보며 한숨을 쉴 뿐, 다른 말은 일절 하지 않았다. 무더운 여름이었기에 깁스하고 지내는 건 쉽지 않은 일이었다. 그럼에도 할머니는 그런 것쯤은 별로 대수롭지 않은 일로 여겼다. 다만 R의 일을 생각하면 피가 거꾸로 솟는 모양이었다.

"지금이 어떤 시대인데 무식하게 길거리에서 애한테 망신을 줘! 뭐? 다 애를 위한 거라고? 개소리 집어치우라고 해! 시험을 못 봤으면 애를 잘 타일러서 얘기하면 되지, 어떻게 그런 식으로 훈육을 해! 훈육의 '훈' 자도 모르는 무식한 놈 같으니라고! 다 큰 여자애 옷을 홀딱 벗겨서 길거리로 내몰면 이제 걔는 앞으로 얼굴을 어떻게 들고 다니라고! 그런 아빠는 없느니만 못해!"

말하다 보니 더 화가 나는지 안 되겠다며 R네 집으로 쫓아가려는 할머니를 아빠와 엄마가 겨우 말렸다. 깁스까지 한 상태에서 폭력적인 R네 아버지가 또 한 번 주먹을 휘둘렀다간 할머니 뼈가 더는 남아나지 않을 것 같아서였다.

"지가 왕인 줄 아는 부모들이 있어. 지가 가족의 유일한 왕이라고 착각하는 거지. 그런 사람들 특징이 뭔지 알아? 자식들에게는 최소한의 예의도 갖출 줄 모르면서 사람들 앞에서는 온갖 잘난 척, 위대한 척하는 위선을 떤다고. 그날 그놈이 왜 그렇게 시끄럽게 동네에서 난리를 피운 줄 알아? 그렇게 해서 사람들한테 지가 그래도 아비 노릇을 하고 있다는 걸 보여 주려고 그런 거야. 그래 놓고 남들한테 관심과 걱정, 위로를 받으려고. 그런 게 바로 역겨운 자기 위로야. 창피한 줄도 모르고."

얼마 후, R은 집을 나갔다. 그 후로 그 아이의 소식을 들은 사람은 아무도 없었다. 사람들은 다시는 그 아이 이름을 입에 올리지 않았다. 마치 처음부터 여기에 살지 않았던 아이처럼.

그전까지 나는 할머니가 아이들을 위해 부리는 '오지랖'이 별 소용 없다고 생각했다. 어쨌거나 어린 자식은 집안에서 가장 약한 존재이지 않은가. 생존을 위해서라면 부모에게 의존할 수밖에 없는 힘 없는 존재.

지금까지도 자식에게 매를 드는 건 지극히 사적인 '집안일'이라고 생각하는 사람들이 많다. 그들은 자식을 올바른 길로 인도하려면 어쩔 수 없이 매가 필요하다고 말한다. 그리고 그건 자녀를 사랑하기 때문에 하는 것이라고 얘기한다. 아이들은 무조건 참아내는 것 외에는 달리할 수 있는 게 없다. 그들은 아이들의 목소리에 귀 기울이지 않는다. 오로지 자기 생각만 일방적으로 전달할 뿐이다. 그들은 언제나 가장 직접적이고 노골적인 방식으로 자녀를 부정하고 무시한다. 고고하고 높은 자세로 아이를 하대하듯 교육하고 다스린다. 이런 강압적인 교육 방식을 택한 가정에는 한 가지 거부할 수 없는, 절대 거부해서는 안 될 규칙이 존재한다. '자식은 부모에게 순종해야 한다.' 이런 가정에서 자란 자녀들은 생각한다. '부모님 말씀을 잘 듣는 똑똑한 아이가 돼야 사랑받을 수 있어. 실수하고 부족한 아이는 이 세상에 존재해서는 안 돼.'

연인, 혹은 부부 사이에 주의해야 할 게 있다. 어떤 갈등과 문제가 일어났을 때 그것을 '내 문제 vs 네 문제'로 정확하게 구분해서 생각하고 해결하려는 태도다. 이런 사고방식 뒤에는 불평등이 숨겨져 있다. 즉, 윗사람이 아랫사람을 대하고 평가하는 일종의 특권 의식이 자리하는 것이다. 이런 식으로 생각하면 무의식중에 자신이 평가자의 자리에 앉아 상대를 은근히 질책하고 비난하며 조롱하고 비꼰다. 세상에 자기가 그런 대우를 받는 걸 좋아하고 즐기는 사람은 없다. 그럴수록 사랑하는 사람은 우리 곁에서 멀어지고 문제를 해결할 가능성은 점점 줄어든다.

하지만 위기나 문제가 생겼을 때 '우리 vs 문제'의 각도에서 생각하면 얘기가 달라진다. 문제 그 자체에 집중할 수 있기 때문이다. 그러면 시간이 지날수록 파트너와 진실한 마음을 나누고 관계도 돈독해진다. 일종의 '전우애'가 생기는 것이다. 이런 사이가 되면 상대가 하는 말에 진심이 느껴져 더 잘 수용할 수 있다. 그래서 문제를 더 쉽게 해결한다. 이러한 성공의 경험이 쌓일수록 즐겁고 행복한 기억이 더해져서 관계에 자신감이 생긴다.

SNS를 운영하면서 고맙게도 많은 사람의 이야기를 들을 수 있었다. 그중에는 R보다 더 고통스러운 청소년기를 보낸 사람들의 사연도 많았다. 가슴 아픈 사연들을 보며 나는 깨달았다. 아이들에게 부모는 우주와 같다. 그들은 태어나면서부터 부모를 사랑한다. 부모의 사랑을 의심하지 않는다. 이것이 그들이 살아가는 삶과 세상의 기초다. 때때로 부모가 아이의 생각이나 기대와는 전혀 다른 대우를 할지언정 그렇다고 해서 부모를 원망하진 않는다. 대신 그들이 할 수 있는 건 그저 자기 자신을 원망하고 공격하는 것뿐이다. '나는 왜 이 모양일까?', '나는 왜 부모님의 기대를 만족시키지 못할까?', '나는 왜 이리 못났을까?'

이러한 상처와 분노로 점철된 자기 공격이 지속해서 일어나는 아이가 과연 행복할 수 있을까? 자신감에 찬 어른으로 자랄 수 있을까? 그들은 늘 위축되어 있고 자신감이 없다. 부모는 그런 아이를 보며 또 공격한다. "대체 너는 왜 옆집 애처럼 싹싹하지 못하니?", "대체 너는 왜 그렇게 소심하니?"

내게 그러했듯 아픔 속에서 갈 길을 찾지 못해 방황

하는 아이들의 인생에 '외할머니'가 나타나 준다면 어떨까?

독자들이 자주 하는 얘기가 있다. 성인이 된 후, 어릴 적 받았던 상처에 대해 부모님과 나누길 원하는 마음에 힘겹게 얘길 꺼냈지만, 돌아온 반응에 더 큰 상처를 받았다고 말이다. "그래? 난 기억이 잘 안 나는데, 넌 참 기억력도 좋다. 어떻게 그런 것만 기억하니? 내가 널 얼마나 힘들게 키웠는데. 키워 준 은혜도 모르고……." 심지어 '자고로 머리 검은 짐승은 거두는 게 아니'라며 차마 입에 담지 못할 비난과 질책을 쏟아내는 부모도 있었다고 한다. 왜 그럴까?

첫째, 대다수 부모의 인지 수준은 한계가 있다. 그들이 지닌 지식과 과거의 경험으로는 현재 당신의 문제를 해결하지 못한다. 부모는 당신이 그런 얘기를 하는 순간 자신을 공격하고 질책한다고 느낀다. 자식이 아무리 큰 상처를 입었더라도 그런 건 부모님이 키워 주신 은혜로 덮어질 수 있다고 생각한다.

둘째, 그들의 에너지로는 당신의 상처를 품어 주기에 벅차다. 부모는 평생 먹고사는 것만 생각하며 살아왔다. 그들에게 사랑이나 이해 같은 건 값비싼 명품이나 사치품과도 같다. 하루하루 먹고사는 게 힘들어 정신적으로 여유가 없는 부모에게 정신적인 위로나 지지, 응원 같은 걸 기대하긴 힘들다.

셋째, 본인 인생에 희망이 없다고 생각하는 사람은 보통 그 실망과 아픔, 심리적 압박 등을 다른 곳으로 전가한다. 대표적인 대상이 자식이다. 이런 부모는 자기의 모든 기대와 꿈을 자식에게 투영한 뒤 정신적 위로와 만족감을 얻으려 한다. 당연히 자식의 행복을 돌아볼 여유 따윈 없다. 왜냐하면 자신도 살면서 행복을 느껴 본 경험이 거의 없기 때문이다. 심지어 행복이 뭔지, 어떻게 하면 그것을 얻을 수 있는지 잘 알지 못한다. 수박을 한 번도 본 적 없는 사람에게 수박 농사를 어떻게 하면 잘 지을 수 있는지 알려 주는 건 소용 없다. 그건 그 사람에게도 매우 불공평한 처사다.

중학교 시절, 하루는 할머니가 우리 집에 놀러 오셨다. 무슨 일인지는 정확히 기억 안 나지만 내가 뭔가 아주 작은 실수를 저질렀고 어김없이 엄마 아빠의 잔소리 폭격이 이어졌다. 나는 방 안으로 들어가 버렸다. 조금 뒤 할머니가 몰래 방으로 따라 들어와서 방문을 잠갔다. 아빠는 여전히 거실에서 큰 소리로 화를 냈다.

"한두 살 먹은 어린애도 아니고, 대체 언제 철들래! 이게 다 너를 위해 하는 말이잖아! 이러니까 다른 집 애들

얘기를 안 꺼낼 수가 없어. 아니, 너는 …….”

천 번은 더 넘게 들어 자다가도 줄줄 욀 수 있는 아빠의 레퍼토리가 시작되자 할머니가 옆에서 장난스러운 얼굴을 하고 나를 툭툭 건드렸다.

“할미가 도와줄까?”

속삭이듯 묻는 할머니에게 나는 괜찮다고 고개를 저었다.

“그래. 지금 당장은 널 도와줄 수 있지만, 나는 곧 떠날 사람이고 너희 엄마 아빠는 계속 그럴 거야. 하지만 걱정하지 말거라. 너는 생각보다 빨리 자랄 거고 어른이 되면 독립하겠지. 그렇지만 그전까지는 참아야 한다. 경제적으로 독립하기 전까지는 그래야만 해.”

나를 잘 ‘경영’해야 한다. 최대한 많이 성장하고 열심히 공부해서 나만의 전공을 살려야 한다. 실력을 키워서 내게 찾아오는 기회를 잘 잡아야 한다. 부정적인 기운으로부터 최대한 멀리 도망쳐야 한다. 그래야 비로소 보인다. 당연한 줄 알았던 그 일상이, 습관이 사실은 병들어 있었다는 걸 깨닫는다. 그렇다고 무력한 과거의 기억에만 빠져 있어서는 안 된다. 복수심이나 적개심에 잠식되어서도 안 된다. 그것들은 우리의 발목을 잡아 성장할 수 없게 한다. 현재와 미래를 잘 살아가는 것이 바로 변화의 시작이다. 불행한 기억의 블랙홀에서 벗어나 경제적, 정신적으로 건강한 독립체로 자라나야 한다. 그래야 부모와 새로운 방식으로 소통하고 교제할 실력을 갖출 수 있다. 그리고 당신이 얼마나 소중한 존재인지, 얼마나 존중받아야 하는 존재인지 알려 줄 수 있다.

물론 성인이 되었다고 해서 어린 시절의 어두웠던 그늘에서 완전히 벗어날 수 있는 건 아니다. 하지만 그 당시의 어린 나를 찾아가 따듯한 위로와 격려를 전할 수는 있다.

"그건 네 잘못이 아니야."

반려자를 만나 결혼을 하고 아이를 낳으면 부모가 내게 했던 것처럼 자녀를 대하기 쉽다. 하지만 우리는 의식적으로라도 익숙했던 그 길에서 벗어나 조금은 낯설고 두려운 길로 새롭게 발을 내디뎌야 한다. 대대로 전해오는 상처와 분노의 저주를 끊으려면 그렇게 해야만 한다. 당신에겐, 또 나에겐 그들이 했던 방식을 철저하게 거부할 권리와 능력이 있다.

교묘하게 당신의 인생을 통제하는 '가스라이팅'

할머니와 식당에 밥을 먹으러 갔을 때 일이다. 일부러 그러려고 했던 건 아닌데 그날따라 손님이 없어서 실내가 조용했던 탓에 옆 테이블에 앉은 가족이 하는 얘길 듣게 되었다. 아버지는 아들에게 신발이나 장난감, 둘 중에 딱 하나만 사줄 테니 골라 보라고 했다.

아들: "장난감이요."

아버지: "이놈 자식, 넌 왜 그렇게 철이 없니? 신발이 다 낡아서 그 모양인데 그걸 계속 신고 다니면 사람들이 네 부모를 뭐라고 생각하겠냐? 하여간 자기밖에 모른다니까."

아들: "하지만…… 아빠가 저더러 고르라고 하셨잖아요."

아버지: "이놈이 그래도! 솔직히 우리나 되니까 너 보고 골라 보라고 했지. 다른 집 부모 같으면 애당초 그런

건 물어보지도 않아.”

감정이 격해지자, 부인이 남편에게 그만하라는 표시로 팔을 흔들었지만, 그는 생판 남인 나까지 민망해질 정도로 대차게 부인의 손을 뿌리치고는 자기만의 ‘훈육’을 이어 갔다.

아버지: “어떻게 그렇게 대번에 장난감을 사고 싶다는 소리가 나오니? 넌 우리가 널 키우느라 돈을 얼마나 많이 쓰는지, 얼마나 고생하는지 생각도 안 하지? 그러다가 신발이 다 낡아 헤지면, 그때 또 새로 사 달라고 하려고?”

아들은 아무 말 없이 고개를 떨구고 닭똥 같은 눈물을 흘리기 시작했다. 보는 내가 다 억울해서 눈물이 나올 지경이었다.

아버지: “뭘 잘했다고 울어! 내가 널 때리길 했니 욕을 했니? 조용조용 알아듣게 잘 얘기했건만 지금 이게 대체 무슨 태도야!”

보다 못한 내가 참지 못하고 자리에서 일어나려는데 할머니가 조용히 내 손을 잡고는 고개를 가로저으셨다. 나서지 말라는 의미였다. 이상했다. 예전 같았으면 오히려 할머니가 먼저 나서서 따끔하게 한마디 하셨을 텐데. 집에 돌아와 할머니께 이유를 물었다.

"그런 방식의 훈육은 아주 교묘하게, 하지만 깊은 상처를 남겨. 그렇지만 대부분은 대수롭지 않게 생각하지. 부모가 자기 자식을 가르치는 건데 뭐가 문제냐고 말이야. 그 아이의 엄마조차도 어쩔 도리가 없는데, 네가 그 자리에서 무슨 수로 고치겠니? 설령 그 대화 내용을 녹음했다손 치더라도 아무 소용없을 게다."

할머니는 평소에 누군가, 특히 어른이 아이를 대신해 얘기해 주는 걸 싫어했다. 아이들과 대화를 나눌 땐 꼭 자기 생각을 스스로 얘기하게 했다. 물론 개중에는 "저는 어른들하고 얘기하는 건 딱 질색이에요."라고 받아치는 다소 '강한' 아이들도 있었다. 하지만 할머니는 그것조차 아이의 선택이라며 존중해 주었다.

많은 부모가 저지르는 치명적인 실수 중 하나는 자녀에게 사실대로, 마음속 이야기를 해 보라고 해 놓고 본인의 바람과 전혀 다른, 혹은 예상치 못했던 얘기가 나오면 이런저런 트집을 잡으며 비난을 퍼붓는다는 것이다. 심지어 그걸 열심히 '기록'했다가 다른 사람에게 고자질하거나 자녀를 혼낼 때마다 '증거'로 삼는 사람들도 있다. 그렇게 부모에 대한 신뢰가 한 번 무너지고 나면 아이는 더 이상 마음속에 있는 말을 털어놓지 않는다. 털어놓지 않으니, 부모는 아이가 무슨 생각을 하는지 알 수가 없다. 안타깝지만 정말 흔히 일어나는 일이고, 이건 몹시 위험한 신호다. 자녀가 부모나 가족이 아닌 '외부인'을 의지하게 되는 것만큼 슬픈 일은 없다. 게다가 그걸 이용해 불순한 의도로 아이에게 접근하는 사람이 있다면 정말 위험하다.

성장 과정에서 끊임없이 부모에게 거절당한 아이들, 혹은 부모를 '완벽하게' 인정한 아이들은 실제로 본인에게 큰 문제가 있으며 스스로 보잘것없고 형편없는 존재라고 생각한다. 뭘 하든 자신이 없고 자기의 결정이 틀린 것이라 믿는다. 할머니가 돌아가신 후에도 나는 위에서 얘기한 상황과 비슷한 일을 한 번 더 겪었다. 그 어머니는 아이에게 선택권을 준 것처럼 해 놓고 자기 생각대로 아이가 결정하지 않자, 원망을 쏟으며 아이를 비꼬고 조롱했다. 그땐 도저히 참을 수가 없어서 자리를 박차고 그들에게 다가가 따져 물었다. 기왕에 아이에게 선택권을 줬으면 무슨 결정을 하든지 존중해 줘야 하는 거 아니냐고 했더니 돌아온 대답이 기가 찼다. "우리 엄마한테 그러지 마세요! 엄마는 다 저를 위해서 그렇게 한 거예요!" 그때 세상을 다 가진 것처럼, 기세등등한 눈으로 나를 깔보듯 쳐다보던 여자의 모습이 아직도 눈에 선하다.

시간이 흘러 생각해 보니, 그 아이는 자신의 어머니를 '완벽하게' 인정한 것이란 생각이 들었다. 아이는 일단 생존해야 했고 그러려면 자기주장이나 의견, 생각을 접고 부모가 시키는 대로 따라야 했을 것이다. 부모는 아이가 본인들의 뜻을 거역하고 자기 생각을 고집하는 걸 절대 용납하지 않았을 테니까. 그렇게 아이는 모든 감정과 심리, 심지어 머릿속 생각까지 부모에게 '지배'당하며 살아야 했을 것이다. 기가 막힌 것은 장성한 어른이 되어서도, 심지어 부모가 세상을 떠난 뒤에도 부모의 그림자는 그들의 내면에 남아 쫓아내지도, 지워내지도 못하는 하나의 '낙인'이 되어 그들의 삶에 영원히 영향력을 발휘한다는 점이다. 그 그림자는 그들이 뭔가를 결정할 때마다, 중요한 선택을 하려고 할 때마다 이런저런 트집을 잡고 질책과 비난을 쏟아내기 때문에 쉽게 결단을 내리지 못하게 한다. 그 가운데 실패나 좌절을 만나기라도 하면 이내 모든 비난의 화살을 자기에게 돌리고 자책한다. 단언컨대 이런 식의 삶은 죽음보다도 고통스럽다.

아이가 다 자라 성인이 되면 부모 세대에는 옳다고 여겼던 사고방식이 더는 옳은 것이 아닐 수도 있다. 그러니 이전의 방식으로 일관되게 자녀를 지도하는 건 무리다. 오히려 그것이 역효과를 낳아 자녀의 성장을 방해할 수 있다. 그래서 독립적으로 사고하는 훈련이 되어 있지 않은 아이들은 나중에 타인을 너무 쉽게 신뢰한 나머지 이용당하기 쉽다.

꼭 부모가 아니더라도 당신의 외모를 비하하거나 당신을 향해 '넌 너무 이기적이야.', '넌 너밖에 몰라.', '넌 너무 속이 좁아.'라는 등의 말로 인신공격하는 사람들은 가까이하지 않는 것이 좋다.

작은 실수를 크게 부풀려 얘기하거나 별문제도 아닌 걸로 트집을 잡으며 흠집을 내려는 사람은 멀리하자.

직접적으로 당신을 지적하는 건 아니지만, 자꾸만 당신을 깎아내리고 비하하는 말을 쓰는 사람과는 거리를 두는 것이 좋다. 가령 습관적으로 '아휴. 너 때문에 내 인생이 너무 힘들다.', '너만 없었어도…….'라는 식으로 말하는 사람들에게는 마음을 주지 말자.

겉으로는 당신을 위하는 척, 도와주는 척 하지만, 당신이 반대 의사를 비치거나 말의 앞뒤를 따지기 시작하는 순간 그들은 매우 폭력적으로 변할 것이다. 문제의 본질을 무시한 채 당신을 자기 뜻대로 '바로잡으려' 할 것이다. 그렇게 공격하는 이유는 딱 하나다. 당신에게서 힘을 빼서 자기 뜻대로 움직이게 하려는 것이다.

상대가 당신의 마음을 불편하게 하는 말이나 행동을 한다면 위의 몇 가지 사항에 근거해 그가 고의로 그러는 것인지 아닌지를 판단해 보면 된다. 다만 고의성이 의심

된다고 해도 굳이 그 사람 앞에서 그것을 입증하려 애쓰지 말자. 증명하려고 하면 할수록 당신은 또다시 '가스라이팅'의 함정에 빠져 자존감이 낮아지고 상대에게 통제당하는 일이 벌어질 것이다. 설사 상대가 당신의 가족이라고 해도 하나만은 분명하게 기억해야 한다. 그가 잘못하고 있다는걸.

만일 상대가 가족이라면 먼저 '나'의 힘을 키워야 한다. 어느 정도 능력을 갖추면 시험이나 취직 등의 방법을 통해 물리적으로 멀어져야 한다. 사회에서 만난 사람이라면 지금 당장, 즉시 떠나도록 하라. 시간을 낭비할 필요 없다. 그는 당신을 빛나게 해 주는 사람이 아니다. 당신이 상대를 구제할 수 있다는 생각도 버리자. 연인이라면 특히 더 그래야 한다. 당신은 그 사람을 구할 수 없다. 도리어 같이 늪에 빠지고 말 것이다. 멀어질 수 있을 만큼 최대한 멀어져야 한다. 연락도, 만남도 끊어 내는 게 최선이다. 이미 마음에 깊은 상처를 입었다면 심리상담이나 정신과 치료를 받아 보길 적극 추천한다.

부모는 자녀에게 바라는 만큼 먼저 모범을 보여야 한다. 남에게 대우받고 싶은 만큼 내가 먼저 남들에게 대우해 주어야 한다. 약속을 쉽게 어기는 사람의 말에는 힘이 없다. 그런 사람은 다른 사람의 인생까지 망칠 수 있다.

자녀 교육에 대해 진심으로 깊이 고민하고 생각하는 부모들은 자녀가 자신을 거울로 삼을 수 있도록 말과 행동에 신중하고 모범을 보인다. 자기 삶의 경계를 분명하게 세우는 법을 가정에서 배우지 못하고 자라난 아이들은 그저 '이게 다 널 위해서야'라는 불합리한 사탕발림을 '사랑'이라 잘못 이해한다. 그렇게 어른이 되면 많은 고민과 번뇌, 갈등에 휘말리고 자신의 권익을 제대로 지키지 못하게 된다.

할머니는 단 한 번도 '이게 다 널 위해서야.'라고 말씀하신 적 없다. 대신 이렇게 가르치셨다.

"내가 먼저 가서 길을 닦아 놓으마. 네가 안심하고 나를 떠날 수 있게 말이야."

내 이익과 완벽하게 일치하는 사람은 세상에 없다

대학교 교양 영어 시간에 교수님이 자신의 유학 시절 얘기를 들려주었다. 그곳에서 만난 사람은 지금까지 만났던 남자들과는 달랐다. 운명의 상대처럼 느껴졌다. 둘은 열렬히 사랑했고 결혼을 이야기했다. 하지만 교수님 부모님의 심한 반대에 부딪혀 결국은 헤어지게 되었는데, 이유인즉슨 말년에 생판 모르는 외국에 가서 살 수 없다는 거였다. 그들은 딸이 늙은 자신들을 부양해야 한다고 했고 낯선 이국땅이 아닌 국내에서 살아야 한다고 했다. 둘은 서로를 축복하며 헤어졌지만, 부모님에 대한 교수님의 마음은 꽁꽁 얼어붙었다. 그로부터 10여 년이 흘렀지만, 교수님은 아직도 결혼 생각이 없다고 했다. 요즘엔 부모님이 이제 본인들 살날이 얼마 남지 않았다며, 그래도 죽기 전에 딸이 결혼하는 건 봐야 하지 않겠냐며 성화를 부린다고 했다.

나중에 우연히 할머니랑 대화를 나누다가 이 이야기를 하게 되었다.

"거봐라. 내가 항상 너에게 하고 싶은 얘기가 바로 그거였어."

별안간 할머니가 너무 진지하게 반응해서 조금 당황스럽기도 하고 웃기기도 했다.

"나는 네 외할머니기도 하고 또 널 너무 사랑하는 사람이기도 하지. 그런데 사람 마음은 참 복잡해. 사실 나도 네가 외지에 나가서 공부하고 일하는 게 썩 내키진 않아. 왜냐고? 나는 점점 늙어 가고 있거든. 내 옆에 자식이 많으면 많을수록 나를 돌봐 줄 사람이 많아지겠지. 그런데 그건 철저하게 나를 위한 거야. 물론 걱정도 되지. 네가 핏줄 하나 없는 외지에서 생판 모르는 사람들과 어울리며 일하는 게 얼마나 힘들겠니. 그러니 네가 이 땅을 떠난다고 하면 걱정도 되면서 한편으로는 원망도 될 거다. 하지만 그런 이유로 너를 여기 붙들어 두면 너는 정말 많은 기회를 놓치고 말겠지. 결과가 어떻든 모든 선택은 너 스스로 해야 해. 물론 그에 따른 대가도 너 스스로 짊어져야 해. 기억하렴. 선택권을 다른 사람에게 넘겨주는 순간, 네 삶은 망가지는 거야. 뜻대로 되지 않을 때마다 다른 사람을 탓하고 원망하느라 네 인생은 점점 시들어갈 게다."

이 세상에 나의 이익과 완벽하게 일치하는 사람은 존재하지 않는다. 설령 부모라 할지라도 내가 원하는 모든 것을 하나도 빠짐없이 완벽하게 이뤄줄 수는 없다. 중요한 건 나를 조용히 돌아보는 것이다. 나를 아끼는 주변 사람들은 이런저런 조언을 한다. 그게 다 나를 위한 것이라고 한다. 하지만 그중에서 내가 취할 건 뭔지, 내가 할 수 있는 게 뭔지를 돌아보고 가장 최선이라 생각되는 걸 선택해야 한다. 그리고 결과가 어떻든 그걸 수용해야 한다. 그건 다른 누군가가 아닌 바로 내가 내린 결정이니까.

다른 누군가에게 그 꿈을 버리라고 말하는 건 일종의 지독한 이기심이다. 자기는 그렇게 살지 않으면서 남에겐 '성자(聖子)'가 될 것을 요구하는 것도 우스운 일이다. 그렇다고 나 스스로 하고 싶은 일을 포기하는 것도 비합리적이다. 그럴수록 우리는 심각한 내적 소모의 늪에 빠진다. 어른들은 '성공한 사람'이나 '훌륭한 위인'의 잣대를 아이들에게 들이대며 '너도 그렇게 살아야 한다'고 다그친다. 그런데 아이러니하게도 그렇게 강요할수록 문제아가 생겨난다.

인생은 암벽 타기와 같다. 때로는 젖 먹던 힘을 다해도 위로 올라가기는커녕 제자리에 버티고 있는 것도 벅찰

때가 있다. 도덕적인 기준치를 지나치게 높이 잡거나, 마음이 지나치게 여리고 우유부단한 사람은 그 도덕적 기준에, 혹은 타인의 무분별한 질책과 비난에 걸려 넘어지기 쉽다. 그 절망의 심연에 빠지면 좀처럼 헤어 나오기 힘들다. 심리적 압박은 갈수록 더해지고 인생은 난기류를 만난 비행기처럼 이리저리 흔들린다.

나와 다른 사람의 이익이 완벽하게 일치할 수는 없다. 중요한 건 너와 내가 추구하는 이익 속에서 조화를 이뤄 내는 것이다. 내가 원하는 게 있으면 상대와 상의하고 조율하면 된다. 다른 사람이 무언가를 요구해 올 때는 일단 그게 합리적인지 아닌지 잘 생각해 본 다음 수용하거나 거절하거나 둘 중 하나를 선택하면 된다. 단, 경계선은 정확히 지켜야 한다.

부탁을 들어주기로 했으면 후회 없을 정도로 최선을 다해서, 거절하기로 했다면 조금 더 당당하고 떳떳해지면 된다. 다른 누군가의 삶을 내 뜻대로 주무르려 하지 말자. 내 삶 역시 누군가에게 휘둘릴 필요 없다.

타인에 대한 지나친 요구와 갈구를 내려놓을 때 삶에 대한 용기와 희망이 생긴다. 타인을 향한 분노와 실망이 줄어든다. 그때 비로소 더 넓은 마음과 아름다운 눈으로 세상을 보게 될 것이다. 편안하게 잠드는 밤이 늘어날 것이다.

기억하라. 당신의 인생은 당신의 것이다. 선택과 결정도 당신이 하는 것이다. 물론 그에 따른 결과도 당신의 몫이다.

내 것을 당당히 요구할 줄 아는 여성이 되어라

중학교 여름방학, 할머니 집에서 달콤한 수박과 시원한 선풍기 바람, 텔레비전의 3중 콤보로 더할 나위 없이 만족스러운 시간을 보내고 있었다. 텔레비전에서는 당시 유행이던 하이틴물이 한창 방영 중이었는데, 어린 내가 보기에도 '저게 가능한가…….'싶은 장면이 많았다. 가녀린 여주인공은 과하다 싶을 정도로 남자에게 희생하는 캐릭터였는데 심지어 자기가 사랑하는 남자가 다른 여자와 잘되도록 도와주는 서사였다. 여주인공은 눈물을 흘리며 하나도 기쁘지 않은 얼굴로 말했다. "사랑은 그 사람을 행복하게 해 주는 거야. 사랑은 그 어떤 것도 바라거나 기대해서는 안 돼." 결론적으로는 그녀의 희생에 감동한 나머지 남자주인공도 마음을 돌이켜 둘이 함께하게 되는 해피엔딩이었다. 하지만 할머니에겐 전혀 해피엔딩이 아닌 듯했다.

"웃기고들 앉았네!"

할머니는 불같이 화를 내며 냅다 텔레비전 전원을 꺼버렸다. 중학생이었던 나는 드라마 정도는 다 사람이 지어낸 얘기라는 것쯤은 알고 있었다. 그래서인지 진지하게 반응하는 할머니의 모습이 새삼 귀엽게 느껴졌다. 할머니도 진정시킬 겸 내가 농담 삼아 말했다. "할머니 또 남 걱정한다." 하지만 할머니는 화난 마음이 쉬이 가라앉질 않는 모양이었다.

"나도 알아. 이게 실제 이야기가 아니라는 걸. 아니, 그래도 그렇지. 이런 걸 너처럼 어린 여자애들이 얼마나 많이 보겠니. 그럼 죄다 여자는 저래야 한다고 생각할 거 아냐!"

시원한 수박을 옆에 두고도 할머니는 성에 차지 않는지 냉수를 벌컥벌컥 들이켰다.

"내가 사랑하는 사람이 다른 여자랑 잘되도록 도와준다고? 하이고. 그래서 거기에 감동한 남자가 '아, 날 진정으로 사랑하는 사람이 너였구나!' 하고 돌아온다고? 퍽이나. 그리고 그건 감동이지 사랑이 아니야. 사랑은 나를 표현하는 거야. 내가 어떤 사람인지, 내가 널 얼마나 사랑하는지 알려 주는 거라고. 상대는 거기에 매력을 느끼고 끌리는 거지. 그렇게 서로가 사랑을 하면서 내가 더 좋은 사람으로 성장하는 과정이 사랑이야."

설령 상대가 날 좋아하지 않는다고 해도 '더 좋은 사람'이 되어 가는 그 과정을 멈추어서는 안 된다고 할머니는 말했다. 나와 연이 닿지 않은 사람에게는 작별을 고하고 인생의 다음 단계를 다시 시작하면 되는 거라고 했다.

"제일 바보 같은 게 뭔지 아니? 사랑 때문에 나를 잃어버리는 거. 사랑 때문에 내 마음을 숨기는 거야. 사랑은 원래 나 혼자만 차지하고 싶은, 아주 이기적인 거야. 그게 인간의 본성이라고. 이런 인간의 본성에 어긋나는 저따위 가치관을 사람들에게, 그것도 청소년들에게 심어 주려고 하다니!"

할머니는 세상에 공짜는 없는 법이라고 했다. 받는 게 있으면 반드시 무언가를 줘야 하는 거라고, 설령 그게 부모의 사랑이라고 할지라도 다르지 않다고 했다.

"내가 말하는 건 비단 돈뿐만이 아니란다. 정서적인 가치나 돌봄과 같은 모든 걸 말하는 거야."

나이가 들고 어른이 되면서 나는 그 여름, 할머니가 열을 내며 해 주었던 그 이야기의 의미를 조금씩 깨달아 가기 시작했다. '공평함'이란 인류가 본능적으로 추구하는 가치이자 사회 질서를 확립하는 데 꼭 필요한 핵심 요소다.

누군가에게 퍼 주기만 하고 아무런 보답도, 감사의 표현도 받지 않는다면 나는 점점 '함부로 대해도 상관없는 사람'이 될 것이다. 누군가의 희생을 요구하기만 하고 받기만 하는 사람 주변엔 점점 사람이 사라질 것이다. 친구도. 가족도.

오는 게 있으면 가는 게 있는 법이다. 가는 게 있었으면 오는 것도 받을 줄 알아야 한다. 관계라는 건 그렇게 순환되고 유지되는 것이다.

일방적인 헌신과 희생이 요구되는 관계는 지속하기 어렵다. 할머니가 들려준 옛날이야기 중에 '공융양리(孔融讓梨)'에 관한 얘기가 있다. 동한 말의 문학가인 공융이라는 사람이 네 살 때 가족들과 함께 배를 나눠 먹었는데 자꾸만 제일 작은 것만 골라 먹었다. 한 어른이 그에게 이유를 묻자 자기는 아직 나이가 어리고 조금만 먹기 때문이라고 대답했다. 다른 사람이 그렇다면 왜 더 어린 동생들에게 작은 걸 주지 않느냐고 물었더니 "제가 형이니 당연히 양보해야죠."라고 말했다. 보통 '양보'에 대한 미덕을 가르칠 때 어른들이 흔히 인용하는 고사성어다. 하지만 할머니의 생각은 조금 달랐다.

"물론 진심에서 우러나온 양보라면 아주 훌륭하지. 그런데 부모가 그 양보라는 도덕적 잣대를 자식에게 들이

대면서 강요하면 안 돼. 내 자식이 좋아하는 걸 다른 사람에게 억지로 양보하게 해서 본인의 명성을 취하려는 사람들이 있어. 정말 끔찍하고 흉악한 부모들이지. 사람은 진실해야 해. 나 자신에게 진실해야 다른 사람에게도 그렇게 할 수 있는 거란다."

공자가 제자들과 채나라로 가던 중 먹을 것이 없어 허기를 버티다가 깜짝 잠이 들었다. 그러다가 눈을 떴는데 제자 중 한 명이 어딘가에서 얻어 온 쌀로 밥솥에 밥을 지어서 혼자 몰래 집어먹는 걸 보고 노여움을 느꼈다. 세계적으로 인정받는 그 훌륭한 위인조차 도달하지 못한 도덕적 기준을 우리 같은 보통 사람들에게 적용하려 하면 문제가 생기기 마련이다.

'그 사람이 날 어떻게 대하든, 난 변함없이 그 사람을 사랑해.' 이런 가치관을 남녀 사이에 주입하면 관계가 뜻대로 되지 않았을 때 모든 원인을 자기 자신에게서 찾으려 한다. 도덕적 기준에 도달하지 못한 자신을 자책하고 원망한다. '다 나 때문이야.', '전부 내가 잘못해서 벌어진 일이야.' '그래서 그 사람이 날 떠났어.'

주기만 하고 받지 못하는 사람의 인생은 괴롭다. 자신이 준 것만큼의 보상을 당당히 요구하지 못하는 이유는 자신이 없어서다. 혹은 자신이 얻고자 하는 것이 무엇인지 잘 알지 못하는 경우도 허다하다.

'사람은 누구나 타인의 고통을 외면하지 못하는 마음을 지녔다(人皆有不忍人之心)'. 맹자의 가르침이다. 여기서 말하는 마음은 '공감'과 '동정심'이다. 그런데 인생에 희망이 없고, 사는 게 괴로운 사람은 다른 사람이 어떻게 살아가는지 관심이 없다. 그들이 살든 죽든 나와는 상관없는 일이라고 생각한다. 심지어 눈앞에 어린아이가 강가에 빠질 것 같은 광경이 벌어져도 모른 척 지나간다. 나 자신의 삶조차 사랑하지 않는 사람에겐 타인의 삶이 눈에 들어오지 않는다. 자기를 존중할 줄 아는 사람만이 진정으로 타인을 존중하고 아낄 줄 안다.

우리는 사랑해야 한다. 물론 사람을 만나다 보면 내가 무언가를 양보하거나 희생하는 일도 있다. 그렇지만 중요한 건 그게 과연 무엇을 위한 것인지 정확히 알아야 한다. 내가 뭘 위해 희생하는지, 내가 양보하는 목적이 무엇인지를 말이다. 상대를 만족시키기 위한 거라면 관계의 결정권을 그 사람 손에 내어주는 것과 같다. 그렇게 하면 그 사람이 날 사랑해 줄 수 있지만, 또 사랑해 주지 않을 수도 있다. 나 스스로 감동하기 위해, 나는 남들과 다르다는 어떤 '위대함'을 느끼기 위해 희생하는 사람도 결국엔 넘어진다. 그런 사람들에게는 누군가의 작은 비난이나 꾸짖음이 자신이라는 존재를 완전히 부정하는 것처럼 느껴져 엄청난 재난으로 다가오기 때문이다.

2
장

나를 보호하는 것에 수치심을 느낄 필요 없다

‘헌신’과 ‘체면’에 발목 잡힌 사람들

할머니는 젊은 시절 인기가 많았다고 한다. 형편 좋은 집안에서 여러 차례 혼례 제의를 했지만, 할머니는 그들을 모두 마다하고 외할아버지를 만나 번화했던 상하이에서 굳이 시골로 거처를 옮겼다. 신혼 시절엔 넉넉하진 않은 살림이었지만 세 끼 먹고 사는 데는 문제가 없었다. 하지만 시간이 지나면서 가세가 기울었고 엎친 데 덮친 격으로 할머니가 병까지 얻어 생명이 위태위태했다. 한 번은 병원에서 진료실 문을 닫으려는데 발이 떨어지지 않았다. “저분은 마흔을 넘기긴 힘들 것 같아.” 의사가 진료실 문이 닫힌 줄 알고 간호사에게 건넨 말이 들려왔기 때문이었다. 한참 뒤 정신을 차리고 집에 돌아오면서 할머니는 많은 생각을 했다.

그즈음, 예전에 할머니와 친하게 지내던 목장에서 일

하던 친구가 할머니에게 중요한 정보를 알려 주었다. 과거에 회사에 다녔던 경력증명서나 최근 병원 진료비 세부 명세 등과 관련한 서류를 보내 주면 정기적으로 농장에서 저렴한 가격에 우유를 살 수 있다는 내용이었다.

엄마와 삼촌은 당시 유치원생이었다. 먹을 것이 귀한 시절이었다. 유치원에서는 삼시 세끼를 모두 제공했지만, 덩치가 유난히 작았던 삼촌은 맨날 친구들에게 밀려 꼴등으로 급식을 받다가 반찬이 모자라면 못 먹기 일쑤였다. 삼촌은 늘 배가 고프다며 징징댔다. 한 번은 삼촌이 너무 많이 울어대는 통에 엄마가 자기 머리카락을 잘라 아궁이에 데운 뒤 삼촌에게 먹으라고 한 일도 있었다. 매번 농장에서 우유가 올 때마다 삼촌은 기대에 찬 눈으로 쳐다봤지만, 할머니는 한 모금도 남기지 않고 본인 입으로 탈탈 털어 넣었다. 그런 할머니를 뚫어지게 보는 삼촌의 손을 엄마는 안쓰러운 마음으로 잡아끌었다. "그만 보고 누나랑 밖에 나가서 놀자." 하지만 할머니는 그렇게 나가는 엄마와 삼촌을 불러세운 적이 없었다. 다만 마지막에 우유병을 씻은 물까지 아까워 한 방울도 남김없이 입에 털어 넣었다.

엄마와 삼촌은 명절 때마다 모이면 그 얘기를 했다. 거기에 조금 더 이런저런 이야기를 보태서 자식들에게 우유를 줄 때마다 그 소중함을 두 번 세 번 강조했다. 할머니는 그럴 때마다 그냥 웃어넘기곤 했다. 그러면서 "눈물 젖은 우유를 먹어 본 적 없는 너희들이 뭘 알겠니." 하고 코웃음을 쳤다. 그러면 가족들은 재치 있는 할머니의 반응에 크게 웃음을 터트렸다.

할머니는 병원 문을 나서면서 이것저것을 따져 보고 집에 들어서기도 전에 결론을 내렸다. 사람 일이라는 건 앞으로 어떻게 될지 아무도 모르는 거였다. 하지만 한 가지는 확실했다. 할머니는 살아야만 했다.

당시는 할아버지의 여동생이 대학을 졸업해 취직한 상태였고, 할아버지도 진급을 앞두고 있었다. 할아버지의 원가족에 대한 경제적 부담도 점차 줄어들고 있었지만, 문제는 할아버지가 꽤 미남이라는 데 있었다. 만일 할머니가 세상을 떠나면 당시 사회 정황으로도 그렇고, 할아버지 외모로도 그렇고 새로운 여자가 집에 들어올 게 뻔했다. 그렇다면 이제껏 할머니가 결혼해서 임신과 출산을 거쳐 돈을 벌면서 시부모님과 시누이, 가족들을 죽어라 뒷바라지한 게 죄다 헛수고가 될 판이었다. 내 남편이 다른 여자 남편이 되고, 내 새끼들이 다른 여자 새끼가 되는 건 죽어도 볼 수가 없었다. 혹시 계모로 들어온 여자가 우리 애들을 때리기라도 하면? 계모에게 자식이 있으면? 그런 생각을 하니 열불이 나서 자다가도 벌떡 일어났다.

남들보다 조금 일찍 인간의 본성을 이해해서였을까? 매정하리만치 단호한 결정과 결연한 할머니의 의지를 사람들은 이해하지 못했다. 그러나 할머니는 남들에게 이기적이라고 손가락질받을지언정 일단 살아야 했다. 물론 하루에도 몇 번이나 마음이 갈팡질팡했다.

'애들에게 우유를 양보해야 하지 않을까? 하지만…… 앞으로 그걸 몇 번이나 더 할 수 있을까? 이 '구호물자'를 애들에게 모두 내주고 내가 중병으로 세상을 떠나면 남들한테 '참 어머니였어', '정말 헌신적이었어.', '위대한 어머니였어.'라는 칭찬은 받겠지. 하지만…… 어린 시절 내내 엄마 없이 지내야 할 우리 애들은? 그런 아이들의 상한 마음은 누가 만져 주지? 내가 그렇게 떠나면 우리 애들은 평생 나에게 마음의 빚을 지고 살진 않을까? '아, 그때 내가 엄마에게 우유만 드렸어도…….' 하면서 말이야. 내가 이걸 애들에게 양보하고도 살아남는다고 한들, 나는 예전처럼 아이들을 대할 수 있을까? 혹시 내 마음에 원망의 싹이 자라진 않을까? 아이들에게 너무 큰 기대나 보상을 바라진 않을까? "내가 죽을 각오로 그 우유를 너희 먹이면서 키웠어! 근데 나한테 이것밖에 못 하니?"라면서…….'

할머니는 지나치게 자신을 희생한 부모는 무의식중에

자식에게 기대하는 것이 많아지고 정신적인 보상을 바라게 되는 법이라고 했다. 그건 자식 입장에서는 불공평한 일이 아닐 수 없다. 본인이 선택해서 세상에 태어난 것도 아니고, 부모에게 그런 희생을 강요한 적도 없으니까.

비행기를 타 본 사람은 안다. 위급 상황 시에는 내가 먼저 산소마스크를 착용한 뒤 다른 사람을 도와야 한다. 만일 그때 그 시절의 우유를 양보했더라면 할머니의 가정은, 그리고 나는 아마 세상에 존재하지 않았을지도 모른다. 타인을 사랑하려면 먼저 나를 사랑해야 한다. 그렇지 않으면 내가 사랑하는 사람을 보호할 수 없다.

할머니는 엄마와 삼촌이 그때 일을 언급하면 언제나 확신에 찬 눈으로 말했다. "내가 살아 남아서 너희도 있는 거야."

사랑은 갈취가 아니다. 인생이 밑바닥을 칠 때, 가장 연약하고 힘겨울 때 가장 먼저 해야 할 일은 먼저 나 자신을 돌보고 충만히 채우는 것이다. 나 아닌 다른 곳, 외부로 에너지를 발산하거나 소모해서는 안 된다. 어린 새싹이 막 땅을 뚫고 초록을 피워내는 순간, 무거운 물체로 누르면 꺾여 버리고 만다. 하지만 키가 자라고 나무가 되어 힘이 강해지면 같은 무게로 눌러도 끄떡없다. 진정으로 나를 사랑해주고 아껴주는 '내 사람'은 나의 건강과 행복, 안

녕을 진심으로 빌어준다. 나의 희생을 강요하지 않으며, 나의 아픔을 모른 척하지 않는다. 내가 먼저 강해져야 한다. 내가 강해지면 훨씬 더 많은 것으로 '내 사람'들에게 보답해줄 수 있다. 갈취나 약탈을 통해 얻어 낸 마음은 독약과도 같다. 연못에 있는 물고기를 잡기 위해 물을 다 퍼내는 사람은 없다. 그런 식으로 사랑을 쟁취하려는 자들은 사랑받을 가치가 없다. 그러니 억지로 희생하지 않아도 된다. 나를 질책할 필요도 없다. 처음부터 도달하기 힘든 도덕적 기준을 정해 놓고 그걸 해내지 못했다고 꾸짖을 필요 없다는 말이다. 먼저 내가 살아야 한다. 그건 이기적인 게 아니라 당연한 거다.

어릴 적, 할머니와 함께 버스를 탔을 때 있었던 일이다. 우리가 탄 다음 정거장에서 흉악하게 생긴 노인 한 분이 버스에 올랐다. 그는 앉을 자리를 물색하는가 싶더니 곧바로 할머니 앞에 섰다. "어이!" 할머니가 여자여서 그랬는지, 아니면 자기보다 어리다고 생각해서였는지는 모르겠지만 그는 당연한 듯 할머니에게 일어나라는 표시로 고개를 까딱했다. 다른 승객들은 우리를 힐끗힐끗 쳐다보기만 할 뿐, 아무런 말도 하지 않았다. 할머니는 대꾸하지 않았다. 그러자 그가 할머니의 옷소매를 세차게 잡아끌었다.

"미안해요. 배 속에 아기가 있어서요."

할머니가 태연자약하게 웃으며 말했다. 상대는 조금 놀란 듯하더니 몰라봐서 미안하다는 듯 목인사를 했다. 승객들은 모두 고개를 돌려 놀란 눈으로 할머니를 쳐다보았지만, 할머니는 아랑곳하지 않았다. 집에 돌아와 버스에서 있었던 일이 궁금해 할머니께 물었다.

"할머니, 그냥 신분증 보여 주면 되지 않아요? 그러면 바로 60세 이상 노인이라는 걸 알 텐데."

그랬더니 할머니는 내가 그걸 물어볼 줄 알았다는 듯 바로 대답했다.

"버스 안에 그렇게 자리가 많은데 하필 그이가 내 앞에 와서 선 이유가 뭐겠니? 게다가 노약자석에는 새파랗게 젊은 청년이 앉아 있었어."

별안간 시작된 할머니의 퀴즈에 당황한 내가 작은 소리로 대답했다.

"음……. 그 청년이 힘도 세 보이고 건드리면 안 될 것 같아서……?"

할머니는 정답이라는 제스처로 엄지를 치켜세웠다.

"내가 만만해 보여서야. 그럴 때 상대한테 휘둘려서 나를 증명하려고 하면 안 돼. 그이의 목적은 내 자리를 차지하는 거잖니. 내가 신분증을 내밀면 아마 그럴 거다.

내가 너보다 나이가 더 많다는 둥, 내 신분증이 가짜라는 둥, 아니면 사진이 내가 아니라는 둥, 내가 다른 사람으로 속이고 다닌다는 둥 댈 수 있는 이유가 수십 가지도 넘을 거야."

할머니 말을 듣고 그 할아버지 얼굴을 떠올려 보니 그러고도 충분히 남을 것 같다는 생각이 들었다.

"그 버스에 있는 사람들 봤니? 다들 구경만 할 뿐, 아무도 나서서 도와주려고 하지 않았어. 아마 내가 어떻게 하는지 보려고 했겠지. 그런 상황에서 무시당했다면 아마 엄청 속상했을 거야. 무시당하느니 방법을 한 번 생각해 보는 게 좋지 않겠어? 내 이익을 보호하려고 시도하지 않고 생각조차 하지 않는 사람은 아무도 도와주려고 하지 않는 법이란다."

당황스러울 법한 상황에서 그런 생각을 하고 대처한 할머니가 새삼 대단해 보이는 순간이었다.

"물론 우리 사회에는 법률과 규칙이라는 게 있지. 그래서 보호받을 수는 있어. 그렇지만 법은 그 자리에서 즉시 나를 도와주지 않아. 전부 사건이 벌어지고 난 뒤에 처리하지. 그런데 그때가 되면 이미 상처는 받을 대로 받은 상태란다. 그러니 그 전에 내가 해결할 수 있는 일은 스스로 해결하도록 시도해야 하는 거야. 그래야 나를 보호하는 습관이 만들어져. 머리는 쓸수록 좋아지는 법이고 그럴수록 방법은 점점 많아진단다. 늘 피해자의 모습으로 연약함을 드러내려고만 하면 사람들에게 무시당하기 쉬워. 그런데 무서운 게 뭔지 아니? 사람들에게 무시당할수록 나조차 스스로를 업신여긴다는 거야."

할머니는 물론 자리를 양보하는 게 어려운 일은 아니지만, 오늘따라 컨디션이 좋지 않아 서 있는 게 힘들었다고 했다. 그러면 집에 오는 내내 그이는 편하게 갔겠지만, 할머니는 마음이 불편했을 거고 집에 와서도 계속 그 일이 생각났을 거라고 했다. 문제는 꼭 힘이 없고 약해 보이는 사람들이 무시와 불편함을 감당해야 한다는 사회적 악습과 불공평한 인식이 그런 데서 효과적으로 작용한다고 할머니는 강조했다.

그러다가 할머니는 난데없이 주방 찬장에서 냄비 하나를 꺼낸 뒤 주전자에 물을 가득 받아 왔다. "자, 이 냄비가 바로 이 세상이다." 그러고는 천천히 주전자에 있는 물을 냄비에 따르며 말했다. "여기 차오르는 물이 다른 사람들의 공간이야. 그 나머지는 너의 공간이다. 자, 보렴." 그러면서 할머니는 물을 계속 따랐다. "전체 공간은 정해져 있어. 그런데 그들의 공간이 차오르면 차오를수록 너의 공간은 없어지는 거야. 어떻게 해야겠니? 쉽게 내주면 안 되지. 네 공간을 지키고 보호하는 법을 배워야지."

할머니의 강의는 거기서 끝나지 않았다. 이번에는 사인펜 하나를 가져와 냄비 바깥에 '물 붓는 선'을 그리듯 경계선 하나를 주욱 그었다.

"선 바깥에서는 싸움이 일어나지 않아. 선 안에서만 너 죽고 나 살자 하는 거지. 학교에서는 남에게 양보할 줄 알아야 한다고 배웠지? 그런데 그건 네가 스스로 원한다는 전제가 있어야 해. 그래야 타인과 공유하는 즐거움을 알게 되거든. 하지만 경계도 없이 무조건 양보하기만 하면 안 돼. 세상에서 제일 바보가 누군 줄 아니? 사람들에게 무시당하면서 아무 말도 못 하고, 나 자신도, 내 이익도 지키지 못하는 사람이야."

나는 할머니가 얘기하고 싶은 것이 무엇인지 어렴풋이 알 수 있었다.

"그런데 그 경계라는 게 어디 있는지 어떻게 알아요?"

그러자 할머니는 내가 기특하다는 듯 웃으면서 내 머리를 쓰다듬었다.

"조금만 더 크면 알 수 있을 거야. 지금 네가 이런 질문을 하는 걸 보면 말이다."

"하지만 할머니, 제가 그 경계선을 지키지 못하고 물에 빠져서 허우적대면 어쩌죠?"

내가 그 질문을 했을 땐 할머니는 조금 화가 난 얼굴이었다.

"숨을 참거라."

할머니는 그렇게 말하고는 내 얼굴을 냄비 가까이 가져가 잠수를 시켰다. 조금 뒤, 도저히 숨을 참을 수 없게 되었을 때 '파!' 소리를 내며 얼굴을 들어 올렸다. 할머니가 왜 그러는지 알 수 없었다.

"그들과 함께 산다는 건 바로 그런 느낌이야! 알겠니? 지금 이 느낌을 똑똑히 기억해야 한다."

할머니는 수건으로 내 얼굴을 닦아 주면서 한 단어 한 단어에 힘주어 말했다.

"그리고 넌 그런 부류의 사람들과는 달라."

그때 엄숙하고 진지했던 할머니의 얼굴과 목소리는 오랫동안 내 마음에 깊은 울림을 주었다.

한 번은 할머니와 여행을 가서 호텔에 묵게 되었다. 깊은 밤, 시끄러운 소리에 잠이 깼는데, 바로 옆 객실에서 술에 거나하게 취한 남성이 큰 소리로 전화 통화를 하는 소리가 들렸다. 그는 이따금 발로 땅을 구르기도 하고 뭔가를 벽에 던지기도 하는 것 같았다. 잠시 후, 한 여직원이

와서 객실 문을 두드리며 민원이 들어왔으니 조용히 해달라고 재차 부탁했다. 궁금함을 참지 못한 나는 문을 빼꼼히 열고 상황을 지켜봤다. 이윽고 옆 객실에서는 문이 열렸다. 그런데 문이 열림과 동시에 유리컵 하나가 날아와 벽에 맞고 쨍그랑 깨지는 소리와 함께 복도 바닥에 떨어졌다. 남자는 신경질적으로 소리를 질러댔다. 하마터면 그녀가 맞을 뻔한, 위험한 상황이었다.

여직원 뒤에는 덩치 큰 보안 요원이 서 있었다. 남자는 처음에 미처 그를 보지 못한 듯했다. 보안 요원이 험악한 인상으로 문을 막아서며 무섭게 주의를 주자 그는 이내 수그러들었다. 상황은 그렇게 마무리되었고 남자는 재빨리 객실로 들어갔다.

나는 곰곰이 생각했다. 다정하게 부탁한 여직원에게는 왜 유리컵이 날아들고, 보안 요원의 험악한 한마디에는 왜 쉽게 상황이 평정될 수 있는 건지. 아무리 술에 취해도 '약한 자에겐 강하고, 강한 자에겐 약한' 생태계의 본능이 작용하는 모양이었다.

일상에는 셀 수 없이 많은 일이 일어난다. 수많은 법과 규칙이 존재하지만, 그것으로 커버할 수 없는 것이 더 많다. 심지어 자기의 우위나 실력, 세력을 이용해 다른 사람의 것을 차지하거나 약탈하는 경우도 허다하다. 때때로 자신의 권리를 보호하기 위해 양보하지 않으면 '예의 없고' '구차하다'며 손가락질 받기도 한다.

객관적인 차이나 생물학적 차이를 문제의 원인으로 귀결짓는 것은 매우 치사한 짓이다. 경쟁과 다툼이 치열한 상황에서 내 것을 갖기 위해 애쓰는 사람들은 구차한 존재가 아니다. 넓고 쾌적한 고급 세단 뒷자리에 타고 다니면서 퇴근길 지하철에서 앉아 가기 위해 뛰어다니는 사람들을 보며 "저 자리 하나가 뭐라고." 하며 지적질 해서는 안 된다. 호화로운 생활을 하면서 365일 누군가의 지원을 받으며 사는 이가 종일 격무에 시달리다가 퇴근길 지하철에서 어렵게 얻은 자리 하나가 주는 의미를 어떻게 알 수 있을까. "빵이 없으면 고기를 먹으면 되는 일"이라고 쉽게 말하면 안 되는 이유다.

당신에게 조금만 더 양보하면 된다고, 그까짓 거 한 번 더 선심 쓰면 그렇게 구질구질하게 살 필요 없다고 충고하는 사람이 있을 수 있다. 속지 말자. 그들이 그렇게 말하는 진짜 이유는 당신이 이미 그들의 눈에 '희생제물'로 선정되었기 때문이다. 그런 말로 당신의 입을 닫아 버리고, 생각을 차단하려는 것이다.

기억하자. 우리는 그럴 만한 존재가 아니다. 절대 그런 말에 휘둘리지 말자.

진짜 내 사람과 가짜를 구별하는 법

대학교 때 나와 룸메이트였던 M은 지방간 판정을 받은 후 힘들게 식이요법과 운동을 병행한 끝에 25kg을 감량했다. 나는 M의 여동생과도 사이가 좋았는데, 하루는 여동생이 잔뜩 속이 상한 얼굴로 나를 찾아왔다. M 때문이었다.

M이 다이어트에 성공한 뒤 사귄 친구가 한 명 있었다. 그녀는 매일 M에게 "넌 지금도 너무 예뻐.", "이 맛있는 걸 안 먹으면 인생 무슨 재미로 사니?"라면서 계속 음식을 권했다. 꼭 운동 갈 시간에 전화를 걸어 자꾸만 자기와 놀자며 유혹했다. 그러면서 정작 자기는 철저하게 식단을 관리했고 몰래몰래 운동을 다니면서 늘씬한 몸매를 유지했다. 결국 M에겐 요요가 왔다. 25kg이 그대로 다시 늘어나 요즘 각종 병에 시달린다고 했다. 그뿐만이 아니

었다. 그녀는 소개팅을 나갈 때마다 자꾸만 M을 데리고 나갔다. 한창 체중 관리를 할 때 룸메이트 생활을 했던 나는 그녀가 살을 빼기 위해 뼈를 깎는 고통을 견뎠다는 걸 잘 알고 있었다.

새로 사귄 친구 한 명이 그녀의 모든 환경을 바꿔 놓았다. 그런 걸 보면 환경이 사람에게 얼마나 많은 영향을 주는지 알 수 있다.

사람의 인지 상태에는 많은 오차가 존재한다. 예를 들면 이런 것들이다. 다이어트에 실패하는 사람은 의지박약이다. 정신과 치료를 받는 사람은 마음이 강하지 못하다. 성적이 나쁜 건 노력하지 않았기 때문이다. 혼자 힘으로 어려움을 극복하지 못하는 사람은 무능하다.

그런데 사실 이러한 생각은 매우 편협하면서도 오만한 생각이다. 중국에서 추앙받는 유학자 맹자(孟子)의 어머니는 그가 어릴 적 세 번이나 이사를 하며 교육에 힘썼다. 환경을 바꾸기 위해 그만큼 애썼다는 말이다. 그렇지 않았다면 맹자는 장사치가 되었거나 묘지 옆에서 곡소리나 하는 사람이 되었을지 모른다.

"모든 사람이 너에게 친절하길 바라지 말거라. 진짜 너를 위하는 친구는 먼 길을 기꺼이 함께 걸어가 준단다. 가끔 거짓으로 널 위하는 척하면서 뒤에서 칼을 꽂는 사람도 있어. 그래서 친구는 가려서 사귀어야 한단다. 좋은 친구를 사귀는 건 정말 중요한 일이야."

내게 늘 그렇게 말씀하신 할머니는 실제로 본인도 그렇게 살았다. 할머니에겐 일종의 본능과 직감에서 비롯한 '경계심 버튼'이 있었다. 호불호가 명확하고 공사 구분이 확실한 성격이었지만, 한 세기에 가까운 인생을 즐기며 산 이유가 바로 거기에 있었다. 할머니 마음에 들어간 친구는 극히 소수에 불과했다. 할머니는 두루두루 사람을 사귀긴 했지만, 마음을 터놓고 얘기할 친구를 사귀는 데는 언제나 신중했다. 가끔 할머니는 보면 사람들과 신나고 즐겁게 대화를 나누지만, 별로 중요하지 않은, 시답지 않은 이야기들이 대부분이었다. 할머니는 진짜 속내를 사람들 앞에 쉽게 드러내지 않았다.

할머니의 친구들은 대부분 비교적 독립적인 사람들이었지만, 양 씨 아주머니만은 예외였다. 양 씨 아주머니는 할머니를 알게 된 후로 매일 껌딱지처럼 붙어 다니려고 했다. 하루는 할머니가 정오가 다 돼서 일어났는데, 양 씨 아주머니는 집 대문 앞에서 마냥 기다리고 있었다. 양 씨 아주머니는 할머니가 하는 건 그대로 다 따라 하려고 했다. 종일 같이 있다가 늦은 밤이 돼서야 자기 집으로 돌아가곤 했는데 그런 그녀를 보며 할머니가 하루는 귓속

말로 내게 속삭였다. "저이가 보통 여자가 아니야."

나는 고개를 끄덕이긴 했지만, 사실 할머니가 하는 말이 무슨 말인지는 잘 몰랐다.

할머니는 오래 알고 지낸 동네 친구들과 계 모임을 만들어 주기적으로 만났다. 모임에서 사람들은 이런저런 일상 얘기를 많이 했는데 대부분의 주제는 가정사나 저마다의 속상한 일들이었다. 그때마다 양 씨 아주머니는 마음을 넓게 가지라며, 손해 보는 것도 일종의 복이라고, 그게 다 나중에 자기에게 다시 돌아온다며 충고하고는 했다.

그런데 몇 달 뒤부터 양 씨 아주머니가 보이지 않았다. 무슨 일이냐고 물었더니 할머니는 한바탕 크게 웃고 이야기를 해 주었다.

계 모임에서는 취미활동으로 마음 맞는 사람들끼리 합창단을 만들었다. 그들은 베이징에서 활동하는 한 유명 합창단의 지휘자를 초빙해서 한 달에 한 번 베이징에 가서 지도를 받았다. 매번 왕복 비행기 티켓이 싼 가격이 아니었기 때문에 N 분의 1로 부담했다. 그런데 한 번은 딱 한 명 몫의 비용이 비었다. 서로 물어도 다 자기는 냈다고 대답할 뿐이었다. 그때 양 씨 아주머니가 지나가는 말로 슬며시 얘기했다. "장 씨 할머니(우리 외할머니)가 만날 그렇게 깜빡깜빡하시던데."

단원들은 당연히 할머니를 의심하기 시작했다. 실제로 할머니는 그리 꼼꼼하지 않은 성격이라 물건이든 약속 시간이든 잘 잊어버렸다. 할머니는 아무 말도 하지 않았다. 다만 단원들이 다 모였을 때 가방에서 영수증 하나를 천천히 꺼냈다. 거기에는 수납인 성명과 금액, 날짜가 정확하게 기재되어 있었다. 단원들은 일제히 양 씨 아주머니를 쳐다보았다. '너도 꺼내 봐'라는 눈빛으로.

얼굴이 발개진 양 씨 아주머니는 그 자리에서 벌떡 일어나 화장실에 다녀온다고 하고는 돌아오지 않았다.

며칠 후, 그녀는 계 모임에서 자진 탈퇴했다.

그로부터 몇 년 후, 양 씨 아주머니가 이혼했다는 소식이 돌았다. 남편과 진흙탕 싸움을 하다가 결국 헤어지게 되었는데, 사람들 말로는 늘 자기가 충고하던 것처럼 '넓은 마음으로 손해 보면서' 마무리 짓지는 못한 듯했다. 이상한 건 그녀를 지지하거나 보듬어주는 사람이 단 한 명도 없다는 거였다.

"자고로 남을 노엽게 해서는 안 돼. 사사로운 일은 대충 넘어갈 수 있지만, 사람을 사귀는 데는 신중해야 해. 보통 너한테 마음을 더 넓게 쓰라고 하는 사람은 정말 네 사람이 아니야. 진짜 널 사랑하는 사람은 너랑 같이 힘들어

하고, 화내고, 슬퍼하고, 해결 방법을 모색한단다. 뭐든지 참으라고 하면 이 세상에 변호사나 경찰이 왜 있겠니? 세상에는 참기만 한다고 해결되지 않는 일이 너무 많아. 오히려 참으면 참을수록 상황이 나빠지지."

할머니는 그랬다. 자꾸만 내게 한 번 더 양보하라고, 마음을 더 넓게 쓰라고 말하는 이유는 내가 그만큼 주무르기 쉬워서라고. 반면 다른 사람은 그렇게 하기 어려워서라고. 게다가 그런 사람들은 내가 양보한 만큼의 자리를 차지하고 올라서서 기뻐한다고 했다. 그들은 타인의 아픔과 고통은 무시하면서 자기는 고상하고 우아한 사람인 척 좋은 말을 늘어놓지만 일단 자기 이익과 관련한 일이 벌어지면 그 누구보다 빨리, 멀리 자리를 뜬다고 할머니는 말했다.

진정으로 나를 위하는 사람은 여기저기 나에 관한 소문을 퍼트리지 않는다. 그게 떳떳한 일이 아니란 걸 알기 때문이다. 그런 사람들은 본인이 부족하면 부족할수록 '있어 보이기' 위해 드러내고 떠벌린다. 나에게 참으라고만 하는 사람들을 멀리해야 하는 이유다.

드넓은 초원에 사자와 양무리가 살고 있었다. 거기에는 자신이 양으로 태어난 걸 몹시 싫어하는 1번 양이 있었다.

1번 양은 다른 양들이 풀을 뜯고 달리기를 연습할 시간에 자신의 신세를 한탄하고 원망했다. 결국 사자가 다가왔을 때 멀리 도망가지 못하고 잡아먹혔다.

사자는 게을렀지만 그렇다고 양까지 같이 게을러질 수는 없는 노릇이었다. 늘 양들은 경계를 늦출 수 없었다. 덩치를 키우고 달리는 법을 익혀야만 살아남을 수 있었다. 살아 있어야 희망도 있는 법이었다.

2번 양은 달리기가 느렸다. 혼자만 느린 게 싫어서 다른 양들에게도 말했다. "그만 좀 뛰어. 매일 그렇게 뛰면 힘들지도 않니? 저 사자는 게을러서 사냥을 매일 하지도 않아. 그러니까 우리는 안전하잖아. 좀 쉬자. 편하게 살자고." 그 말에 넘어간 양들은 뛰지 않았다.

하지만 사자는 쉴 땐 늘어지게 쉬다가도 달릴 때면 빛보다 빠른 속도로 달렸다. 2번 양 말에 넘어가 '팔자 좋게' 쉬는 양들이 점점 늘어났다. 그만큼 2번 양은 무리 속에 제 몸을 숨길 수 있었고 잡아먹힐 확률도 줄어들었다. 원래 달리기도 잘하고 몸집도 좋던 양들은 서서히 둔해졌고 결국 사자에게 잡아먹혔다.

무서운 건 양 무리 가운데 사자와 '거래'를 한 3번 양이 있다는 거였다. 3번 양은 자기를 잡아먹지만 않으면 사냥하기 편하도록 다른 양들이 뛰지 않게 꼬드기겠다고 약

속했다. 3번 양은 2번 양의 말을 들으며 코웃음 쳤다. '내가 어디 네 말을 믿나 봐라.'

"우리는 양보다 낫지. 최소한 기본적인 생존은 보장되어 있으니까. 하지만 사회는 때때로 밀림과 같단다. 그러니까 나 자신을 외부의 유혹과 위험으로부터 보호하는 법을 배워야 하는 거야. 그 속에서 나는 뭘 해야 하는지 잘 생각하고, 나한테 맡겨진 일에 최선을 다해야 해. 학생이라면 열심히 공부하고 운동을 하는 거지. 그래야 나중에 정말로 네가 원하는 걸 할 수 있단다."

자기 전, 할머니가 옆에 누워 옛날얘기를 들려주며 종종 해 주었던 이야기가 아직도 기억난다.

중학교 시절, 항상 수업 시간에 꾸벅꾸벅 졸거나 대놓고 책상에 엎드려 잠을 자는 친구 J가 있었다. J는 방과 후에 성적이 좋은 몇몇 친구들을 꼬드겨 같이 놀자고 말하곤 했다. 애들이 공부하려고 하면 "야, 이런 건 엄청 쉬워. 나 봐. 수업도 잘 안 듣는데 성적은 잘 나오잖아. 그러니까 너한테 이런 건 껌이야." 나를 포함한 친구들은 그 아이의 말을 철석같이 믿었다. 우리는 다소 해이해졌고 수업 시간에 집중하지 않았다. 방과 후에는 여기저기 놀러 다녔고 집에 와서도 딱히 복습하지 않았다. 결과는 정직했고 참혹했다. 우리는 전부 엉망진창인 성적표를 받아야만 했다. 그 녀석만 빼고.

이런 분위기는 학급 전체에도 영향을 미쳤다. 당시 담임 선생님은 사범대학을 갓 졸업한 신입 교사였다. 처음으로 반을 맡아서인지 열정이 넘쳤던 그는 상황을 어느 정도 파악한 뒤 늦은 밤 자전거를 타고 J의 집을 방문했다. 그런데 늦은 시간에도 J의 집에는 불이 켜져 있었다. 학부모 상담을 해 보니 바로 앞집에 J보다 성적이 좋은 친구가 살고 있는데, 그 집 아이 방 불이 꺼질 때까지 J는 잠을 미루고 공부를 한다는 거였다. 낮에 꾸벅꾸벅 조는 이유는 거기 있었다.

다음날, 선생님은 조회 시간에 특별히 "수업을 잘 듣지 않아도 좋은 성적을 받을 수 있다"는 편법은 어디에도 없다고 강조했다. 그러면서 J를 앞으로 불러 매일 몇 시까지 어떻게 공부하는지 아이들에게 설명하라고 했다. 내가 이 일을 할머니께 얘기하자 할머니는 내게 본인의 사촌 동생 이야기를 들려주었다.

할머니의 사촌 동생이 초등학교 때 일이다. 그에게는 부자 친구 B가 있었다. B는 항상 할머니 동생에게 같이 놀자고 했지만, 그는 숙제를 다 마쳐야만 나가 놀 수 있다고 했다. 하루는 할머니가 동생에게 "친구랑 놀고 싶지 않아?"라고 묻자, 그는 이렇게 대답했다고 한다. "내가 바보야? 쟤는 공부 안 하고 놀아도 나중에 먹고 살 수 있지만 난 아니잖아."

당신 주변에는 어떤 사람이 있는가? 혹시 계속 당신을 부추기는 1번 양, 2번 양, 3번 양이 있진 않은가? "그렇게 열심히 살 필요 없어.", "나처럼 그냥 편하게 살아."

공평함과 균등함은 다른 개념이다. 일한 만큼의 보상 없이 누구에게나 똑같이 결과가 균등하게 배분되는 환경에서는 발전이 없다. 오히려 열심히 하고자 하는 사람들의 동기를 저해한다. 자기는 노력하지 않으면서 남이 잘되는 건 배 아파하는 사람들이 있다. 본인의 게으름을 미화하고 합리화하면서 심은 대로 거두는 세상 진리를 외면하는 사람들이 있다. 그들은 자기 주변 사람들을 거짓말로 꼬여 낸다. 게을러도 상관없다고, 노력하지 않아도 좋은 결과를 얻을 수 있다고. 그래야 본인의 나약함과 모자람을 숨길 수 있기 때문이다. 그런데 이 간사한 술수가 많은 경우, 많은 사람에게 효과를 발휘한다는 점은 매우 안타깝지만 부정할 수 없는 사실이다.

모든 사람은 오늘보다 더 나은 내일을 살길 원한다. 어제보다 더 성장하길 원하고 탁월해지길 희망한다. 그건 인간의 본능이다. 그런데 한편으로 인류는 진화 과정에서 생존을 위해 치열하게 다퉜던 역사가 있었기 때문에 최대한 에너지를 아끼려고 한다. 때로는 나태해지고 게을러지기도 한다. 이 두 가지 본능 사이에는 엄청난 모순이 존재한다. 평소 '냉정'과 '열정' 사이를 수없이 오가는 이유이기도 하다. 인간이 추락할 때는 '양심의 문턱'을 넘어서야 한다. 기억하라. 주변에 당신에게 자꾸만 게으름을 권하는 '친구'는 본인의 추락을 외면하고 양심의 가책을 무마하려는 핑계를 찾는 중이라는 걸 말이다.

인간은 유약하다. 그 유약함은 중력처럼 거스를 수 없이 강한 힘을 지녔다. 자율성은 인간의 본성과는 적을 진다. 위로 올라가려면 노력해야 하고 애써야 하기 때문이다. 물론 유약하고 간사한 사람들과 함께할 수는 있다. 그들과 함께 시간을 낭비하고 돈을 흥청망청 쓰고 몸을 망가뜨리면서 하고 싶은 걸 다 해 볼 수는 있다. 하지만 그 모든 행동의 결과는 다른 누구도 아닌 내가 져야 한다. 망가지는 건 다른 누구도 아닌 나 자신이다. 인생의 최종 책임자는 그 누구도 아닌 나 자신이다. 이걸 모르는 사람은 자신을 책임지지 못한다. 그 누구도 내 인생을 대신 살아 주지 않는다. 독을 품은 땅에서 건강한 나무가 자랄 수 없듯, 친구도 신중하게 사귀어야 한다. 찬란하고 영롱한

햇빛이 쏟아지는 환경을 가까이해야 한다. 그런 사람들이 나를, 당신을 성장하게 하고 조금 더 편안한 마음으로 살아갈 수 있게 한다.

양동이에 넣어 둔 꽃게 한 마리는 빠져나오기 쉽다. 하지만 양동이 가득 꽃게가 담겨 있으면 서로 먼저 빠져나오기 위해 발버둥 치고 잡아끌어 내리느라 어느 한 마리도 제대로 빠져나오지 못한다. 우리도 가끔 이와 비슷한 내적 소모의 환경에 처할 때가 있다. 그럴 때는 일단 거기서 빠져나오기 위해 모든 기회를 다 활용해야 한다. 환경이 내게 주는 부정적인 영향을 '내가 못나서 그래', '내가 능력만 좀 있었다면 이걸 극복할 수 있을 텐데'라는 식으로 해석하면 안 된다. 그런 부정적인 생각은 우리의 정신적 에너지를 파괴하고 갉아먹기 때문에 육체적으로도 피곤할 수밖에 없다. 그러면 물리적으로 무언가를 시도하거나 나를 바꿀 힘이 없다. 그래서 결국 상황이나 환경에 동화되고 그 자리에 주저앉아 버린다. 심지어 같이 누워 있자고 말하던 친구나 동료가 돌연 나를 짓밟고 웃으며 일어나는 상황이 벌어지기도 한다.

단번에 그 환경에서 벗어날 방법이 없다면 먼저 자신의 목표가 무엇인지 정확히 인지하고 마음속에 견고한 담 하나를 쌓아야 한다. 외부 환경에서 오는 영향을 막아 줄

든든한 담 말이다. 다른 사람의 말이나 행동에는 개의치 말자. 나의 일, 나의 상황에 최대한 집중하고 기회를 기다리면서 계속 성장하는 것이 중요하다.

사실 우리 몸은 매우 민감하고 예민해서 나에게 도움이 되지 않는 사람은 직감적으로 느낄 수 있다. 함께 하면 자꾸만 상처가 되는 사람을 만나면 대뇌에 바로 적색경보가 울린다. 물론 가끔 그 경보를 논리적인 신호 체계로 송출하지 못할 때도 있다. 그렇지만 거기에 너무 연연할 필요는 없다. 그저 당신이 느끼기에 뭔가 이상하고 꺼림칙한 사람이면 최대한 멀리하고 안 만나면 그만이다. 돌다리도 두들겨 보고 건너라는 말이 괜히 있겠는가.

기억하자. 우리는 죽을 때까지 나의 건강과 안전을 가장 먼저 책임져야 하는 사람들이다.

언제나 최악의 시나리오를 생각해야 하는 이유

중학교 때 건강 악화로 병원에 입원한 적이 있었다. 주치의 지시에 따라 퇴원 후에는 달리기를 하지 않았다. 입원할 때는 여러 가지 검사를 많이 했는데 그중에는 심전도 검사도 포함되어 있었다. 의사는 내 심박수가 일정치 않으나 청소년기에 흔히 나타나는 증상이니 걱정하지 않아도 된다며, 군대에 입대한다 한들 전혀 문제 되지 않는 수준이라고 했다.

그런데 같은 반 C는 늘 심전도가 불안하다는 이유로 체육 시간에 참석하지 않았다. C는 선생님께 증명서 하나를 제출하고 내 옆에 앉아서 아이들을 구경하고는 했다. 또 그걸 핑계로 조퇴나 결석도 많이 했는데 나는 어쩌면 그게 가짜일 수도 있다고 생각했다. C는 잘사는 집 아이였고 제출한 진단서는 동네 작은 병원에서 발행한 것이었다.

C는 예쁜 아이였다. 지나가다가 다들 한 번씩 고개를 돌려 흘끔거릴 정도였으니까. 하지만 그 아이는 어딜 가나 자기가 몸이 약하다고 얘기했다. 그래서 남자애들은 그녀를 항상 동정하고 도움을 주었다. 당시 우리 반에는 W라는 여자애가 있었는데 C와 자매라고 해도 믿을 정도로 키며 외모며 닮은 곳이 많았다. 둘은 서로 옆자리에 앉았었는데 그 둘을 착각하고 친구들이 이름을 바꿔 부를 때도 많았다. C는 W와 뭐든지 함께하려고 했다. 밥도 같이 먹고 심지어 화장실에도 따라갔다. 나는 그 모습을 볼 때마다 마음이 불편하고 찝찝했지만, 그렇다고 그걸 딱히 말로 뭐라고 표현할 수는 없었다. 어느 날, 집에 돌아가 부모님께 그런 이야기를 했더니 으레 그렇듯 잔소리 폭격이 날아왔다. "또! 또! 넌 너무 예민해서 문제야. 어떻게 그렇게 마음을 좁게 쓰니? 친구들하고 사이좋게 지내야지. 네가 그렇게 생각이 많으니까……."

그래도 다행히 당시 부모님이 장만해 주신 휴대전화가 있어서 야간 자율학습이 시작되기 전이나 학교 수업을 모두 마쳤을 때 가끔 할머니께 전화를 드릴 수 있었다. 할머니에게 똑같은 이야기를 했더니 할머니는 조용히 내가 하는 말을 다 듣고 이렇게 말했다.

"정말로 아프면 그걸 빨리 치료해야지. 늘 약하다, 아프다는 말을 입에 달고 살면서 고치지 않는다니 정말 이상하구나. 이럴 땐 네 직감을 믿으렴. 계속 이상한 느낌을 받는다면 열에 아홉은 정말 그럴 때가 많아. 세상에는 비이성적이면서 논리적으로 표현하기 힘든 일이 정말 많은 법이거든."

그래서 나는 내 직감을 믿기로 했다. 컨디션이 정말 나쁘지 않은 날만 빼고 나는 최대한 체육 수업에 참석해서 C와 단둘이 앉아 있는 시간을 줄였다. 학교에서는 최대한 얼굴을 마주치거나 말을 섞는 일이 없도록 피했고 혹시나 그 아이가 내 물건을 만지면 소독제로 깨끗이 닦아냈다.

20년 후, 우연한 기회로 W와 함께 일을 하게 되면서 우리는 좋은 친구가 되었다. 그러면서 자연스럽게 중학교 때 얘기를 나누게 되었다. W는 당시 몸이 약한 C에게 연민을 느꼈다. 그래서 C의 숙제를 도와주거나 빠진 수업 내용을 보충해 주면서 친해졌다. 그러던 어느 날, C가 기가 막힌 부탁을 해 왔다. 얼마 뒤에 있을 전교생 신체검사에서 자기를 대신해 받아 주면 안 되겠냐는 거였다. 처음엔 말도 안 된다고 거절했지만, 매일 같이 애원하는 통에 W는 어쩔 수 없이 위험을 무릅쓰고 C 이름으로 신체검사를 받았다. 얼마 뒤 W에게 폐결핵 통지서가 날아왔다. 그때야 비로소 W는 C가 심장병이 아닌 폐결핵에 걸렸다는 사실을 알았다. 흉부 엑스레이 결과에는 폐결핵 증상이 선명하게 찍혀 있었다. 대리 검사도 문제였지만, 더 큰 문제는 그 병이 전염병이라는 사실이었다. C의 부모는 그걸 알고도 딸이 수능시험에서 혹시 불이익을 받을까 봐 학교에 해당 사실을 숨겼고 같은 반 아이들을 전부 위험에 빠뜨린 것이었다.

이후 C는 대학에 들어가서 남자들을 많이 만났는데 그중 한 명은 그녀와의 이별로 자살 시도까지 했다. 그 남자는 자신이 너무 못나고 부족해 C와 이별하게 된 것이라며 지나치게 삶을 비관하고 자신을 자책했다고 한다.

기분이 좋지 않았다. 심지어 등에서는 식은땀까지 흘렀다. 그때 할머니에게 전화를 걸었던 게 얼마나 다행이었던가. 당시 나는 큰 병을 앓고 퇴원한 지 얼마 되지 않아 면역력이 극도로 약해진 상태였다. 만일 C와 조금만 더 가까이 지냈다면, 그래서 폐결핵에 걸렸다면 어떻게 되었을까. 상상만으로도 아찔했다.

할머니는 언제나 겉으로는 호탕하고 대범한 듯 보였지만 누구보다 세심했고 자신을 보호하는 데 매우 신중한 사람이었다.

할머니는 일을 시작한 뒤로 매달 월급의 일부를 꼭

저축했다. 저축한 돈은 10원 한 푼도 건드리지 않았다. 아무리 힘들고 어려워도 단 만원이라도 꼭 저축했다. 이 습관은 몇십 년 동안 이어졌다. 할머니는 언제 어떤 일이 일어나도 그것을 스스로 처리하고 자신을 다독일 경제적 능력이 충분한 사람이었다.

할머니는 모든 일정을 미리 짜 놓고 움직였다. 그래야 예상하지 못한 일이 일어나도 당황하지 않고 대처할 수 있다는 이유였다.

할머니가 사는 도시는 지진이 자주 일어나는 곳이었다. 할머니 침대 밑에는 늘 물과 비상식량, 상비약 등이 있었다. 나중에 학교에서 지진 대피 훈련을 할 때 알게 되었는데 밤중에 자다가 지진이 일어나면 곧바로 이불을 몸에 둘둘 말고 굴러서 침대 밑으로 들어가는 것이 좋다고 했다. 그때 갑자기 할머니의 침대 밑이 생각났다. 연세가 있는 할머니는 젊은이들처럼 뛰어서 대피하지 못하니까 침대 밑으로 들어가 부상을 최소화하고 비상 상황을 대비해 거기에 물과 식량을 마련한 것이었다.

할머니는 보험에 가입했고 정기적으로 건강 검진도 받았다. 감기 같은 잔병은 바로바로 치료받았고 매일 건강한 식단으로 규칙적인 식사를 했다.

집안에는 화재경보기와 스프링클러를 달았다. 당시

에는 개인적으로 따로 구매해서 설치해야 하는 것들이었다. 또 노후화한 창문은 방범창으로 교체했다.

할머니는 안전에 관한 것이라면 늘 조심, 또 조심했다. 그래야 인생이라는 악보 위에서 자유롭게 연주하며 뛰놀 수 있는 거라고 했다. 우리는 불확실성이 가득한 세상 속에 살아간다. 내가 할 수 있는 능력과 범위 안에서 안전을 위해 힘쓰는 건 아무리 해도 지나치지 않다. 안전에 힘쓸수록 위험이나 위기가 닥쳤을 때 인생이 단번에 고꾸라지는 걸 막을 수 있다.

물론 이해하지 못하는 사람들이 있을 수 있다. 한 번 사는 인생 뭘 그렇게 예민하게 사느냐고, 신경과민 아니냐고 할 수 있다. 아마 그런 사람들에겐 죽을 때까지 걱정 없이 써도 될만한 자산이 있거나 자신을 대신해서 모든 책임을 져 줄 누군가가 있을 것이다. 그렇지만 인생의 주도권을 자기 손에 쥐고 있는 사람이 보통 삶에 안정감을 느끼고 실수하지 않는다.

석사생 시절, 동기와 심리테스트를 했는데 나는 인생에서 중요한 1순위를 '안전'으로 체크한 반면, 그는 가장 후순위로 꼽았다. 그는 180cm가 넘는 키에 100kg에 육박하는 체중을 가진 거구였다. 의아한 눈으로 나를 쳐다보는 그에게 내가 말했다. "늦은 밤에 길을 걸어가는데 너

같은 사람을 만나면 나는 무섭다고 느껴."

비에 조금 젖는다고 큰일 나지 않는다고 말하는 사람들이 있다. 그래서 나도 '그래. 뭐 별일 있겠어?'라는 심정으로 빗속에 머리를 들이밀었는데 알고 보니 그 사람에겐 우산을 가지고 마중 나올 사람이 있었다. 그러면 그는 비를 맞고 가는 내 곁을 지나가며 말할 것이다. "어머, 안됐다. 데리러 올 사람이 없는 거야?" 너무 건강해서 비를 맞아도 끄떡없는 사람은 감기에 걸린 나를 보며 말할 것이다. "넌 몸이 왜 그렇게 약하니?"

앞에서 말했던 것처럼 내 인생의 책임자는 언제나 나 자신이다. 그러니 '안전띠'를 단단하게 메고 나의 공간과 내 권익을 최대한 보호해야 한다. 다른 사람의 생각은 중요하지 않다. 그 사람들이 당신의 인생을 대신 살아 주지 않는다. 최악의 시나리오를 염두하고 안전을 삶의 최우선 순위에 두는 것은 조금도 이상한 일이 아니다.

초등학교 입학 전까지 우리는 공장 단지 안에 있는 복도식 아파트에 살았다. 그곳은 치안이 비교적 좋은 편이었지만, 여섯 살 때 한 번 큰일 날 뻔한 일이 있었다.

저녁 무렵 어른들이 식사 준비를 할 때면 아이들은 보통 1층 뜰에 모여 술래잡기를 하거나 땅따먹기 등을 하며 놀았다. 저녁밥 먹을 시간이 되면 집마다 아이들 이름을 불렀고 호명된 아이들은 하나둘 집으로 돌아갔다.

내 기억으로는 그날 부모님이 크게 싸웠다. 아마 저녁 시간이 되어도 부모님이 화해를 하지 않았던 것 같다. 날은 어둑어둑해지는데 아무도 내 이름을 부르지 않았다. 그때 갑자기 어디선가 중년 여성이 나타났다. 그러고는 삽시간에 내 곁으로 성큼성큼 다가와 내 팔을 낚아챘다. 아직도 부러질 것처럼 아프게 팔을 옥죄던 그 악력이 기억난다. 여자는 내 팔을 잡고 나를 거의 질질 끌며 아주 빠르게 걸었다. 해가 지고 나면 공장 단지 안에는 인적이 거의 없었다. 눈을 들어 보니 큰 철문이 보였다. 그 문을 나서면 단지 밖으로 나가는 거였다.

그때 한 아저씨가 자전거를 끌고 걸어가다가 내 곁에 멈춰 섰다. 내가 너무 크게 울면서 집에 가게 해 달라고, 엄마한테 갈 거라고 똑똑한 표준어(단지 내 아파트에는 전국 각지에서 온 사람들이 살았기 때문에 표준어로 소통하는 게 일종의 약속이었다)로 소리를 질러댔기 때문이었다. 여자는 심한 사투리를 사용했다. 아저씨는 뭔가 이상하다는 낌새를 느끼고 여자를 멈춰 세웠다.

그다음 일은 나중에 엄마를 통해 들었다. 아저씨는 여자를 밀치며 소리를 질렀다. "우리 공장 아이예요. 어딜 데려가려고!" 여자는 아저씨가 자기 상대가 아니라고 느꼈는지 그 자리에서 줄행랑을 쳤다.

그날 나는 다시 살아났다. 아마도 신이 본인이 직접 나타날 수 없어서 눈치 빠른 아저씨를 대신 보낸 모양이었다. 만일 그날 그 아저씨가 아니었다면 나는 지금 어디에 있을까? 아니, 나는 지금 살아있을까?

그 사건 이후로 내 마음 한편엔 어두운 그림자가 짙게 드리웠다. 나는 매 순간, 모든 일에 신중한 사람이 되었고 이런 조심스러움이 내 인생에 많은 도움이 되었다.

초등학교 5학년 때 선생님은 길에 떨어진 초콜릿 상자를 봐도 절대 주워 먹으면 안 된다고 했다. 이미 많은 아이가 그걸 먹고 생명이 위독하다고 했다. 사실 나도 몇 차례 길에서 그 상자를 봤지만, 줍기는커녕 걸음조차 멈추지 않았다. 나는 출처가 불명확한 음식은 먹지 않았다. 90년대에는 배를 타고 육지로 놀러 나간 아이가 짙은 안개 때문에 배가 전복되어 영영 집에 돌아오지 못했다는 뉴스를 접하고는 겨울에 배를 타지 않았다. 그래서 사람들과 여행을 잘 다니지 못했다. 대학교 1학년 때는 땅에 만 원이 떨어져 있는 걸 보고도 그냥 지나갔더니 뒤쫓아오던 사람이 냉큼 주워서 빠른 걸음으로 도망가 버린 일도 있었다.

남녀 사이에는 체력적으로 차이가 존재한다. 이건 객

관적인 사실이다. 따라서 여성이 위험에 처할 확률이 조금 더 높다는 사실은 부인할 수 없다.

누군가는 여성에게 스스로 보호할 방법만 가르치지 말고 사회적인 보장 체제를 마련해야 한다고 하지만, 나는 자기를 보호하는 것과 보장 체제 마련이 상충하지 않는다고 생각한다. 사회적인 시스템을 마련함과 동시에 개인의 경계심을 강화하는 것이 사건을 미리 방지하는 좋은 방법 아닐까.

나의 가장 첫 번째 '보호자'는 바로 나 자신이다. 아무리 치안이 잘 되어 있는 곳이라고 해도 늘 구멍은 있다. 그렇지 않으면 경찰서 내부 물품 보관함에 왜 자물쇠를 채워 놓겠는가.

조심해서 나쁠 건 없다. 조심하지 않아서 생기는 손해는 고스란히 나에게 돌아온다.

'꼭 ~해야만 한다'는 관념의 올무에서 벗어나라

할머니 집에는 '도서관'이 있었다. 할머니는 방 한 칸을 오로지 책으로만 가득 채워놓고 그곳을 작은 '도서관'으로 이용했다. 모든 책에는 할머니만의 정리 비법을 담은 '일련번호'를 손수 작성해서 붙여 놓았는데 지금 생각해 보면 역사나 군사, 과학 서적이 대부분이었던 것 같다. 할머니가 연애소설을 읽는 모습을 본 적은 한 번도 없다.

어릴 적 친구들 집에 놀러 가면 만화책이나 연애소설을 종종 볼 수 있었다. 어느 날 문득, 우리 가족들은 대체 왜 나한테는 이런 책을 안 사 주고 죄다 군사와 관련한 책만 사주는 것인지 불만 섞인 궁금증이 들었다. 나중에 할머니께 그 이유를 물었더니 할머니 대답이 재미있었다.

"여자애들은 군사 서적을 읽으면 안 된다는 법 있니? 이런 건 남자들만 읽고, 여자애들은 연애소설만 읽어야 한다는 법은 대체 누가 정해 놓은 거냐? 보고 싶은 게 있으면 그냥 보면 되는 게야. 네가 그런 책을 읽고 싶다면 할미가 얼마든지 사 주마. 그런데 '여자애들은 꼭 이래야 한다'는 생각은 안 했으면 좋겠구나. 너 스스로를 그렇게 제한하면 못 써."

나는 아무런 대꾸도 할 수 없었다. 하지만 이해하기 힘들었다. 뉴스나 신문을 보면 사랑에 배신당한, 상처받은 사람은 대부분 여자였는데 사람들은 그 원인을 여자에게 돌렸다. 가정 폭력의 원인은 여자가 성격이 이상해서, 성폭력의 이유는 여자의 차림새가 단정하지 못해서라고 했다. 여성이 안전과 관련한 문제에 있어서는 태생적으로 열세에 있다는 점은 다들 쉬쉬하면서 엉뚱한 곳에서는 '여자라면 꼭 이래야만 한다'고 강조했다.

어릴 때는 '어린이날'이나 '여성의 날'은 있는데 왜 '남성의 날'은 따로 없는지 궁금했다. 엄마는 그 이유가 '매일이 남성의 날'이기 때문이라고 했다. 할머니는 '여성의 날이 따로 있는 건 우리 사회가 그만큼 진보했다는 뜻이지만, 언젠가 이날이 딱히 필요하지 않은 날이 왔으면 좋겠다.'고 했다.

대학에 들어간 뒤에 명절을 맞아 고향 친구 두 명과 같이 본가에 내려가기로 한 적이 있었다. 한 명은 여자 A

였고 한 명은 남자 B였다. B는 고향에 가기 이틀 전에 고속버스 터미널에 가서 오랫동안 줄을 선 끝에 나와 A의 표까지 구매해 둔 상태였다. 그런데 갑자기 A가 무슨 변덕이 끓었는지 버스는 불편하다며 기차를 타고 가고 싶다고 했다. 나는 아무래도 좋았다. 그렇지만 당시에는 온라인 판매가 없었고 대학교 캠퍼스 안에도 티켓 예매처가 따로 없었기 때문에 하는 수 없이 B가 버스터미널에 가서 표를 환불한 뒤 기차역에 가서 다시 구매해야만 했다.

집에 내려가 할머니께 이 이야기를 했더니 왜 네가 직접 가지 않았냐고 물었다. 나는 대수롭지 않게 대답했다. "걔는 남자잖아요. 우리는 여자고요. 그러니까 우리 대신 가서 사 온 거죠. 뭐."

그런데 할머니가 그 말을 듣고 불같이 화를 내셨다. 처음이었다. 할머니가 내게 그렇게 크게 소리친 건.

"표를 사고 환불하는 데 체력이 달려서 안 간 거니? 아니면 버스터미널 치안이 형편없어서 너 혼자 가기엔 위험해서 그런 거니? 그런 게 아니라면 '나는 여자니까' 따위의 말은 입 밖에도 꺼내지도 마. 그런 생각이 드는 순간 착각에 빠지는 거야. '나는 연약한 존재니까 항상 보살핌을 받아야 해.' 그런 착각이 결국엔 너에게 화가 되는 거라고!"

진정한 '페미니즘'이 추구하는 것은 평등이지 우대가 아니다. 여성은 약하니까 더 우대받아야 한다는 생각은 결국 더 큰 불평등을 야기한다. 일단 그런 생각이 들기 시작하면 권익을 쟁취해야 하는 결정적인 순간에 최선을 다하지 않는다. 자신은 여성이고, 상대가 남성인 경우 지레 겁먹고 포기한다. 스스로 연약하다고 여기기 때문이다. 그렇지만 그건 틀렸다. 내가 상대보다 못한 부분이 있으면 반대로 강한 부분도 있다. 그러므로 내가 할 일은 꼭 하고, 내가 얻어 내야 하는 것은 반드시 쟁취해야 한다.

성차별이 우리 인생에 미치는 영향은 어느 정도일까? 우리는 그걸 극복할 수 있을까? 중요한 건 행복을 다른 사람에게 의탁하는 인생에서는 주권을 행사할 수 없다. 우리가 가야 할 인생의 길은 아주 멀고, 그 길에서 우리는 수많은 어려움을 만난다. 거기서 기댈 만한 곳은 오로지 나, 자신뿐이다.

한해를 정리하면서 그해 내가 얼마를 소비했는지 계산해 보았다. 내가 가장 많이 돈을 쓴 곳은 다름 아닌 가전제품, 특히 청소기나 식기세척기와 같은 가사와 관련한 제품이었다. 친구에게 그 이야기를 했더니 그는 "네가 남자였다면 그런 돈은 쓸 필요 없을 텐데." 내가 왜냐고 물었더니 "그냥 결혼을 하면 해결되는 일이잖아."라고 했다.

뜻밖이었다. 평소에 내가 생각하던 그 친구는 집안 환경도 넉넉하고 학력도 높은 데다 여자들에게도 매우 우호적이었다. 그런 그가 해 준다는 위로의 말이 고작 '네가 남자였다면'이라니. 그리고 집안일을 해결하는 가장 좋은 방법을 '결혼'이라고 생각하다니.

지출 내역을 정리하면서 나는 이 '가사일'에 들어가는 비용이 얼마나 비싼지 새삼 다시 깨달았다. 어디 가사노동이라는 것이 비단 설거지나 청소, 빨래에만 국한되겠는가. 그것은 수없이 많은 희생과 직업적 커리어를 담보로 한다. 그런데 이것은 수치로 계량하기 어려워서 아무리 많은 시간과 열정, 노력을 쏟아부어도 정확하게 결과를 산출하기 어렵다. 물론 그만큼 자신의 권리를 보호받기도 어렵다.

자료를 증거로 제시할 수 있는 재산의 경우 이혼 소송이나 분쟁이 일어나면 법적 보호를 받을 수 있다. 그런데 가정을 유지하기 위해 쏟은 열정과 시간, 에너지는 그 증거가 모호하고 계량하기 어렵다. 그러니 이 과정에서 포기한 커리어나 자기 계발에 대한 비용을 완벽하게 보상받기란 쉽지 않다. 법은 도덕의 가장 기본적인 한계선이다. 하지만 법은 우리 현실의 면면, 곳곳을 완전하게 포용하지 못한다. 사람의 마음은 갈대와 같아서 특히 이익 앞에서 돌변하기 쉽다. 게다가 우리 주변에는 언제나 상대의 이익을 '쟁탈'하면서 관계를 맺는 사람들이 수두룩하다. 상사가 임금은 인상해 주지 않으면서 말로만 계속 당신의 능력을 칭찬한다면 어떨까? 당신에겐 늘 희생을 강요하면서 자기는 절대 앞에 나서지 않는 사람이 있진 않은가? 그런 사람들은 당신에게 실질적인 이익을 제공해 줄 수 없어서 말로만 '거짓 포상'을 내리는 것이다.

물론 우리 주변에는 감사해야 할 사람도 많다. 하지만 도덕이나 법률로는 그러한 관계를 모두 보장할 수 없다. 그러니 결국 그러한 관계 속에서도 내게 실질적으로 도움이 되는 것을 잘 알고 손에 넣어야 한다. 그래야 관계가 위험에 빠졌을 때 그것을 잘 처리하고 이겨낼 수 있다. 냉정하지만 이것이 현실이다.

물론 세상에는 우리에게 행복을 느끼게 하는 감정적 연대도 많다. 그러한 관계들은 소중하게 여기고 혹시나 상대가 어려움을 만나면 모른 척하지 말자. 그런 손해나 위험부담도 생각하지 않고 관계를 맺는 것은 용감한 게 아니라 자신과 상대에게 책임을 다하지 않는 것이다.

프랑스 여성 작가 보부아르는 "여성은 태어나는 것이 아니라 만들어진다."라고 했다. 남자는 극도로 힘들고 어려운 길을 걸어야 하지만, 그것이야말로 가장 안전하고 믿을 만한 길이라 말했다. 그리고 그것이 남자들에게 주어진 가장 큰 행운이라 했다. 그러나 여성은 불행하게도 저항할 수 없는 수많은 유혹에 휩싸이는데, 그중에서도 '쉬운 길로만 가라'는 사람들의 조언이 큰 유혹이라고 지적했다. 이에 따라 여성은 성장하지도, 자기만의 길을 가지도 못한다는 것이 그녀의 생각이었다. 시간이 흘러 자신이 할 수 있는 게 아무것도 없다고 생각했을 때는 이미 너무 먼 길을 와 버려 본인이 원래 가지고 있던 힘과 능력을 모두 잃어버린 상태가 된다고 그녀는 지적했다.

전통적인 관념 속에는 '남자는 이래야 한다'고 요구하는 것이 많다. 이 요구는 실제로 생존에 많은 도움이 된다. 지금은 시대가 변해서 여자와 남자가 똑같이 학교에 들어가 원하는 공부를 하고 대학을 졸업한 뒤 똑같이 사회에 발을 내디딘다. 이때 누가 사회에 먼저 적응하느냐에 따라 앞길이 달라진다. 그렇다면 생각해 보자. 어릴 때부터 군사와 역사를 공부하고 부당한 것에 저항하고 영웅이 되어 누군가를 구하는 법을 배우며 자란 사람이 먼저 사회에 잘 적응할까. 아니면 사랑과 연애, 바느질과 청소를 공부하고 타인에게 의지하는 법을 배운 연약하고 단순한 사람이 더 잘 적응할까.

예전에 여성이 대표로 있는 회사에서 일한 적 있었다.

그 회사는 임원 대부분이 여성이었다. 그들은 시장에서 남자들과 견주어도 아무런 손색없는, 능력 있는 인재들이었다. 그런데 거기서 계속 남자 직원들의 외모나 패션을 평가하자 얼마 후 남자 동료들도 '속살'이 비치지 않게 상의 안에 민소매 속옷을 챙겨 입게 되었다. 진급이나 상여금 문제로 여성 임원들에게 아부를 떨기도 했고 서로 먼저 진급하기 위해 동료와 경쟁을 하기도 했다.

많은 경우, 우리는 그저 눈에 보이는 표면적인 차이로 누군가를 차별한다. 힘이라는 건 단순한 체력에서만 나오는 게 아니다. 체력보다 더 큰 힘이 우리 사회를 움직이고 돌아가게 한다. 생물학적, 객관적인 차이를 떠나 통념적인 여성의 자리에 남성을 데려다 놓으면 그가 그냥 '여성'이 되는 것이다.

이 세상에 우리 인생을 마음대로 정의할 수 있는 사람은 아무도 없다. 내 인생의 진정한 주인은 바로 나 자신이다.

사회에서 요구하는 나와 내가 원하는 나 사이에서 균형을 잡아야 한다. 우리가 살면서 '반드시' 해야 하는 일은 단 하나, 그저 최선을 다해, 열심히 내게 주어진 삶을 살아내는 것이다.

오늘도 나는 할머니가 늘 하셨던 그 말, 그리고 직접

당신이 살아 내셨던 그 삶을 떠올려 본다.

“세상의 소리 말고 네 마음의 소리에 귀를 기울이렴.

네 인생을 제한하지 마. 너에겐 지구 끝까지 날아갈 수 있는 커다란 날개가 있단다.

자, 날개를 펴 봐. 그리고 마음껏 날아가렴.

네 삶에 주어진 자유를 누리려무나.”

3
장

마음의 짐을 내려놓고 편안해지는 법

사서 고생하는 인생

초등학교 1학년 때 엄마가 어디선가 아동심리에 관한 책들을 사 오셨다. 지금 생각해 보면 해외의 일부 실험 사례를 그대로 옮겨와 아동 교육 서적으로 묶어 낸 것에 불과했다. 그중에는 훗날 실험 결과의 위험성과 문제점이 밝혀진 것들도 꽤 많았는데 대표적인 것이 그 유명한 '만족지연' 실험이었다.

엄마 아빠는 책을 읽고는 내가 좋아하는 젤리 두 개를 올려놓은 접시를 가져왔다. 그러고는 내게 지금 하나를 먹고, 나머지 하나는 한 시간 뒤에 먹으라고 했다. 만일 성공하면 보상으로 젤리 두 개를 더 주겠다고 했다. 참을성과 의지력을 키우기 위한 훈련이니 꼭 성공하라는 당부도 잊지 않았다.

내가 정말 좋아하는 젤리였던데다 엄마가 한동안 충

치 때문에 군것질을 못 하게 했었기 때문에 나는 접시를 붙들고 심한 내적 갈등을 겪었다. 그러다가 결국 참지 못하고 손수건 하나를 가져와서 거기에 젤리 두 개를 싸맸다. 그걸 들고 몰래 집을 빠져나가려다가 현관에서 아빠에게 붙잡혔다. 아빠는 내게 손수건을 펼쳐 보라고 하더니 한숨을 쉬고는 화를 냈다. "될성부른 나무는 떡잎부터 알아본다고. 기대한 내가 바보지! 먹어라 먹어!" 좋은 말은 아닌 듯했다. 어쨌거나 나를 위해서 한 훈련이었던 것 같은데 나는 엄마 아빠가 기대한 시간만큼 인내력을 발휘하지 못했다.

나는 슬퍼졌다. 갑자기 손에 쥔 젤리가 하나도 맛이 없어 보였다. 그 후로 나는 다시는 그 젤리를 먹지 않았다. 부모님은 자신들이 잘 가르친 덕분에 그 이후로 내가 유혹에 넘어가지 않는 법을 깨우쳤다고 하면서도 어린애답지 않게 어둡고 수심이 가득한 아이로 변했다고 했다.

여름이었다. 할머니 댁에 놀러 갔다가 외출해서 집에 돌아왔는데 날씨가 무지하게 더웠다. 할머니가 곧장 수박을 잘라 주었다. 나는 너무 먹고 싶었지만, 수박이 놓인 접시를 일부러 내게서 더 멀리 밀어 놓았다. 할머니는 그런 나를 이상하게 여기고 이유를 물었다.

나는 일전에 실패했던 '참을성 훈련'에 관한 이야기를

하며 지금은 인내력을 키우기 위해 먹고 싶은 걸 참는 중이라고 했더니 할머니가 정신 나간 얘기를 하고 있다는 듯 혀를 끌끌 찼다.

"그건 참을성 훈련이 아니야. 그런 걸 바로 사서 고생이라고 한단다. 수박은 지금처럼 갈증 나고 더울 때 먹어야 제맛이야. 나한테 당장 필요 없는 건 아무리 많이 줘도 소용이 없어. 정말 필요할 땐 딱 하나만 있어도 충분하지. 이따가 수박 두 조각을 줘도 지금 하나 먹는 것만큼 맛있진 않을 거다."

할머니는 고개를 절레절레 저으며 안쓰러운 듯 내 머리를 쓰다듬었다.

"먹고 싶을 때 먹어야 맛을 음미할 수 있어. 그래야만 충분히 만족하고 소중함을 느끼는 거야. 참으면서 마음고생하고, 그러면서 또 억울해하고. 그런 마음으로는 뭐든 충분히 누리질 못해. 자책까지 더해지지. 그러면 삶이 너무 고단하단다. 행복이 점점 사라지거든. 얻는 것보다 잃는 게 더 많은, 가엾은 인생이 되는 거야."

나이가 들면서 점점 확실히 깨닫는 것이 있다. '지연'은 만족이 아닌 후회와 아쉬움만을 더한다는 걸 말이다. 인내력은 일종의 심리적인 자원이라 한계가 있다. 계속 쓰다 보면 결국 바닥이 드러난다. 인내력을 발휘한다는 건 돈을 쓰는 것과도 같다. 쓸만한 가치가 있는지, 얼마만큼의 수익률을 보장할 수 있는지를 봐야 한다. 의미 없는 일에 인내력을 발휘하는 건 낭비다.

희망이라는 건 기한이 있다. 어떤 음식을 너무 먹고 싶다가도 참고 참고 또 참으면 어느새 먹고 싶은 생각이 사라진다. 마흔이 되어 열 살 때 입지 못했던 공주 드레스를 사 입으면 그때 그 느낌이 나지 않는다. 진정한 만족을 얻지 못하기 때문이다. 참는 사이에 마음속엔 깊은 결핍과 불안이 뿌리를 내린다. 이렇듯 삶의 곳곳이 전쟁터나 시험장이 되면 걱정과 불안, 위기감이 영혼을 서서히 잠식한다. 그러다가 불현듯 즐거움, 행복함이 찾아오면 오히려 공황을 느낀다. 일이 순조롭게 잘 풀리는 게 부적절하다고 느낀다. 아무런 어려움 없이 흘러가면 무의식적으로 스스로 '고난'을 찾아 나서서 삶을 괴롭힌다.

생존이라는 건 그 자체로 본래 쉽지 않다. 그러니 영혼의 에너지를 적절하게, 지혜롭게 잘 사용해야 한다. 참아도 될만한 것에 참을성을 발휘하고 정말 중요한 순간에 의지력을 발휘해야 한다. 그래야만 큰일에 에너지를 집중할 수 있다. 참지 않아도 되는 일이라면 당장 즐거움을 선택해도 좋다. 그래야 최고의 만족감을 누릴 수 있다.

지칠 때마다 적절히 '당'을 섭취해 줘야 힘들고 어려운 시간을 견딜 수 있다. 그렇다면 어떤 '열매'는 인내해야 하고, 어떤 '열매'는 버려야 할까? 이것에 관해서는 다음 장에서 이야기를 나누고 싶다.

의미 없는 고생은 할 필요 없단다

중학교 때 일이다. 방과 후에 갑자기 폭우가 쏟아졌는데 부모님은 나를 데리러 나올 시간이 없었다. 고민하다가 결국 나는 자전거를 타고 비를 뚫고 집에 돌아갔다. 그 덕에 심한 감기에 걸려 며칠을 고열에 시달렸다. 그리고 매달 심한 생리통이 찾아왔다. 생리통이 너무 심해서 생리 기간에는 수업 시간에 제대로 앉아 있는 것조차 힘들었다. 성적이 내려갔고 부모님은 공부를 소홀히 한다며 혼을 냈다. 심리적인 스트레스가 커지니 생리통은 더 심해졌다.

여름방학이 되어 할머니 집에 머무는 동안 할머니에게 답답한 마음을 털어놓았다. 하필이면 왜 여자로 태어나서 매달 이 고통을 겪어야 하는지 모르겠다고, 그것 때문에 성적까지 떨어져서 속상하다고 얘기했다. 할머니는 가만히 내 얘기를 듣다가 갑자기 옷을 갈아입으라고 했다. 그길로 시내에 있는 병원에 가서 진료를 보고 마트에 가서 뜨거운 물을 담아 쓸 수 있는 보온 물주머니를 하나 샀다. 이어서 할머니는 여러 브랜드의 생리대를 골고루 사서 내 가방에 넣어 주며 "써보고 다음부터는 너한테 맞는 걸로 사서 쓰도록 해라."고 일러 주었다. 명절 때마다 할머니는 부모님 몰래 내 주머니에 용돈을 넣어 주며 필요한 게 있으면 사서 쓰라고 했다.

"세상에는 내가 선택할 수 없는 일들도 많아. 예를 들면 부모나 성별 같은 거지. 그런데 그런 건 아무리 부정해도 소용이 없어. 삶만 힘들어질 뿐이야. 원망하면 할수록 아프고 스트레스는 점점 더 커진단다. 그것보다 당장 내가 할 수 있는 일이 뭔지를 생각하고 바로 행동으로 옮기는 게 좋아. 사람은 일단 몸을 움직이면 생각을 털어 버릴 수 있거든. 그 일을 어떻게 하면 잘 해낼 수 있을까 고민하다 보면 스트레스는 줄어드는 법이란다."

여름방학이 끝나고 집에 돌아가기 전날, 할머니는 특별히 엄마에게 전화를 걸어 꼭 시내 병원에 한 번 더 나를 데려가서 진료받을 것을 당부했다. 애가 너무 힘들어하면 꼭 진통제를 사서 먹이라는 말도 잊지 않았다. 할머니는 조퇴가 필요하면 하라고, 건강보다 중요한 건 없다고, 몸이 아픈데 학교에 앉아 있어 봤자 아무 소용 없다고 했다. 그럴 바에는 차라리 집에 가서 하루 푹 쉬고 다시 집중해서 공부하면 그만이라고 당부했다.

엄마는 어른이 한 얘기니까 그냥 넘기기엔 찝찝해서 겉으로는 어쩔 수 없이 할머니 말을 따르면서도 속으로는 그렇게 생각하지 않았다. "하여간 네 할머니는 유난이야. 남들은 그냥 아파도 참고 넘어가는데 뭘 병원까지 가서 검사를 받으라고 한다니." 병원에 가던 날, 엄마는 할머니에게 하지 못한 말을 내게 했다.

"'남들 다 그러는데……'에 쉽게 넘어가지 말거라." 할머니는 늘 그렇게 말씀하셨다. 세상 모든 일은 최대한 이유를 알아야 하고 그래야 쉽게 이해할 수 있다고 했다.

중국에는 '가난한 집 아이가 일찍 가정을 꾸린다'는 말이 있지만 현실은 그렇지 않다. 요즘은 가족이나 집안 어른들의 도움이 있어야 더 빨리 가정을 꾸리고 자리를 잡는다. 현대사회에서 일찍 성공한다는 건 당장 먹고사는 문제를 해결하려고 닥치는 대로 나가 일을 하고 돈을 모은다는 얘기가 아니다. 견문을 넓히고 지식을 쌓아 인간의 본성을 이해하고 사회의 역사를 이해한다는 말이다. 또 문제를 해결하는 능력을 기르고 갖은 어려움에도 굴하지 않는 굳건한 마음을 기른다는 말이다.

'태어나서 죽을 때까지 고생하며 살 팔자'라는 건 없다. 그건 어쩌면 자기 위안일지 모른다. 고생을 빛나는 면류관처럼 생각하는 사람들이 있다. 물론 고생을 통해 얻는 게 있다면 그럴 수 있다. 하지만 일반적으로 고생은 사람을 엎어지게 하고 의욕을 잃게 한다. 때로는 나태함과 게으름의 좋은 변명거리가 되기도 한다. 일단 하면 고생할 거라 지레 겁먹고 움직이지 않는 것이다. 그렇지만 견디고 버티는 것만이 능사는 아니다. 문제가 생겼을 때 해결 방법을 찾는 것이야말로 진짜 강인함이고 지혜다.

"세상에 부지런함과 고생으로 말할 것 같으면 폐지 줍는 사람만 한 게 없죠." 석사 공부 시절, 지도교수님이 해 주셨던 조언을 아직도 기억한다.

"비가 오나 바람이 부나, 더우나 추우나 밖에서 얼마나 고생이에요. 그렇지만 폐지를 줍더라도 생각이 필요합니다. 어디로 가야 폐지가 많을지, 어떤 길로 가야 시간을 더 절약할 수 있을지 생각하고 정리하지 않으면 죽어라 고생만 하는 거예요. 본인은 감동스럽겠죠. '아, 오늘도 열심히 살았구나.' 하면서요. 하지만 그거 외에는 아무런 쓸모가 없습니다."

교수님은 공부할 때도 머리를 써서 효율을 높이고 결과를 도출할 수 있어야 한다고 했다.

"엑셀로 간단히 정리할 수 있는 표를 누가 밤새 수기로 작성했다고 하면 무슨 생각이 들까요? 대단하다는 생각이 들까요? 아니요. 바보 같다고 생각하겠죠. 딱히 하지 않아도 될 고생은 할 필요가 없습니다. 돈을 아끼려고만 하지 마세요. 필요하면 돈도 써야죠. 사람이 필요하면 고용해야 하고, 장비가 필요하면 마련해야 해요. 석사 공부는 시간 싸움이에요. 모든 고생이 전부 값지고 의미 있는 건 아닙니다."

사회에 나와 일을 하면서 '쇼잉(Showing)' 위주의 고생을 하는 사람들을 많이 봤다. 많은 상사가 그런 식으로 직원들에게 자신의 위치나 본분을 과시했고 심지어 그런 직원들을 아끼는 모습을 보였다. 하지만 냉정하게 말하면 그건 그 사람의 일종의 '통제욕'이자 직원들의 '복종도'를 테스트하는 방식이었다. 그런 업무 처리 방식은 후배 직원들의 성장에 아무런 도움이 되지 않을뿐더러 업무에 방해만 될 뿐이었다. 결국 직원들은 피로를 느꼈고 몇 년 후 인내심이 한계에 다다른 사람들이 회사를 그만두거나 이직했다. 회사는 경쟁력을 잃었고 거기에는 평생토록 상사에게 '복종'할 사람만 남았다. 시간은 금이다. 이런 보여 주기식 고생을 그만두지 않는 한 두뇌 회전이 가장 잘 되는 시기, 체력이 가장 좋은 인생의 황금기를 낭비하고 만다.

학생이 학교에 다니면서 열심히 공부하지 않으면 배운 지식과 머릿속 지식 혹은 경험들과 연결 짓지 못하기 때문에 금방 잊어버린다. 오랜 시간 일방적인 '주입'만 계속하면 우리 뇌는 따분함과 피곤함을 느낀다. 시간은 시간대로 쓰고, 체력은 체력대로 낭비하면서 사실상 아무런 의미 없는 고생을 하는 것이다. 배운 지식을 누군가에게 한 번 더 설명하거나 '인풋' 된 내용을 '아웃풋' 시키는 과정이 있어야 진짜 내 것으로 만들 수 있다.

성적은 학습의 부산물이다. 실없는 소리로 들릴지 모르지만, 이만큼 공부의 어려움을 잘 나타낸 말도 없다고 생각한다. 사실 우리가 살면서 진정으로 알아야 하는 것들은 '주입식'으로 배우지 않는다. 이런 식으로 배운 지식은 학교를 졸업하면, 혹은 그보다 더 빨리 잊어버리고 만다. 정말 공부를 잘하는 사람은 한 차원 더 높은 측면에서 생각한다. 내가 출제자라면 어디에서 어떤 문제를 낼까? 출제 의도는 무엇일까? 시험의 난이도는 어떻게 정하는 게 좋을까? 이런 방면에서 고민하고 공부하는 게 진정 의미 있는 수고이고 고생이다.

물론 목적을 정하고 수고하고 고생하는 사람들이 있다. 하지만 그러한 목적을 달성하는 과정에 여러 문제가 나타나는데 특히 그것이 자신과 주변 사람들을 힘들게 한다. 구체적인 이야기는 다음 장에서 살펴보도록 하자.

고난을 통해 도덕적 우월감을 느끼려는 사람들

한 번은 온 가족이 할머니 댁에 내려가 설 명절을 지낸 적 있었다. 할머니 댁 근처에는 엄마의 소꿉친구가 살았는데 오랜만에 그 집에서 명절을 맞아 친구들 모임이 열렸다. 여자들만 모인다고 해서 아빠는 가지 않고 나만 따라갔다. 그날 아빠는 운동도 할 겸 산책을 하다가 슈크림 빵 가게 하나를 발견했다. 그리고 슈크림 빵 몇 개를 사서 가게 밖 계단에 앉아 먹었다가 위장염에 걸렸다. 추운 날씨에 밖에서 차가운 크림빵을 먹다가 급체한 모양이었다. 그 후로 엄마와 싸울 때면 아빠는 늘 그 레퍼토리를 꺼냈다. 나중에 할머니는 그날 일을 떠올리면서 웃으며 내게 말했다.

"너희 아빠가 공부는 조금 했지만, 모자란 구석이 있긴 해. 설 연휴에 문 여는 가게가 어디 있다고 밖에 나가

산책을 한다니. 그리고 빵집을 봤으면 안에 들어가서 따뜻한 커피 한 모금 마시면서 같이 먹으면 될 걸 굳이 밖으로 나와서 무식하게 상가 복도 계단에 앉아 먹을 건 또 뭐야."

사실 나도 조금 이해가 되지 않는 부분이었다. 아빠는 왜 굳이 그랬을까.

"불쌍한 척, 가여운 척을 하려고 했던 게지. 그렇게 하면 할 말이 있잖니. '처가댁까지 같이 갔는데 마누라는 남편 버려두고 친구들 모임이나 가고! 처량한 내 신세야! 그날 네가 날 두고 가서 내가 아팠잖아! 그러니까 넌 반성 좀 해야 해!'"

할머니는 아빠가 아팠던 건 불쌍하긴 하지만 그게 꼭 엄마의 잘못은 아니라고 했다.

고의든 아니든 자기를 '불쌍한 처지'에 몰아넣는 사람들이 있다. 그걸 빌미로 상대에게 죄책감을 심어 주어 자기에게 더 잘하도록 조종하기 위함이다. 필요 없다는 사람에게 굳이 돈을 빌려주고 자기는 정작 쓸 돈이 없어서 먹지도 마시지도 않는 것과 같은 상황이다. 그런 사람들은 상대의 의사는 상관없이 스스로 필요 없는 고생을 사서 하면서 일종의 도덕적인 우월감을 얻으려 한다. 그리고 그것으로 상대를 비난하고 헐뜯을 자격을 얻었다고 착각한다.

'사서 고생하는' 사람이 되지 말자. 그런 사람은 본인은 물론 주변 사람에게도 고통을 안겨 줄 뿐이다. 자기연민은 그 누구에게도 도움이 되지 않는다. 사람들은 '억지로' 감사를 표현해야 하는 사람보다는 함께 있을 때 편안하고 즐거운 사람을 더 선호한다. 꾸밈없고 자유로우며 안정적인 사람을 보면 무의식중에 함께하고 싶다는 생각이 든다. 그들에게서 나오는 행복함과 안정감에 사람을 끌어들이는 엄청난 '자성'이 있기 때문이다.

초등학교 때는 학교에서 간단한 아침을 나눠 주었다. 보통 만두나 죽, 두유 같은 것들이었는데 그중에서도 내가 특히 좋아하는 만두가 있었다. 한 번은 엄마 아빠 모두 출장을 가서 나를 돌봐 주기 위해 할머니가 우리 집에 오신 적이 있었다. 나는 그 특별한 만두 맛을 할머니께도 보여드리고 싶어서 먹지 않고 신줏단지 모시듯 하루 종일 고이 간직했다.

그런데 만두를 한 입 베어 문 할머니의 반응이 내 생각과는 조금 달랐다. "그럼 넌 뭘 먹었냐?"는 할머니의 물음에 나는 아주 '고상'하게 대답했다. "특별히 할머니 드리려고 전 배고픈 것도 참고 안 먹었죠." 그러자 할머니의 얼굴이 어두워졌다.

"네가 내 생각을 해서 그런 거 안다. 만두는 정말 맛있구나. 하지만 다음부터는 이러지 마. 언제 어디서든 가장 먼저 네 몫을 챙겨야 해. 네가 쫄쫄 굶으면서 이걸 가져오면 할머니는 기쁜 게 아니라 오히려 안쓰러워. 그리고 부담된단다. 다음부터는 꼭 너 먼저 배불리 먹어야 한다."

서운했다. 그리고 이해가 되지 않았다. 왜냐하면 엄마 아빠는 맛있는 걸 가져오면 내게 주면서 꼭 이렇게 말씀하셨기 때문이었다. "이건 엄마 아빠가 너 주려고 특별히 가져온 거야. 우린 안 먹어도 되니까 너 혼자 다 먹으렴." 그런데 할머니는 그게 잘못됐다고 하다니. 앞뒤가 잘 맞지 않는다는 생각에 할머니께 의혹을 제기했다.

"지금은 다들 형편이 그렇게 어렵지 않아. 조금 덜 먹는다고 해서 배를 곯거나 굶주려서 쓰러질 지경은 아니지. 자기에게 너무 가혹한 사람, 자기희생을 강요하는 사람은 한편으로 자기가 굉장히 위대하다는 착각에 빠진단다. 다른 사람보다 도덕적으로 훨씬 우월하다는 생각에 빠지는 거야. 그걸로 다른 누군가에게 무언가를 요구하고 강요할 자격이 생겼다고 생각하지. 그런데 상대가 부탁을 들어주지 않으면 크게 화를 내고 몹시 서운해해. 남에게 전부 양보하는 것보다는 내 것을 먼저 챙긴 다음에 같이 조금씩 나누는 삶이 훨씬 즐겁고 현명한 삶이란다."

물론 그때 할머니의 말을 전부 다 이해하진 못했지만, 엄마 아빠가 날 위해 싸 온 음식이나 간식을 먹을 때 나를 지켜보던 그 눈빛이 부담스럽다는 건 잘 알고 있었다. 확실히 그보다는 할머니와 함께 있을 때 훨씬 마음이 편안했다.

한 번은 겨울방학을 맞아 할머니 집에 내려가 있었다. 1주일 뒤가 구정이어서 가족들이 모두 할머니 집에 모일 예정이었다. 그런데 갑자기 할머니가 나를 데리고 식당에 가자며 문을 나섰다. 그리고 우리는 좋아하는 요리를 잔뜩 시켜서 배가 터지기 직전까지 맛있게 먹고 나왔다. 식당 문을 나서며 기분 좋은 트림을 시원하게 하고는 할머니가 웃으며 말했다. "오늘이 작은 설*이야. 정말 잘 먹었다. 그렇지?"

알고 보니 그날 우리 부모님과 삼촌이 오기로 했는데 급한 일이 생겨서 갑자기 약속이 취소된 것이었다. 그렇지만 할머니는 딸, 아들네가 오지 않았다고 청승맞게 집에서 밥에 물이나 말아 김치랑 먹거나 상다리 부러지게 음식을 차려 놨다가 홧김에 뒤엎는 '막장 드라마' 같은 건

---

*음력 12월 23일. 중국에서는 본격적인 설 명절을 보내기 1주일 전에 '작은 새해(小年)'를 보낸다. 액운을 퇴치하고 행운을 불러오기 위해 폭죽을 터뜨리기도 하고 부엌 신에게 제사를 지내기도 한다. -역주

하지 않았다. 그저 즐거운 마음으로 나와 함께 고급 레스토랑에 가서 맛있는 요리를 잔뜩 시켜 배불리 먹었다. 그 날 약주를 한잔 걸치고 슬며시 웃으며 말하던 할머니의 기분 좋은 표정이 떠오른다. "그래도 오늘 너랑 나 둘뿐이라 얼마나 다행이냐. 사람이 조금만 더 많았어도 내 퇴직금으로는 이 맛있는 걸 다 못 먹을 뻔했어."

한번은 입원한 할머니를 보러 병문안을 갔다. 할머니는 침대맡에서 미국산 레드 딜리셔스를 꺼내 내게 먹으라며 건네주었다. 그때만 해도 그런 예쁜 수입 사과는 엄청 비싼 과일이었다. 나는 두 손을 휘저으며 됐다고 거절했다. 그랬더니 할머니는 "맘대로 해라. 어차피 곧 상할 거야."라고 말했다. 갑자기 목울대가 뜨거워진 나는 곧바로 자리에서 일어나 화장실로 향했다. 그리고 거기서 한참을 울었다. 할머니는 그 좋은 사과를 내게 건네며 으레 다른 어른들이 하듯 '내가 너 주려고 특별히 남겨 둔 거야.', '이게 얼마나 비싼 건데.' 등의 말로 생색내지 않았다. 할머니는 내가 조금 더 마음 편하게 그걸 받아먹을 수 있게 농담 반 진담 반으로 말을 건넸다. 기왕 곧 무를 사과, "내가 아까워서 못 먹고 오래 뒀더니 그만 그렇게 됐어."라고 말해도 됐지만 할머니는 그러지 않았다. 그렇다고 내게 먹으라고 강요해서 미안한 마음이 들게 한 것도 아니었다.

할머니는 늘 그런 식이었다. 뭘 하든 당당하고 자신 있는, 항상 유머러스한 어른이었다.

마음의 짐을 덜어 내렴, 세상은 네 생각과는 조금 다르단다

한때 일이 너무 바빠서 '이러다 내가 돌아 버리진 않을까'하는 생각이 든 적이 있었다. 하기는 싫은데 꼭 해야만 하는 업무들이 시꺼먼 늑대처럼 입을 쩍 벌리고 등 뒤에서 득달같이 쫓아왔다. 한 걸음이라도 멈추면 그 자리에서 잡아먹힐 것 같았다. 그 힘든 시간을 견딜 수 있었던 건 할머니가 해 주었던 말들이 정신을 차리게 했기 때문이다.

"너를 잘 달래 줘야 해. 너와 사이좋게 지내렴. 그게 제일 중요해. 많이 칭찬해 주고 너와 행복한 추억을 많이 만들길 바란다."

할머니 말대로 나를 잘 달래 주기 위해 일단 아침마다 눈을 뜨면 향긋한 커피 한 잔을 내려 마시고 향초를 켰다. 노이즈 캔슬링 헤드셋을 하나 구매해서 차분한 음악까지 함께 들으니 한결 더 편안해졌다. 회사에서 스트레스를 많이 받아 두뇌 회전이 잘 안될 때는 달콤한 사탕을 하나씩 꺼내 먹었다. 휴대용 산소호흡기를 가지고 다니며 숨을 크게 들이마시기도 했다. 그러고 나면 업무 시간에 정신을 집중하는 데 많은 도움이 되었다. 어느 정도 시간이 지나자, 몰입도가 더해졌고 심지어 콧노래를 흥얼거리는 날도 있었다.

행복은 예금과도 같다. 평소에 부지런히 쌓아 두어야 한다. 어려움과 위기는 예고 없이 불쑥불쑥 들이닥친다. 이런 문제들을 해결하려면 심리적으로 에너지를 많이 사용해야 한다. 평소에 저축해둔 돈이 없으면 급할 때 바로 꺼내 쓸 '비상금'이 없어 발을 동동 구른다. 마음도 똑같다. 평소에 즐거운 기억을 많이 저장해 두어야 한다. 그러려면 수시로 나를 잘 달래 주고 내 정서를 잘 돌봐야 한다.

90년대 여름, 도시에는 정전이 잦았다. 날이 더워질수록, 열대야가 지속할수록 정전되는 날이 많아졌다. 할머니 집은 도시 외곽에 있었는데 매번 한여름이 되면 구급차 사이렌 소리가 자주 울렸다. 정전되면 할머니 집은 뜨겁게 달궈진 화로와 같았다.

어느 날 할머니는 어디서 큰 고무대야를 하나 사 와서

거실 한가운데 놓고 찬물을 가득 채워 놓고 나와 신나게 물놀이를 즐겼다. “거실 바닥이 대리석이라 얼마나 다행이니. 마룻바닥이었으면 이렇게 못 놀아.” 그러고는 냉동실 안에서 다 녹아 흐물흐물해진 아이스크림을 꺼내 와서는 “씹을 필요도 없이 잘 넘어가니 너무 좋다!”라고 하며 흡족한 미소를 짓는 할머니였다. 평소에는 엄격한 엄마도 그런 날엔 우리와 신나게 물놀이를 즐겼다.

전기는 한번 나가면 다시 들어오는 데 한참 걸렸다. 사촌 동생이 덥다고 소리를 질러대면 엄마가 장난기 가득한 얼굴로 뿌리는 모기 퇴치제를 가져와 동생 등에 잔뜩 뿌려 주고는 했다. 모기 퇴치제에는 알코올 성분이 들어 있어서 빠르게 체온을 내려 주었다. 그러면 동생은 “이건 시원한 게 아니라 춥잖아요!”라고 소리쳤고, 그 모습이 너무 귀여워 다 같이 웃음을 터트리고는 했다.

정전이면 확실히 불편한 게 많았다. 심지어는 열사병에 걸릴 위험도 있었지만, 내 기억 속엔 오히려 정전되었던 그날들이 도리어 즐겁고 유쾌한 추억으로 남아있다. 정전도, 녹아내린 아이스크림도, 시원한 대리석 바닥도, 심지어 모기퇴치가 아닌 더위 퇴치용으로 활용했던 스프레이도 다 너무 좋았다.

지금 당장 바꿀 수 없는 일이 벌어졌을 땐 그 속에서

내게 도움이 되는 부분을 찾아 행동에 옮겨야 한다. 그리고 믿어야 한다. 어떤 상황이든 나는 내 삶과 기분을 바꿀 능력을 지녔다는 걸. 나 말고 나 자신을 더 안전하게 만들어 줄 사람은 세상에 없다는 사실을.

며칠 전에 무더위가 이어지면서 갑자기 아파트 전체가 정전됐다. 나는 곧장 냉장고에서 시원한 콜라를 꺼내 한 입 크게 마신 뒤 남편에게 나눠 주었다. "지금 빨리 마셔요. 안 그러면 금세 미지근해져." 그런 다음 샌드위치를 챙겨서 남편과 드라이브에 나섰다. 줄곧 가 보고 싶었는데 바빠서 못 가봤던 카페에 가 보기로 했다. 집에 돌아오는 길에는 좋아하는 커피 원두를 샀고 평소 잘 가던 식당에 가서 밥도 먹었다.

인생은 뜻대로 잘 풀릴 때도 있고 그렇지 않을 때도 있다. 중요한 건 어떤 상황에서든지 최대한 즐겁고 행복한 기분을 유지하는 것이다. 혼자만의 '행복 프로젝트'를 진행하는 동안 나는 몸은 힘들어도 마음만은 즐거웠다. 그러니 컨디션 회복도 빨랐다. 마음이 즐거우니 업무 효율도 올랐다. 마음이 강인하면 힘든 것도 느끼지 못한다는 말이 이해되기까지 했다.

괴로운 마음에는 우울함, 슬픔, 배신감, 질투 등과 같은 여러 감정이 한데 뒤섞여 있다. 이런 부정적인 정서는 우리 마음속에 지독한 뿌리를 내려서 다음에 그와 비슷한 상황이 벌어졌을 때 과거의 나쁜 기억을 한꺼번에 끌어올린다. 그럴수록 우리는 슬픔의 심연에 빠져 헤어 나오지 못한다. 이런 상황에서 일에 집중하는 건 하늘의 별 따기만큼 어렵다.

마음이 괴로운 사람은 자신감을 가지기 어렵다. 잘난 사람을 보면 곧바로 그것이 자신을 공격하는 창살이 되어 돌아오기 때문이다. 늘 긴장하면서 자신의 부족함을 숨기려고 하기 때문에 마음이 편안해지기 어렵다. 그래서 항상 예민하고 신경질적이다. 자신의 부족함을 담담하게 인정하지 못하고 다른 사람의 장점을 배울 여유가 없으므로 칭찬에 인색하다. 본인의 정서적 문제를 해결하기 어려운 지경에 이르면 일 처리를 제대로 할 수 없으므로 누군가가 그걸 보완해 주거나 대신 메워 줄 수밖에 없다. 평판이 나빠질 수밖에 없는 이유다.

심리적으로 고통을 겪는 사람의 입에서는 좋은 말이 나오기 어렵다. 어떻게든 가식적으로 좋은 말을 꾸며 낸다고 해도 마음으로는 그걸 받아들이지 못하므로 자꾸만 말과 행동이 어긋난다.

고생을 사서 하는 사람의 주변인들은 그의 수고와 희생을 당연한 것으로 여긴다. 하지만 어떤 상황에서든 한 사람만 계속 모든 걸 떠맡으면 사람들은 그에게 감사하기는커녕 그게 당연한 일이라고 생각한다. 그래서 희생과 고생은 늘 하는 사람만 한다.

아빠는 시골에서 태어나고 자라 열심히 공부해 대학에 들어갔다. 보수적이고 전통적인 아빠는 '젊어서 고생은 사서도 하는 것'이며 '원수도 사랑해야 한다'고 믿는 사람이었다. 심지어 누가 내 얼굴에 침을 뱉더라도 가만히 기다리면 자연스레 마르는 법이라고 가르쳤다. 할머니는 아빠의 그런 교육 방식을 인정하지 않았다. 그래서 마찰이 잦았다. 그런데 몇 번의 사업 실패와 친구의 배신, 진한 고통을 겪은 이후로 아빠는 할머니의 방식이 '상식'에는 어긋나는 것이 많지만, 효과적이고 인간적이라는 데 동의했다. 할머니가 내게 가족이어야만 전수할 수 있는 수많은 인생의 경험을 가르쳤다는데 감사하기 시작했다. 할머니는 이 세상이 어떻게 돌아가는지, 인간의 본성은 무엇인지, 왜 책에서 말하는 세상과 현실이 다른지 내게 친히 알려 준 사람이었다.

세상에 태어난 이상, 우리는 나 자신과 적을 지며 살지 않아야 한다. 나의 본능과 기질, 성격을 잘 이해해서 나와 사이좋게 지내야 한다. 그래야 조금 더 효율적으로, 편안하게 살 수 있다. 중국 당대 유명 소설가 왕정치(汪曾祺)가

했던 말을 인용해 이번 장을 마무리하려고 한다.

"인생은 재스민처럼! 향기롭게! 통쾌하게!"

건강한 삶의 중심, 그 안에서 누리는 달콤한 휴식

어릴 적, 엄마가 크게 아파서 병원에 입원하면서 간병인이 필요했기에 아빠가 할머니께 전화를 드렸다. 엄마가 회복되기 전까지 우리 집에 와서 나를 봐 달라고 부탁하기 위해서였다. 할머니는 다음날 바로 올라오셨다. 그런데 현관에 들어서자마자 나를 격하게 안아 주려고 서두르다가 그만 발을 헛디디면서 넘어지고 말았다. 넘어지면서 한쪽 팔로 땅을 짚는 바람에 그만 골절상을 입었고 아빠는 혹이 하나 더 늘었다는 생각에 울분을 터뜨렸다.

그래도 나는 할머니랑 함께 있는 시간이 너무 좋았다. 할머니는 영원히 흔들리지 않는 나의 '정신적 지주'와도 같은 존재였다. 이 지주는 아주 강하고 튼튼해서 그 곁에서는 무엇이든 할 수 있었고 편하게 쉴 수 있었다. 마치 강력한 태풍이 몰아닥쳐도 태풍의 눈 한가운데서 편안하게 차를 마실 수 있을 것 같은 느낌이었다. 내일 당장 지구가 멸망한다고 해도 오늘 달콤한 디저트를 먹으며 행복을 음미할 수 있을 것 같은 느낌이었다.

무라카미 하루키(村上春樹)는 "의미 있는 고통이라면 무엇이든 받아들일 수 있다."고 했다. 할머니에게는 매일, 1분 1초가 모두 의미 있는 시간이었다. 할머니는 무슨 일이 벌어져도 순간순간, 가족들과 함께 웃을 수 있다면 그걸로 충분하다고 했다. "골절? 이런 거 아무것도 아냐. 괜찮아. 오늘 이렇게 행복하잖니!"

엄마가 퇴원하던 날, 할머니는 팔에 깁스를 한 채 우리 가족을 다 데리고 마당에 나와 가족사진을 찍었다. 엄마는 옅은 미소를 띤 채 사진을 찍으며 말했다. "하여간. 저 노인네를 누가 말려." 할머니의 유쾌함과 편안함은 인생의 위기와 어려움을 순식간에 아무것도 아닌 것으로 만드는 힘이 있었다. 세상이 아무리 변해도 할머니의 세상은 바꿀 수 없었다. 엄마 아빠가 집에 안 계시는 시간 동안, 할머니는 모든 집안일을 대충대충 해 넘겼지만, 위기의 순간에는 항상 재치 있는 아이디어를 떠올렸다. 할머니에겐 언제나 방법이 있었다. 엄마가 걱정이 되어 집에 전화를 걸어오면 할머니는 별걱정을 다 한다며, 마음 놓고 편히 쉬다 오라고 말하곤 했다.

하지만 워낙 덤벙대는 할머니여서 뭔가 일을 하다가 엉망으로 만들거나 그르치는 적도 많았다. 그럴 때면 다 제쳐 놓고 일단 누워서 한숨 잤다. 충분히 자고 일어나서 다시 해결하고는 했다. 그래도 해결이 안 되면 전화번호부를 뒤적이며 여기저기 해결 방법을 문의했다.

나는 근심 서린 할머니의 얼굴을 본 적이 없다. 얼굴에는 늘 생기가 돌았고 화를 내야 할 곳에는 불같이 화를 내다가도 웃어야 할 곳에서는 호탕하게 웃었다. 아빠는 그런 할머니를 보며 '간도 쓸개도 없는 노인'이라며 흉을 봤다. 자기 딸이 아파서 입원해 있는데도 걱정도 하지 않는다며 서운해했다. 하지만 할머니가 돌아가시고 오랜 시간이 지난 지금도 할머니를 떠올리면 그 활달하고 즐거웠던 모습에 나까지 덩달아 기분이 좋아지고 불안함도 슬며시 사라진다. 몹시 추운 겨울, 살을 에는 듯한 칼바람이 쌩쌩 부는 날씨에 어두컴컴한 시골길을 몇 시간 걷고 또 걸어서 마침내 집에 도착해 뜨거운 물에 몸을 담글 때와 같은 편안함이 몰려온다. 그래서 나는 일찍부터 '정신적 지주'의 가치와 중요성을 알았다. 아빠는 결코 이해하지 못하는 부분이었다.

아무리 힘든 일이 있어도 마음이 건강한 사람은 어떻게든 그 고난을 이겨낸다. 변변치 않은 형편에도 행복한 사람이 있는 반면, 으리으리한 집에서 풍족하게 사는데도 불행하게 느끼는 사람이 있다. 모든 인간은 출생과 동시에 죽음을 향해 달려간다. 모든 사람이 나이가 들고 병에 걸리고 결국에는 죽는다. 살다 보면 아무리 원해도 손에 넣지 못하는 게 있고 죽이고 싶을 만큼 미운 사람도 생기며 사랑하는 사람과 이별하기도 한다. 삶이라는 건 본래 힘겨운 모험이다. 그렇게 힘겨운 모험을 하다가도 할머니의 그늘 안에 들어가면 편안히 쉴 수 있었다.

일흔이 넘어서자, 할머니는 이곳저곳 많이 아팠다. 담낭 제거술을 받고 퇴원을 한 뒤에는 복부에 자꾸만 가스가 차올라 오랜 시간 힘들어하셨다. 의사는 산책을 많이 해서 위장을 움직여 가스를 빼내는 게 좋다고 권했다. 절대 방귀를 참지 말라고 했다.

할머니는 외출할 때 준비 시간이 많이 필요한 사람이었다. 집 앞에 쓰레기 하나를 버리러 나갈 때도 눈썹을 그리고 입술에 립스틱을 바르고 나가는 사람이었기 때문이다. 그런데 길을 걸으면서 계속 방귀를 뀌라니. 나는 할머니가 차마 그건 하지 못할 거로 생각했다. 그런데 뜻밖이었다. 할머니는 매일 공원 산책에 나섰고 사람들을 만나 이야기를 나누다가 방귀가 나올 것 같으면 먼저 죄송하다

양해를 구한 뒤 시원하게 뀌었다. 심지어 뒤에 따라오는 사람이 있으면 "내가 방귀를 뀔 텐데 한 걸음 물러서라"라고 주의를 주기까지 했다. 신기한 건 할머니의 이런 유머러스함이 상대에게도 전염되어 편안한 분위기에서 대화를 나눌 수 있었다는 점이다. 심지어 그런 할머니에게 반해 따라다니는 할아버지들이 생길 지경이었다.

어릴 때는 할머니의 그런 모습이 잘 이해되지 않았다. 창피하고 민망한 상황을 숨기기는커녕 사람들 앞에 대놓고 떠벌리는 할머니의 모습이 신기하기만 했다. 하지만 할머니는 그런 나를 오히려 이상하게 생각했다.

"건강하면 나도 안 그러지. 그러면 사회가 정한 규칙을 잘 따르면서 참아야지. 하지만 난 지금 환자잖니. 그러면 사회 규칙보다는 의사 말을 따르는 게 더 우선 아니겠어? 내 상황을 상대에게 설명했으니, 나랑 계속 대화를 할지 말지는 그 사람들이 정하는 거야. 계속 얘기를 나누기로 결정했다면 나는 '이 정도 일이 저 이를 곤혹스럽게 만들진 않는구나.' 생각하는 거지."

할머니는 그 특유의 당당한 얼굴과 목소리로 말을 이어 갔다.

"공원은 탁 트인 공간에다 공기 순환도 잘 되잖니. 거기서 나는 내 갈 길을 가다가 할 일을 하는 거고. 내 상황을 잘 모르는 사람들이 키득거린다고 해서 큰일 나는 것도 아닌데 뭐. 서로 모르는 사이에 내가 그런 것까지 다 신경 쓸 필요는 없지. 나한테 방귀를 자주 뀐다고 아예 집에서 나오지 말라고 하는 사람들은 아마 다른 사람하고도 정상적으로 교류가 어려울 거다. 날 그렇게 무시하고 신경 안 쓰는 사람들을 내가 뭐 하러 신경 쓰니?”

심리학 용어 가운데 ‘실수 효과(pratfall effect)’가 있다. ‘엉덩방아 찧기 효과’라고도 불리는 이 개념은 겉으로는 완벽해 보이는 유능한 사람이 실수를 범했을 때 그에 대한 호감이 더욱 증가한다는 이론이다. 할머니는 늘 자신의 단점을 숨기거나 가리지 않고 유머러스하게 풀어냈다. 수학을 잘 못한다든지 학창 시절에 종종 수업을 빠졌다든지, 자신이 고졸이라거나 너무 덤벙댄다거나 하는 것들이었다. 그런 할머니는 못나 보이기는커녕 솔직하고 자연스러워서 더 귀엽고 사랑스러워 보였고 나 역시 할머니 앞에서는 훨씬 더 편안하고 자유로운 나로 돌아갈 수 있었다.

시간이 지나면서 나는 내 인생은 철저히 나의 것이며 삶에서 진정으로 중요한 것들은 대부분 나 자신과 연관 있다는 걸 차츰 깨달았다. 심리적으로 그렇게 많은 부담과 짐을 지고 갈 필요가 없었다. 남의 시선에 지나치게 연연할 필요도 없었다.

사람들이 가끔 나를 위해서가 아닌 다른 목적이나 의도를 가지고 조언이나 충고를 할 때가 있다. 예를 들면 자기가 옳다고 생각하는 걸 나에게 강요하는 경우다. 그럴 때면 할머니가 잘하는 말이 있었다. "너나 잘하세요."

부모님과 같이 있을 때 나는 본연의 나로 있지 못했다. 말과 행동에 항상 주의를 기울였고 혹시나 실수를 저지르진 않을까 노심초사했다. 일단 뭔가 잘못한 일이 있으면 곧바로 비난이 날아왔고 그건 점차 맹렬한 자기 공격이 되어 엄청난 죄책감에 시달렸다. 그래서 항상 긴장하며 살았다. 그러다가 할머니 집에만 내려가면 다른 사람을 거의 신경 쓰지 않는 나를 발견했다. 할머니의 강인함과 호탕함, 유쾌함은 강력한 전염성을 지녀서 세상을 떠난 뒤에도 내가 자책하거나 힘들어할 때마다 다시금 일어설 수 있는 용기를 주었다.

'조금 더 과감해져도 돼. 조금 더 대담해져도 돼. 어차피 모든 건 사라져. 영원한 건 없어.' 내 모습을 있는 그대로 받아들이고 사랑하기 시작하니까 삶에 대한 여유가 생겼고 진정한 사랑을 알아보는 눈이 생겼다. 별 가치 없는 일에 얽매일 필요 없다. 세상 사람들은 내가 생각하는 만큼 내게 큰 관심이 없다. 내게 별 관심 없는 사람들을 그렇게 신경 쓸 필요 없다. 내게 주어진 이 삶을 살아가는 태도는 오직 내가 결정하는 것이다.

할머니의 일상은 매우 규칙적이었다. 보통 매일 오후 12시 정도에 일어났다. 어릴 때 할머니가 고조모와 함께 살았던 상하이는 밤에도 불이 꺼지지 않는 '불야성의 도시'였다. 고조모는 밤새 친구들과 마작을 두거나 공연을 보러 다니는 등 상하이의 밤을 있는 힘껏 즐기며 살았다. 그 영향으로 할머니 역시 밤에 활동하고 늦게 잠드는 버릇이 있었다. 회사에 다닐 때는 어쩔 수 없이 출근 시간에 맞춰 기상했지만, 은퇴 후에는 다시 어릴 때의 루틴으로 돌아갔다.

할머니는 매일 밤 잠자리에 들기 전에 다음 날 아침에 일어나 먹을 음식 재료를 모두 손질해 두었다. 채소를 씻고 쌀을 불려 놓고, 달걀과 우유는 늘 떨어지지 않도록 준비했다. 보통 계절이 바뀔 때마다 제철 음식으로 몸 상태에 맞게 골고루 섭취했다. 겨울 식재료는 찜기에 그대로 넣어 놨다가 다음날 사용했지만, 여름에는 한 번 찌거나 삶은 다음 식혀서 냉장고에 넣었다.

자고 일어나면 주방에 가서 지난밤에 준비해 둔 재료를 불에 올리고 미지근한 물을 한 잔 마셨다. 천천히 물을 마신 뒤 바로 컵을 씻어 놓고 청소 테이프로 이불에 묻은 먼지를 제거한 뒤 이불보를 깨끗하게 정리했다. 침구 정리를 할 때는 코나 입으로 먼지가 들어가지 않도록 늘 마스크를 착용했다. 할머니는 이부자리 정리까지 다 마쳐야 진짜 잠을 잘 잔 거라고 했다. 날씨가 좋은 겨울에는 햇볕에 이불을 널어 먼지를 탈탈 털었다.

할머니의 베개와 이불은 모두 오리털로 채워져 있어서 햇볕에 잘 말리면 구름처럼 몽실몽실 솟아올랐다. 막 찜통에서 꺼낸 갓 찐 만두처럼 부드럽고 폭신했다. 볕에 잘 말린 베개와 이불은 걷어서 실크로 만든 보드라운 베갯잇과 이불보를 씌웠다.

그다음에 하는 중요한 일은 양치질이었다. 할머니는 아주 오랜 시간 정성 들여 이를 닦았다. 나중에는 틀니를 착용할 때는 전용 칫솔로 구석구석 깨끗하게 닦아 주었다. 틀니를 넣어 놓는 유리함 역시 반짝반짝 빛이 났다. 이를 헹굴 때는 꼭 찬물로 헹궜다.

나중에 나는 치아교정을 하게 됐는데 유지장치 관리에 크게 신경을 쓰지 않았다. 잘 닦아 주지도 않았고 수돗물로 대충 헹구기만 했었다. 이를 닦을 때는 너무 힘을 많이 줘서 유지장치가 쉽게 떨어지거나 망가지고는 했다. 가만히 생각해 보니 할머니는 물건을 하나 사면 아주 오랫동안 사용했다. 몇 년이 지나도 처음 샀을 때와 상태가 별로 다르지 않았는데 그것 또한 일종의, 삶의 지혜이자 능력이라는 생각이 들었다. 사실 할머니처럼 돈도 있고 나이도 있는 사람은 매일 할 일 없이 시간만 때우면 된다고 생각하는 사람이 많았지만, 할머니는 그 나이가 되어도 세상에는 배울 게 천지라고 했다.

이를 닦은 뒤에는 세면대에 따뜻한 물을 받아 잠시 손을 담갔다. 그런 다음 전날 밤 차를 끓이고 남은 물을 따라 섞은 뒤 천천히 눈 주변을 닦았다.

저녁에는 다시 따뜻한 물을 받아 얼굴과 목을 깨끗이 씻어 냈다. 그다음 두꺼운 수건을 끓인 물에 담갔다가 꼭 짜내서 얼굴과 목 주변을 꾹꾹 눌러주며 마사지했다. 전날 밤에 마작이나 카드놀이를 해서 피곤하면 달걀을 삶은 뒤 그걸로 눈 주변을 살살 문질러 주었다.

화장실에서 나오면 화장대 앞에 앉아 얼굴과 목에 크림을 듬뿍 발라 주었다. 할머니는 꼭 한 가지 브랜드만 고집했다. 나중에 내가 돈을 벌고 이런저런 화장품을 많이 사 드렸지만 다 별로라고 하셨다. 할머니는 줄곧 할아버지를 잊지 못하고 늘 그리워했다. 비록 할아버지는 오래전에 세상을 떠나셨지만, 할머니의 화장대에는 할아버지가 생전에 사용했던 로션이 늘 놓여 있었다. 가끔 할머니는 로션 뚜껑을 열어 두 눈을 감고 깊은숨을 들이쉬며 로션 냄새를 맡고는 했다.

얼굴과 목에 크림을 바른 다음에는 남은 크림을 손가락 하나하나에 정성스레 발라 주었다. 그런 뒤 참빗으로 곱게 머리카락을 빗었다. 그 빗은 내가 아주 어릴 때부터 할머니 집에서 봤던 물건이었다. 빗살이 촘촘했던 할머니의 빗은 그렇게 오랫동안 사용했는데도 이가 나간 게 하나도 없었다.

할머니는 손빗으로 머리카락을 빗어 넘기거나 댕강 묶은 내 모습이 마음에 안 들어 나를 그 화장대 앞에 앉힌 뒤 단정하게 머리를 빗겨주었다. 화장대에서는 은은한 꽃향기가 났다. 할머니가 한 번씩 빗질을 해줄 때마다 찬란한 오후의 태양이 내 몸에 차올랐다. 할머니의 온기와 따스한 오후의 기운에 몸과 마음이 스르르 녹아내렸다.

머리를 정돈한 다음에는 '아침 겸 점심'을 먹었다. 할머니의 식탁에는 주로 찜 요리가 올라왔다. 채소와 약간의 육류가 늘 있었는데 꼭 따뜻할 때 호호 입김을 불어 가며 먹었다. 음식이 식으면 다시 전자레인지에 넣어 돌리는 한이 있어도 절대 찬 음식은 먹지 않았다.

식사 후에는 간단히 차를 마셨다. 매일 그 시간을 빼놓지 않았다. 찻잎을 걸러낸 후 뜨겁게 끓인 찻물은 보온

병에 담아 놓고 조금씩 따라서 마셨다.

할머니는 매일 다섯 번의 식사를 했다. 세 끼는 정식으로, 중간에 두 번은 차와 함께 간식을 조금씩 먹어 혈당을 안정적으로 유지했다. 형편이 어려웠던 시절에도 거르지 않던 습관이었다. 그때는 점심을 조금 남겨서 간식으로 먹거나 곡류로 떡을 만들어 오후에 차와 함께 즐겼다.

외출을 해야 하는 날에는 눈썹을 그리고 화장을 했다. 립스틱도 빼놓지 않았는데, 할머니의 립스틱은 정말 예뻤다. 케이스는 금색 바탕에 화려한 꽃무늬가 색색으로 새겨졌고 립스틱은 보통 새빨간 레드 컬러였다. 화장을 마치면 잠옷을 벗고서 외출복으로 갈아입었다. 할머니는 하늘하늘한 실크 소재의 블라우스를 많이 입었는데 땀이 나도 금방 말랐기 때문에 감기에 잘 걸리지 않았다. 할머니는 새 옷은 잘 사지 않아서 옷장에 걸린 외출복은 정해져 있었다. 옷을 입고 나면 진주 목걸이를 하거나 외투에 옥 브로치를 달았다. 바람이 많이 부는 날엔 캐시미어로 된 모자를 썼는데 주로 립스틱 색과 같은 빨간색이었다. 흰색의 스카프는 목에 한 바퀴 둘러 큰 리본으로 묶어 주었는데 보는 사람마다 귀엽다고 했다. 신발은 갈색과 흰색, 딱 두 켤레였다.

외출하지 않는 날에는 집에서 책이나 신문을 읽었다.

세상 물정을 알아야 한다며 할머니는 조간신문을 구독해서 읽었다. 저녁에는 편안한 잠옷으로 갈아입고 텔레비전 드라마를 시청했다. 할머니는 '잘생긴' 남자주인공이 나오는 드라마만 봤다. 중간에 포기하는 드라마가 있으면 그 이유는 무조건 남자주인공의 외모 때문이었다. 날씨가 추우면 미리 보온 물주머니 두 개에 물을 넣어 두었다가 텔레비전을 보면서 번갈아 사용했다. 나중에는 전기장판으로 바꿨지만 밤새워 사용하면 입이 마르고 몸이 건조해져서 잠들기 전에는 꼭 코드를 뽑았다. 머리맡에는 흰목이버섯 차를 우려 두었다가 다음 날 아침에 일어나 마셨다.

이렇게 쓰다 보니 모든 것이 따스했던 그 집에서 할머니가 분주하게 움직이고 있는 것만 같다. 그런 할머니를 화장대 앞에 앉아 가만히 지켜보는 느낌이다. 꼭 할머니가 내게 다가와 다정한 목소리로 말해 줄 것만 같다.

"돈을 많이 써야만 나를 잘 꾸밀 수 있는 게 아니야. 규칙적으로 생활하고 밤에 잘 자고 잘 먹어야 해. 항상 청결을 유지하고 네 몸을 소중히 여기렴. 화나고 미운 감정은 하루를 지나지 않게 해라. 무슨 문제가 생기면 얼른 행동으로 옮겨서 잘 해결하고. 알겠지?"

"네. 할머니." 대답하면 할머니는 "그리고!" 하며 또 얘기할 거다.

"몸 관리 잘해라. 안 그러면 나중에 너만 고생해. 네 몸 잘 간수하는 게 가족들에게도 책임을 다하는 거란다. 이쁜 내 강아지. 알겠지?"

4
장

몸과 마음의 화합을 통해 진정으로 성장하기

현실에 안주하는 삶, 그 엄청난 위험

대학 시절, 가난한 생활 속에서도 편안한 마음으로 즐기며 사는 '안빈낙도(安貧樂道)'의 삶을 부러워한 적이 있었다. '걱정 근심 없이 그렇게 편한 마음으로 살면 정신 건강에 얼마나 좋을까?' 하는 생각을 했다. 그리고 무심코 할머니께 그 얘기를 했다가 된통 혼나고 말았다. 할머니는 젊은 사람은 안빈낙도할 자격이 없다고 했다. 쇠도 씹어 먹을 혈기 왕성한 시기에 최대한 실력을 쌓고 돈을 모아야 한다는 게 할머니 생각이었다.

"살다 보면 생각지도 못한 일이 많이 일어나. 그럴 때 돈이 있으면 그래도 많은 걱정을 덜 수 있단다. 돈이 없으면 자기 몸뚱이를 걸고 버텨야 하는데 그러다 보면 본인이 얼마나 소중한 존재인지 잊어버린단다. 그래서 스스로 홀대해. 자기를 아끼지 않는 사람은 다른 사람 눈에 싸구려로 보이지. 사람들이 무시하기 시작하면 걷잡을 수 없이 많은 문제가 생기는 거야."

할머니는 살아 있는 모든 순간에 충실하지 않아 후회하는 사람을 너무 많이 봤다고 했다.

"사람은 살아 있는 한, 인생의 모든 시기, 모든 순간에 책임을 져야 해. 모든 시기마다 그때 맞는 열심의 정도가 있지. 단계마다 최선을 다하지 않으면 자기뿐 아니라 가족들에게도 짐이 된단다. 다 늙어서는 아무리 열심이어도 소용없어. 젊을 때만큼 결과가 안 나오거든. 그러니 후회막심이지. 평생을 그렇게 사는 사람들이 얼마나 많은지 아니?"

한번은 할머니가 내게 '본인이 평생 즐겁게 살 수 있는 이유'가 무엇인지 아느냐고 물었다. 나는 할머니 성격이 명랑하고 쾌활해서 그런 것 같다고 말했지만, 할머니는 생각은 아니었다.

"돈이 있어서야. 일할 수 있다는 건 정말 좋은 거다. 스스로 돈을 벌 수 있잖니. 그러면 다른 사람에게 기대지 않아도 돼. 그러니 최대한 많이 배우고 많이 벌어야 해. 특히 여자는 더. 남자들은 그나마 건설 현장에 나가 노동이라도 할 수 있지. 여자들은 퇴로가 너무 적어."

할머니 집안의 교육 철학은 '여성도 사회에 나가 성

공할 능력을 키워야 한다'는 것이었다. 할머니의 언니와 여동생들은 모두 명문대학을 졸업했고 할머니는 고등학교 졸업 후 미술을 배웠다. 지금도 자녀들에게 취업이 잘 되는 전공을 선택해야 한다며 좋아하는 미술 공부를 포기하게 하는 부모들이 있다. 심지어 딸에게는 여자라는 이유로 공부할 기회조차 주지 않는 부모도 있다. 고조모는 청대(清朝) 사람이긴 했지만, 교육 이념만은 시대를 훨씬 앞섰다.

내게 그렇게 직접적이면서 대담한 조언을 해 줄 수 있었던 이유는 할머니가 나를 진정으로 사랑하는 '핏줄'이었기 때문이라고 생각한다. 솔직히 듣기 좋은 말은 아니었다. 하지만 할머니는 그런 조언을 한다고 걱정하진 않았다. 현실이 정말 그랬고 또 그런 충고를 한다고 해서 나와 관계가 소원해질 게 아니었으니까.

편안하고 안락한 삶이 뭐가 나쁘냐고, '안빈낙도'의 정신으로도 일생을 얼마든지 행복하게 보낼 수 있다고 말하는 사람이 있을 수 있다. 개인적인 생각으로 그런 말을 은퇴한 노인이 한다면 아무 문제 없지만, 새파랗게 젊은 사람이 한다면 문제다. 아직 세상을 제대로 겪어 보지도 않은 이가 어찌 인생을 논한단 말인가. 번영과 몰락, 그 모든 과정을 두루 겪어 본 사람만이 '나는 소박한 삶이 좋다'고 말할 자격이 있다. 시도해 보지도 않고, 치열하게 살아 보지도 않은 사람이 바닥에 편안히 누워서 그런 말을 하는 건 울타리 밖에서 포도에 손이 닿지 않는 여우가 자기 위안 삼아 어차피 포도가 시고 맛없다고 말하는 것과 다르지 않다.

세상에 태어난 모든 사람에게는 물질이 필요하다. 돈이 없으면 걸음을 떼는 것조차 어렵다. 사마천의 《사기(史記)·관안열전(管晏列传)》에는 '창고가 차야 예절을 알고, 의식이 족해야 영광과 치욕을 안다(仓廪實而知礼節, 衣食足而知榮辱)'라는 말이 나온다. 자기 몸 하나 제대로 먹이지 못하는 사람이 어떻게 다른 일을 얘기할 수 있을까. 평범하고 안락한 삶이 최고라고 말하는 건 어쩌면 자신의 게으름을 무마하기 위한 핑계일 수도 있다. 역경을 제대로 돌파하지 않으면 결국 삶은 통째로 고난에 압도당한다. 자기가 원하는 인생을 주도적으로 만들어 가지 않으면 시간을 낭비하게 되고 잇따라 찾아오는 고난과 위기에 대응하느라 꿈꾸는 것과는 전혀 다른 삶을 살게 된다.

할머니는 일을 시작하고 첫 월급을 받은 날부터 착실하게 저축했다. 열심히 일해서 돈을 모았고 투자를 배우고 재테크를 배웠다. 아무리 형편이 어려워도 저금은 빼먹지 않았고 그 습관은 수십 년 동안 이어졌다. 굴곡 많은 인생을 살면서 할머니가 철저하게 깨달은 건 돈의 중요성이었다. 여유가 있을 때는 꼭 여윳돈을 따로 마련해 위급 상황을 대비했다.

내가 성인이 된 후, 엄마가 큰 병에 걸려 병원에 입원한 일이 있었다. 당시에는 무통 주사를 모두 자비로 부담해야 했다. 돈이 부족한 집의 환자는 밤새 병상에 누워 고통 속에 신음했다. 그걸 지켜보는 보호자는 몰래 복도에 나가 눈물을 훔치며 여기저기 전화를 걸어 돈을 빌렸다. 가난한 게 죄라며, 세상을 원망하고 신세를 한탄했다. 돌아보면 나에게 가장 큰 의지가 되었던 것은 착실하게 모은 돈이었다. 돈이 궁해서 걱정하고 힘들어하는 시간을 최대한 줄이는 게 나에 대한 책임이라 생각했다.

가난한 시골 초등학교에 봉사하러 갔을 때 아이들에게 주려고 케이크를 사 간 적 있었다. 살면서 케이크를 한 번도 본 적 없던 한 아이는 한 조각을 몰래 숨겨 두었다가 수업을 마친 뒤 자기 여동생에게 가져다주었다. 물론 누군가의 삶을 내 뜻대로 평가하거나 판단할 수는 없다. 하지만 그때는 가난 때문에 힘들어하는 많은 아이를 보며 생판 남인 나조차 마음이 저리도록 아팠다. 내가 열심히 살아야 하는 그 시기에 열심을 내지 않아 훗날 나의 아이들이 가난으로 힘들어하는 모습을 나는 상상하기 싫었다.

그 아픔을, 그 고통을 견딜 자신이 없었다.

'안빈낙도'의 삶을 부러워할 필요 없다. 특히 젊은이라면 더욱 그렇다. 그건 인생의 수많은 시련과 역경을 모두 이겨내고 지난 세월을 회고하는 노인이 할 수 있는 말이다. 학생이라면 공부를 열심히 해야 하고 사회 초년생은 직장에서 배울 수 있는 모든 걸 열심히 배워서 내 것으로 만들어야 한다. 인간관계에 너무 많은 시간을 낭비하지 말자. 사람은 본질적으로 자기보다 잘난 사람을 부러워한다. 능력을 갖추지 않은 채 현실에 안주하는 것만큼 어리석은 일도 없다. 실력을 키우는데 시간과 정력을 투자하라. 나의 삶을 잘 가꿔 나가는 것이 그 무엇보다 중요하다.

"셋방살이의 서글픔과 병에 걸렸을 때의 절망감을 겪은 사람, 병으로 가족을 떠나보낸 사람과 뜻밖의 재난으로 주변 사람을 잃어 본 사람은 안다. 내 삶을 지켜 줄 유일한 희망은 건강과 돈이라는 걸. 그중에서도 가장 슬픈 건 당장 돈을 모을 능력이 없다는 사실이다."

어디선가 읽었던 문장에 공감하며 고개를 주억거렸던 기억이 난다. 하지만 가난한 현실을 탓하며 주저앉을 수는 없다. 모든 걸 포기하고 현실에 안주하면, 인생이 바닥을 칠 때 다시 일어설 힘이 없다. 가난을 긍정적으로 받아들이는 것도 한계가 있다. 이를 지나치게 수용하면, 오히려 자신의 능력을 제한하는 독약을 삼키는 것처럼 점점 자신을 무너뜨릴 수 있다.

그 누구에게도 절대 빼앗기면 안 되는 것

중학교 때 우리 집 뒷동에 있던 한 집에서 가스가 폭발해 건물의 반이 무너졌다. 사고 당시 나는 현장에 없었는데 소식을 듣고 부리나케 집에 돌아왔을 때는 할머니가 캐시미어 숄을 어깨에 두른 채 1층에서 사람들과 이야기를 나누고 있는 모습을 봤다. 할머니는 나를 보고 손을 흔들었다. 가까이 가서 보니 할머니는 급하게 나오느라 아무것도 챙겨 나온 것이 없는듯했다.

"사람 목숨보다 더 중요한 게 어딨니? 걱정 말거라. 제일 비싼 건 여기 있으니까."

손가락으로 본인의 머리를 가리키며 말하는 할머니의 익살스러운 모습을 보며 나는 긴 안도의 한숨을 내쉬었다. 그러고 다시 찬찬히 살펴보니 할머니 손가락에는 늘 끼고 있는 집안 대대로 내려오는 보석 반지가 끼워져 있었다. 어깨에 걸친 캐시미어 숄도 평소에 늘 사용하는 것으로 가격이 제법 나가는 것이었다. 순간 나는 그 물건들이 할머니에게 주는 의미가 엄청 크다는 사실을 깨달았다. 굴곡진 세월을 지나면서 할머니는 잘나가던 부잣집이 한순간에 몰락하는 걸 많이 목격했다. 아마 그런 경험을 통해 위기 시에 꼭 챙겨야 하는 물건은 무엇이고 또 버려야 하는 건 무엇인지 터득했을 것이다. 지금처럼 위급 상황이 발생했을 때 당장 생계를 유지할 수 있게끔 현금으로 바꿀 수 있는 물건을 평소 몸에 지니고 다니는 것도 다 그런 이유였다. 가령 보석이나 반지, 캐시미어로 만든 숄과 같은 것이었다.

예전에 회사에서 열심히 만든 프로젝트의 공이 다른 사람에게 돌아간 적이 있었다. 심지어 당초에 약속받았던 상여금까지 그대로 다 빼앗겼다. 그런데도 그때는 아무런 저항도 하지 못했다. 해서는 안 된다고 생각했기 때문이었다.

지금은 세상을 떠났지만, 그때 나를 도와주었던 사수가 했던 말을 나는 영원히 기억할 것이다. 프로젝트가 끝난 뒤에도 자료 요청은 계속 들어왔고 내가 만든 자료에 사수는 일일이 다 피드백을 해 주었다. 한 번은 너무 열심히 자료를 봐 주고 글자를 하나하나 교정해 주며 도와주는 그의 모습에 화가 나 애꿎은 화풀이를 해댔다. "선배 이름이 들어가는 것도 아니고 내 이름이 들어가는 것도 아닌데 대체 왜 그렇게 열심히 하는 거예요? 수십 번 수정하고 며칠을 야근하면서!" 그랬더니 그가 말했다. "보이는 걸 어떡하냐." 그는 사람 좋은 너털웃음을 지으며 얘기했다. "나는 마침 널 가르쳐 줄 시간이 있고, 너는 또 배울 시간이 있고. 상부상조 아냐? 많이 배워 둬라. 혹시 알아? 네가 이걸로 죽을 때까지 밥 벌어 먹고살지? 걱정하지 마. 이름은 바꿔치기할 수 있어도 실력은 바꿔치기 못하니까."

그래서 나는 열심히 배웠다. 억울했지만 당장 내 공을 빼앗겼다고 주저앉지 않았다. 결국 시간이 지나 나는 내 이름으로 당당히 신문, 잡지 등에 칼럼을 쓰기 시작했고 조금씩 내 '공로'를 되찾았다.

"실력은 어디 안 가는 법이다." 할머니가 항상 내게 경고하듯 하는 말이었다. 그러니 절대 내가 해야 할 일을 다른 사람에게 부탁하거나 의지해서는 안 된다고 했다. 특히 남녀 사이에서 이성에게 모든 경제력을 위탁하면 그것이 올무가 되어 나에게 돌아오는 법이라고 했다. 상대를 위해 모든 걸 희생하고 헌신하는 것은 건강하지 않으며 상대에게 그 점을 인정받으려고 하는 순간 관계가 틀어진다고 했다.

"사람의 감정은 너무 연약하거든. 언제 변할지 모르는 게 사람 마음이야. 그 사람이 너를 얼마나 존중하느냐는 네가 그 사람을 위해 얼마나 헌신했느냐에 달린 게 아니야. 얼마나 경제력을 많이 가졌느냐에 달렸지."

열심히 배우자. 열심히 일하고 돈을 모아야 자유롭게 사랑할 수 있다. 그리고 만에 하나 문제가 생기면 여유롭게 대처할 수 있다. 마음의 여유는 보통 본인의 능력에 대한 자신감에서 비롯한다. 그러므로 수입이 있다면 재테크를 배우거나 부동산 투자 등을 배우는 게 좋다. 당신이 일구어 놓은 것을 눈뜨고 빼앗기지 않으려면 그래야 한다.

예전에 할머니 집에서 일하던 사람이 몰래 물건을 훔친 일이 있었다고 한다. 그걸 알고 고조모는 도난 사고가 더는 일어나지 않도록 사용인 규칙을 대대적으로 손보고 기강을 강화했다. 곁에서 그걸 지켜보는 할머니에게는 이렇게 당부했다.

"누가 내 물건을 뺏어 갔는데 묻지도 따지지도 않는다? 세상에 그런 바보가 어디 있니. 그러면 가진 걸 전부 다 남의 손에 뺏길 때까지 그냥 넋 놓고 보기만 할 거다. 아무리 풍족한 가문도 그러다간 망하는 거야. 그러니 규칙을 정하고 어긴 사람에게는 벌을 내려야 해. 이 집을 끝까지 지키려면 사활을 걸어야 한다."

별 노력도 하지 않으면서 잔머리만 굴려 좋은 결과를 얻는 사람들이 있다. 그런 사람들을 보면 화가 나기도 하고 세상이 너무 불공평한 거 아닌가 하는 생각이 들기도 한다. 화나는 건 당연하다. 하지만 그렇다고 자책하거나 열등감을 가질 필요 없다. 실력이라는 건 씨앗과 같아서 일단 심기만 하면 바위틈에서도 싹을 틔운다. 우리는 내 세상의 주인이다. 우리의 가장 크고 존귀한 자산은 머릿속에 있다. 지혜와 자신감, 결심 등이 모두 당신의 고귀한 자산이다. 한정된 시간과 에너지, 돈을 그 자산에 먼저 투자해야 한다. 시간이 지나면 반드시 당신이 원하던 것으로 돌아올 것이다.

미야자키 하야오의 <센과 치히로의 행방불명>에서 남자주인공 하쿠가 마녀 유바바에게 붙잡힌 치히로에게 이렇게 당부하는 장면이 나온다. "유바바는 사람들의 이름을 뺏어서 그 사람을 지배해. 이름을 잃어버리면 원래 살던 곳으로 돌아갈 수 없어. 그러니까 네 이름을 소중히 간직하도록 해."

이름을 잃어버리면 마녀가 운영하는 '목욕탕'에 영영

갇히고 만다. 어쩌면 지금 인생 최악의 상황에 빠졌을지도 모른다. 그래도 절대 도망가거나 회피하지 말자. 설령 '유바바'를 위해 일하는 한이 있어도 당신이 누구인지 절대 잊어서는 안 된다. 묵묵히, 최선을 다해 쉬지 않고 노력하라. 결국에는 그곳에서 빠져나갈 날이 올 것이라는 믿음을 버리면 안 된다. 당신에겐 얼마든지 이겨낼 힘이 있다. 지금 이 순간도 흘러가는 인생의 강물에서 피어난 아주 작은 꽃 한 송이에 불과했다는 걸 알게 될 날이 언젠가 올 것이다.

돈을 좇을수록 달아나는 이유

할머니는 돈의 본질은 결국 시간이라고 하셨다. 그러니 돈을 쓰듯 시간도 아껴서 잘 써야 한다고 했다.

할머니는 늘 본인의 능력껏 우리를 도와주셨다. 할머니는 한 번도 돈에 인색한 모습을 보인 적이 없었다. 내가 배우고 싶은 게 있으면 학원에 다니며 배울 수 있게 정신적으로 물질적으로 도움을 주셨다. 누군가에게 배운다는 건 그의 경험을 배우는 것이고 그러려면 돈을 내는 게 당연한 거라고 했다. 그러면서 꼭 그 부분에 내 시간을 쓸만한 가치가 있는지 잘 따져 보라는 당부도 잊지 않았다.

할머니는 돌아가시면서 생전에 쓰던 장신구 함을 나에게 남겨 주셨다. 나중에 대학교 교양 수업을 듣다가 영상을 촬영할 일이 있었는데, 어떤 액세서리를 쓰면 좋을지 몰라 고민하다가 문득 할머니의 장신구 함이 떠올라

열어 보았다. 그런데 손목에 찰 수 있는 거라고는 시계 빼고 아무것도 없었다. 생각해 보니 할머니는 시계 외에는 손목에 다른 어떤 장신구를 하지 않았었다. 어쩌면 그건 할머니에게 '시간'보다 더 중요한 건 없었기 때문 아닐지 하는 생각이 들었다.

어릴 적에 할머니 집에서는 금 브로치나 순금으로 만들어진 담뱃갑 등 제법 값이 나가는 물건도 장난감으로 가지고 놀곤 했다. 할머니는 내가 그런 걸 가지고 놀아도 별로 개의치 않았다. 한번은 내가 청소를 도와주겠다며 까불대다가 그만 할머니의 아버지가 남긴 골동 화병을 깨트린 일도 있었다. 엄마 아빠였다면 아마 나를 가만두지 않았겠지만, 할머니는 괜찮다며 웃어넘겼다. 그런 할머니가 나에게도 만지지 못하게 하는 물건이 딱 하나 있었는데, 그건 바로 손목시계였다. 할머니의 시계는 늘 정상 시간보다 5분 빠르게 맞춰져 있었다. 할머니는 혹시나 내가 가지고 놀다가 시곗바늘을 잘못 맞춰 놓을까 봐 그런 거라고 했다.

할머니는 살림에는 영 재주가 없었다. 그래서 파트타임 가사 관리사를 고용했는데 더 나이가 들어서는 간병과 식사를 전담하는 관리사와 청소 전담 관리사를 각각 구해서 도움을 받았다. 나 역시 가사에는 재주가 없었다. 아마 우리 가문은 대대로 여자들이 집안일에 소질이 없는 모양이었다. 내 친구도 인터넷에 유행하는 '힘들이지 않고 깨끗하게 욕실 청소하는 법'을 내게 여러 번 알려 주다가 결국에는 포기했다. "너 바보냐?"라는 말까지 들었다. 그래서 나는 로봇청소기가 세상에 나오기 전까지는 줄곧 가사 관리사의 도움을 받았다. 2010년, 전문업체에 등록된 가사 관리사의 시급은 시간당 만 원이었다. 내가 네 시간에 걸쳐서 해야 하는 일을 그들은 한 시간에 안에 후다닥 해치웠다. 대신 나는 그 시간에 과외를 하면 시간당 만 원은 넘게 벌 수 있었다.

하루는 우리 집에 오는 이모님과 이런 이야기를 나눴더니 놀랍게도 이모님은 집에 돌아가 본인도 청소만 도와주는 가사 관리사를 구했다고 했다. 이모님은 집안일은 아무리 열심히 해도 눈에 잘 보이지 않아 가족들이 무시하는 경향이 있다며, 자기 집은 그렇게 크지 않아서 초급 관리사만 와 줘도 충분한데 그런 사람들은 시간당 6천 원 정도면 된다고 했다. 본인은 시간당 만 원을 벌고 있으니 따져 보면 4천 원 정도를 버는 셈이라고 했다. 그녀는 나중에 고급 가사 관리사 자격증에 응시해 2011년 자격증을 취득했고 덕분에 시급은 시간당 2만 원으로 조정됐다. 매일 바쁘게 나가 일하고 돈을 벌어오니 집 안에서 지위도

높아진 것 같다며 기뻐했다.

우리 주변에는 시간을 어떻게, 어디에 써야 할지 모르는 사람들이 많다. 그들은 오늘 못한 일은 내일로 미루면 그만이라고 말하지만, 우리에게 늘 내일이 있으리라는 보장은 없다. 그들은 시간을 값싼 것으로, 혹은 공짜로 주어진 것으로 생각한다. 사실 중국의 경우 빈곤 국가에서 벗어난 지 얼마 되지 않았다. 이제는 대부분이 먹고사는 문제를 걱정하진 않지만, 개인 매너나 교양 수준, 생각 등은 여전히 빈곤했던 그 시대에 머물러 있는 사람이 많다. 그들은 시간을 소중하게 여기지 않고 오로지 돈 생각만 한다. 공짜 달걀을 받기 위해 몇 시간씩이고 줄을 서지만, 자기 계발은 하지 않는다. 결국 이런 사람들은 변화를 두려워하기 때문에 자신을 더 깊은 악순환의 고리로 끌고 들어간다. 시간을 소중히 여기지 않는 사람은 장기적인 안목을 가질 수 없다. 근시안적인 생각은 심각한 문제를 낳는다.

가령 평소 건강관리에 신경 쓰지 않고 아파도 바로바로 병원에 가지 않고 차일피일 미루면 결국 큰 병을 얻어 돈은 돈대로, 시간은 시간대로 쓰며 가산을 탕진한다. 인내하며 기다리지 못하고 당장 눈앞의 보상만 바라면 힘들고 어려운 일을 잘 처리하지 못하고 금방 포기해 버린다. 다른 사람이 돈 버는 건 배가 아파 보지 못하면서 자기는 아무것도 하지 않는다. 누군가가 제공하는 서비스에 비용을 지불하지 않으려고 하고 어떻게든 공짜로 더 챙기려고만 한다. 세상에 뭐든지 다 잘하는 사람은 없지만, 굳이 자신이 잘 못하는 일을 고집스럽게 붙들고 있다가는 결국 시간은 시간대로 써 버리고 바라던 결과도 얻지 못한다. 그렇게 시간의 가치를 허공에 날리고 만다. 그러나 자신이 잘하는 일을 하는 사람은 계속 성장하기 때문에 실력을 키우고 그 시간만큼의 돈을 벌 수 있다. 가령 위에서 언급했던 가사 관리사 같은 경우다.

병이나 노화 등의 이유로 더는 돈을 벌 수 없을 때는 아껴 쓰는 것 외에는 다른 방도가 없다. 그러나 젊은 나이에는 어떻게 하면 자기를 더 잘 계발해 실력을 키울 수 있을지 고민해야 한다. 유행하는 아이템이라고, 다른 사람이 해 봤는데 돈을 잘 벌었다고 무작정 따라 하면 안 된다. 돈을 벌되 부단히 생각하고 배우고 끊임없이 공부해야 한다. 그런 사람만이 본인의 잠재력을 계속 키울 수 있다. 이 잠재력을 키워 가는 과정에서 성장 속도는 점점 빨라지며 시야도 넓어지고 수확도 늘어날 것이다. 그렇지만 아무리 돈을 아껴 쓴다고 해도 그건 제한적이다. 돈 아끼는 것만 최우선으로 생각하면 사람이 인색해지고 대인관계도 제한적이며 정보를 얻을 채널도 줄어든다. 당연히 발전 기회도 줄어든다.

돈을 아끼기만 하고 자기에게 투자하지 않는 사람은 '어울리기 힘든' 사람이라는 심리적 암시를 주기 때문에 인간관계에서 자기 가치감을 떨어뜨린다. 작은 이익에만 몰두하면 마음이 점점 좁아지고 자기 앞길을 스스로 막는 셈이 된다.

우리가 아껴 써야 할 것은 돈이 아닌 시간이다. 인간 모두에게 유일하게 공평하게 주어진 것은 바로 생명이다. 생명의 기본 단위는 결국 시간이다. 빈곤한 생각에서 벗어나자. 돈을 아끼듯 시간을 소중히 여기도록 하자.

비싼 게 비싼 게 아닌 이유

할아버지는 내가 태어나기도 전에 돌아가셨다. 할머니 말에 따르면 할아버지는 생전에 매우 부지런하셨다고 한다. 할아버지가 살면서 했던 가장 큰 사치는 '한입에 콩 두 알 먹는' 정도였다. 해방 전*, 지주들이 혼란한 틈을 타 싼값에 땅을 팔아 치웠는데 할아버지는 이때가 기회다 싶어 저축해 두었던 모든 돈을 끌어모아 땅을 매입해 부농이 되었다. 반면 할머니 가족은 모든 재산을 국가에 헌납했다. 그런데 이 결정이 후대에도 영향을 미쳐 할아버지는 시대가 바뀌고 '빈곤 농민'이 국가로부터 받을 수 있는 모든 복지혜택이나 대우를 단 하나도 받지 못했다. 심지

---

* 중국 공산당과 국민당의 해방 전쟁 끝에 공산당이 승리를 거두면서 1949년 10월 1일, 베이징의 천안문 광장에서 마오쩌둥이 중화인민공화국 수립을 공식 선언했다. 중국에서는 이를 기점으로 해방 전, 해방 후로 부른다. -역주

어 그것은 자식인 큰아버지와 아빠에게도 큰 여파를 미쳤다. 하지만 할머니의 가족은 해방 당시에는 재산을 국가에 반환해서 가진 게 얼마 없었으므로 일반 시민으로 계급이 전환되었다. 그 후로 할머니의 다른 자매들은 군인이나 간부, 전당포 수습생 등에게 시집을 가면서 경제적으로 큰 타격 없이 평탄하게 살았다.

"우리는 스스로 만들어 낸 생각의 감옥에 갇혀 있다. 그래서 그 감옥 너머의 세상에서는 돈을 벌지 못한다."

쇼펜하우어는 우리가 스스로 만든 욕망과 편견에 갇혀 진정한 자유를 누리지 못한다고 주장했다. 할머니는 모든 사람에게 공평하게 주어진 것은 시간뿐이며 돈의 본질은 결국 시간으로 시간을 바꾸는 것이라고 말했다. 그러니 생각의 범위를 돈 자체에 두지 말고 그것이 가져오는 결과에 집중해야 한다고 했다.

아빠는 보수적이고 전통을 고집하는 사람이었다. 아빠는 점점 시간이 갈수록 자신의 아버지처럼 변해 갔다. 대입 수능시험이 폐지되었다가 부활했을 때, 할아버지는 아빠의 시험 응시를 반대했는데 그건 '돈 벌 시간을 지체한다'는 이유에서였다. 그런데 시간이 지나면서 그런 말들이 자꾸만 아빠의 입에서 입버릇처럼 튀어나왔다.

사람들은 대부분 투자와 소비를 잘 구분하지 못한다. 투자는 이익이나 가치 증가를 목적으로 이뤄지는 것이고 소비는 개인의 어떤 필요를 만족하기 위해 이뤄지는 행위다.

돈을 쓴다고 해서 마냥 없어지기만 하는 건 아니다. 때로는 소비 행위가 개인의 필요나 욕구를 만족시키면서 동시에 자산 가치 상승의 효과를 가져오기도 한다. 물론 이 반대의 경우, 즉 필요도 충족하지 못하면서 자산을 상실하는 경우도 있는데 이럴 때는 과감하게 중단해야 한다.

한동안 할머니는 의사의 지시에 따라 혈당 수치를 엄격하게 조절해야 했다. 그래서 밥 외에 간식을 하루에 딱 한 번만 먹을 수 있었다. 그런 이유로 할머니는 간식을 사서 한 입 먹어 보고 구미에 맞지 않으면 다른 걸 구매했다. 그전에는 다 먹지 않고 버리면 낭비라고 절대 그러지 못하게 하던 할머니였다. 하지만 식단 조절을 할 때는 외삼촌과 함께 생활했기 때문에 간식이 남아도 먹어 줄 다른 식구들이 있어서 낭비 걱정은 하지 않았다. 당시 할머니는 이미 몸이 아주 노쇠했기 때문에 스스로 먹기 싫은 걸 억지로 먹으면 돈은 돈대로 쓰고 욕구도 충족하지 못하는 '양난(兩難)'에 빠진다는 걸 너무 잘 알았다. 그래서

맛없는 간식은 즉시 먹는 걸 중단하고 다른 간식으로 '갈아탔다.'

할머니는 함부로 옷을 사지 않았다. 옷장에 있는 옷 대부분은 입었을 때 가볍고 편안한 실크나 보드라운 캐시미어 소재였다. 사람은 자기 몸에 잘 맞는 편한 옷을 입어야 표정이 여유롭고 자신감이 넘친다. 할머니는 어릴 때부터 그걸 잘 알아서 쇼핑에 시간을 많이 쓰지 않았다. 할머니는 1930년대에 구매한 모피코트를 돌아가시기 전까지 입었다. 물론 당시 아주 비싼 값에 사긴 했지만, 그걸 입고 밖에 나갈 때마다 사람들이 깜짝 놀라고는 했다. 마지막까지 입은 비용을 나눠서 계산하면 결국 처음 샀던 가격의 본전은 훨씬 뛰어넘고도 남는 액수였다. 또 할머니가 지녔던 보석이나 황금은 유명 주얼리 상점의 장인이 한땀 한땀 수공예로 작업한 것으로 시간이 지날수록 그 가치가 수십 배에 달했다.

"사람은 시간의 가치를 높이기 위해 배운다."

할머니가 젊을 때는 여자들이 대부분 부업으로 봉투 붙이는 일을 해서 시간당 20원을 받았다. 하지만 피아노를 배운 할머니는 종종 피아노 연주를 해서 시간당 100원을 벌었다. 배움은 시간의 가치를 올려 주고 더 많은 선택권을 선사한다. 할머니는 합주가 필요한 곳에서 연락이 오면 건반 연주를 해서 돈을 벌었다. 나머지 시간에는 만일 원한다면 봉투 붙이는 일을 할 수 있었다. 이렇듯 배움은 선택의 폭을 넓혀 준다. 필요하면 지금보다 한 단계 낮은 계단으로 얼마든지 자유롭게 이동할 수도 있다. 하지만 관련 기술을 배우지 않은 사람은 그 위 단계를 선택할 수 없다. 그만큼 기회가 줄어드는 것이다.

"최대한 많은 것을 얻어서 최대한 많은 경험을 하며 살아야 한다."

똑같이 시간당 20원을 벌 수 있는 일이라도 할머니는 낙엽 쓰는 일을 하면 했지, 봉투 붙이는 일은 하지 않았다. 낙엽 쓰는 일을 하면 자연의 변화를 마음껏 눈으로, 냄새로 느낄 수 있었다. 특이하게 생긴 낙엽을 주워다 말려서 책갈피로 쓸 수도 있었다. "기계적으로 그렇게 반복해서 하는 작업이 뭔 재미가 있겠니?" 할머니는 그게 경험과 체험이 주는 가치라고 생각했다.

예전에 한 독자에게 이런 쪽지를 받은 적 있다. "비싼 옷이랑 주얼리, 명품 가방을 사라고 조장하는 것 같은데요? 소비주의의 함정에 빠진 거 아닌가요?" 물론 그렇게 생각할 수 있다. 하지만 내 의견은 조금 다르다. 함정이란 곧 손실을 의미한다. 그렇다면 먼저 스스로 질문해 보자.

'처음 그 물건을 샀을 때보다 현재 가치가 증가했는가? 그것으로 나는 진정한 만족을 얻었는가?'

싸구려만 계속해서 사다 보면 내 돈이 언제 어디로 갔는지 잘 모른다. 싼 건 몇 번 사용하면 금세 질려 버리고 중고로 팔아도 헐값에 넘겨야 한다. 계산해 보면 1회 사용 비용이 지나치게 높은 편이다. 하지만 값은 조금 나가더라도 정말 좋은 물건은 수명이 다할 때까지 쓸 수 있고 사용할 때마다 기분이 좋다.

싸구려에 돈을 쓰는 것이야말로 진짜 낭비다. 나는 할머니가 뭘 사는 걸 자주 보진 못했지만, 일단 한 번 돈을 쓸 때는 그 '이름'에 걸맞은 비싼 값을 기꺼이 지불하는 모습을 봤다. 그리고 그 물건을 아주 소중하게 사용했다. 항상 신중하게 물건을 골랐고, 그걸 기쁘게 사용했으며, 아주 오랜 시간 애용했다. 내가 사회생활을 막 시작했을 때는 돈이 얼마 없어서 싸구려 옷을 많이 사 입었다. 할머니는 그 모습을 매우 언짢아하셨고 언젠가 심지어 화를 내기도 했다. "이게 웬 돈 낭비니!"

처음에는 할머니를 잘 이해하지 못했지만, 시간이 지나면서 차츰 깨달았다. 저렴한 옷은 한두 번 입으면 쓰레기통에 버리거나 옷장에 고이 모셔두기만 했다. 엄밀히 따져 보면 1회 사용 가격이 비쌌고 예쁘지도 않았다. 특히 나처럼 어릴 때부터 외모나 패션에 전혀 관심이 없었던 여자는 그런 걸 입으면 입을수록 더 엉망이 되어 버렸다. 할머니는 옷이 많은 편이 아니었지만, 깨끗하게 다림질해서 보관했고 간간이 섬유 탈취제를 뿌려 주는 등 관리에 신경 써서 상태가 매우 좋았고 사용 주기가 긴 편이었다.

“비싼 옷을 사면 그만큼 몸매에 신경 쓰게 된단다. 살이 찌면 다시 새로운 옷을 사야 하는데 마음이 너무 아프잖니. 그런데 싸구려 옷은 버리면 그만이니까 아무런 상관이 없지. 그러니까 아무렇게나 먹어도 부담이 없는 거야.”

평소에 건강이나 몸매 관리에 신경을 많이 쓰는 할머니는 살이 잘 찌는 내게 특별히 그렇게 말씀하셨다. 사실 나는 고등학교 시절에 살이 너무 많이 쪄서 걸을 때마다 허벅지가 쓸려 걸음걸이가 이상해지기도 했었다. 살이 너무 많이 찌면 신체 건강은 물론 정신 건강에도 영향을 미친다. 업무에도 지장이 있다. 아무리 힘들고 어려운 시절에도 할머니는 본인을 가꾸는 데 소홀하지 않았다. “형편이 어려워도 항상 매무시를 단정히 하고 다녀야 하는 거야. 사람의 품격은 그런 데서 나오는 법이거든.”

할머니는 해가 지날 때마다 새로운 장신구를 하나씩 사들였다. 주머니 사정이 넉넉할 때는 수십 년에 걸쳐 순금으로 된 보석이나 장신구를 사들였다. 이는 과거 힘들었던 시절에 할머니가 세월을 버텨 내는 경험에서 우러나온 재테크 방법이기도 했다.

"남자들은 집안 돈을 쓰는 데 하등의 거리낌이 없어. 그렇지만 아내의 장신구를 몰래 훔쳐서 쓰면 심리적으로 엄청난 부담이 생기지. 돈을 흥청망청 쓰는 건 사람들이 별말 안 해도 아내 장신구를 훔쳐서 전당 잡히면 판사조차도 너무했다며 혀를 차고 손가락질하거든."

싸구려로 살지 마라

할머니에게는 친구 G 할머니가 있었다. G 할머니는 본인이 물건을 사면 주변 사람에게 얼마를 줬을 것 같냐고, 맞혀 보라고 하는 이상한 취미가 있었다. 그럴 때마다 할머니는 항상 비싼 가격을 불렀는데 그러면 G 할머니는 신이 난 얼굴로 정확한 액수를 얘기했다. 물론 늘 저렴한 가격이었다. 사실 할머니는 딱 그만큼의 돈을 주고 살 물건이라는 걸 너무 잘 알았다.

G 할머니가 사람들에게 가격을 맞혀 보라고 하는 건 아마 자기가 싸게 물건을 잘 사는, 능력 있는 사람이라는 걸 과시하고 싶어서였을 거다. 하지만 그건 하나만 알고 둘은 모르는 거라고 할머니는 말했다. 일단 '싸구려' 이미지가 생기면 아무리 비싼 물건을 사도 사람들이 그렇게 보이지 않는 거라고 했다. "저 짠순이가 어떻게 비싼 걸

사겠냐"며 "분명히 할인해서 샀거나 아니면 물건에 문제가 있거나"라고 생각하고 무시하게 되는 법이라고 했다.

자신을 싸구려로 만들지 말자. 일단 그런 이미지가 생기면 골치 아픈 일이 많이 생긴다. 이와 관련한 에피소드 몇 가지를 소개하려고 한다.

● 1

할머니는 이미지 관리에 신경 쓰는 사람이었다. 내가 막 사회생활을 시작했을 때 할머니가 특별히 주의하라며 조언한 부분이기도 했다.

사회생활을 시작하게 된 계기는 엄마가 큰 병을 얻어 병원에 입원했기 때문이었다. 병이라는 건 그런 거다. 언제 다 나을지도 모르고, 얼마나 돈이 들어갈지도 모르는. 나는 일단 석사 공부를 잠시 중단하고 당시 내 조건에서 돈을 제일 많이 주는 회사를 골라 인턴 실습에 들어갔다. 동료들은 모두 친절했고 상사는 여성이었다. 인턴이었는데도 불구하고 회의에도 참석할 수 있게 배려해 주었다. 그런데 한 번은 회의실에 들어가려고 하는데 보안 요원에게 저지당한 일이 있었다. 내가 거품을 물고 여기 인턴이라고, 들어가도 된다는 허락을 받았다고 열심히 설명했지만, 믿어 주지 않아서 결국 내 사수에게 전화를 걸어 확인

받는 일이 일어났다.

그날 상사는 조용히 나를 불러서 상여금을 조금 줄 테니 가서 새 옷을 한 벌 사 입는 게 어떻겠냐고 아주 완곡하게 권유했다.

얼굴이 화끈거렸다. 그제야 초라한 내 행색이 눈에 들어왔다.

부모님은 할머니와 가치관이 다른 분들이었다. 부모님은 언제나 내게 소박함과 검소함을 강조했다. 내가 치장하거나 외모에 신경 쓰는 걸 좋아하지 않았다. 일을 시작한 뒤에도 나는 어떻게 옷을 입어야 하는지 잘 몰랐다. 회사에 갈 때는 무슨 옷을 입어야 하는지 알 수 없었다. 그런데 회사는 학교와 달랐다. 학생 시절에는 모두의 초점이 오로지 시험에만 맞춰져 있었기에 아무렇게나 입고 다녀도 아무런 문제가 없었다. 그런데 일을 시작하니 완전히 다른 세계가 펼쳐졌다.

그날 저녁 잠이 오지 않아 할머니께 전화를 걸었다. 할머니는 다음날 바로 내게 돈을 부쳐 주며 두 번, 세 번이고 상사가 주는 돈을 받아서는 안 된다고 강조, 또 강조했다. 그러면서 할머니가 준 돈으로 옷을 사 입으라고 누차 얘기했다. "어쩔 수 없이 보이는 게 다일 때도 있어. 옷을 잘 입으면 귀찮은 일을 많이 줄일 수 있단다." 그런 다음 할머니는 "가정 환경이 좋지 않은 걸 처음부터 솔직하게 얘기할 필요는 없는 거다."라고 반복해서 알려 주었다.

할머니는 동료들 사이에서 너무 튀거나 눈엣가시가 되지 않게 그들과 비슷한 수준으로 입으면 된다고 했다. 그래서 나는 동료들이 입는 옷의 분위기나 스타일을 유심히 관찰한 다음 새옷을 몇 벌 구매했다. 나중에는 동료들이 쇼핑 갈 때 같이 동행해서 일반적으로 어떤 옷을 사는지, 브랜드는 뭘 좋아하는지, 가격은 대충 얼마인지 살폈고 좋은 가방 하나를 사서 오랫동안 사용했다. 사내 보안 요원도 다 아는 명품 가방을 사서 메고 다니니까 정말로 귀찮은 일이 많이 줄어들었다. 중요한 장소에서는 그 가방이 내게 용기를 주기까지 했다. 명품 가방에 캐시미어 소재 정장, 명품 구두를 신고 회의장에 들어서면 나도 모르게 허리와 어깨가 곧게 펴지는 느낌이 들었다.

실습이 끝나면서 나는 본사 발령을 받았고 덕분에 많은 기회를 잡을 수 있었다. 수입도 올랐다. 본사 동료들의 스타일은 영업팀과는 또 다른 분위기였다. 그래서 그곳 분위기를 잘 살핀 다음 스타일을 한 번 더 변경했다. 할머니는 신뢰가 갈 만한 사람들과 사귀라고 당부했다. 그래서 실습 과정이 끝난 후에는 나를 특별히 잘 챙겨 주었던 사수와 선배 두 명에게만 내 사정을 솔직히 털어놓았다.

그들은 그 얘기를 듣고 나를 정말 많이 도와주었다.

나와 같이 실습을 시작했던 한 동기는 스타일에 그리 신경 쓰지 않았다. 매일 머리에는 까치집이 있었고 책상은 너저분했다. 그리고 퇴근할 때마다 탕비실에 있는 물병을 몇 병 챙겨서 가방에 넣어 가고는 했는데 하루는 상사에게 그 장면을 들키고 말았다. 한 번은 케이크를 먹는 다른 동료를 보면서 "와……. 너무 부러워요. 저는 돈이 없어서 그런 건 못 사 먹는데……"라고 말해서 모두를 민망하게 만든 적도 있었다. 그 후 팀장은 내 사수를 따로 불러서 회사의 중요 프로젝트나 큰돈이 오가는 업무는 절대 그 친구에게 맡기지 말라고 주의를 주었다. 외부 행사에도 되도록 동행하지 말 것을 당부했다. 혹시나 밖에 나가서 회사 이미지를 망칠 수 있다고 판단했기 때문이었다. 사수는 그녀가 이미지 관리에 신경 쓰지 않아서 너무 많은 기회를 잃었다며 안타까워했다.

또 한 상사는 일부러 가정 환경이 안 좋은 직원들만 골라서 대놓고 괴롭히고는 했는데 당장 돈이 급한 그들에게 이 직장은 없어서는 안 될 '밥줄'이었기에 쉽게 그만두지 않으리라는 걸 알고 마음 편히 무시하는 거였다. 상사는 그들에게 말도 안 되는 요구를 하거나 업무 지시를 내렸다. 너무 많은 업무를 처리하다 보니 정작 자기를 계발

할 시간이 없어서 입사한 지 몇 년이 지난 뒤에도 계속 제자리걸음인 사람이 많았다. 그렇지만 나이가 많아서 다른 직장을 알아보는 것도 쉽지 않았다. 그렇게 시간을 허투루 쓰고 있었다.

할머니는 사회에서는 매사에 신중해야 하며 언제나 몸과 마음, 말투를 단정히 해야 한다고 했다. 그렇게 시간이 지나면 그 사람에게 감히 침범할 수 없는 일종의 카리스마가 생긴다고 했다. 그런 사람은 평소에 아무리 소박하게 하고 다니더라도 다른 사람과는 다른 분위기를 풍긴다.

"때에 따라서는 돈도 과감하게 쓸 줄 알아야 해. 물론 체면치레나 허세를 부리기 위해 흥청망청 쓰라는 말이 아니다. 필요한 순간에, 특히 윗사람이나 너의 향방을 책임질 수 있는 사람 앞에서는 아끼지 않아도 좋아. 그런 만남이 인간관계에서 네 위치를 결정하거든."

돈을 쓰는 순간, 고민이 될 때마다 나는 할머니가 해주었던 당부를 떠올렸다. 할머니는 그 외에도 직장 생활과 관련한 여러 조언을 아낌없이 해 주셨다. 예를 들면 이런 것이었다.

"일부러 못사는 걸 티 낼 필요는 없어. 얻는 것보다 잃는 게 더 많거든."

"일단 네 형편이 좋지 않다는 게 알려지면 사람들은 의식적이든 아니든 너를 무시하게 될 거야. 상대가 아무리 좋은 사람이라도, 널 무시하고 싶지 않아도 그렇게 된단 말이야. 게다가 네가 돈이 없다는 걸 안 이상 너랑 만나면 자기가 밥값이라도 더 내야 한다는 생각에 부담이 커질 거다. 그러기 싫어서 너랑 아예 약속을 잡지 않거나 같이 뭘 안 하려고 할 거야. 그러면 결국 손해는 네 몫이야. 기회를 잃어버리잖니."

"형편이 어려울 때일수록 겉으로 보이는 데 신경 쓸 필요가 있다. 옷이 날개라는 말도 있잖니. 나중에 네가 실력을 키워서 능력이 될 때는 천 쪼가리를 걸치고 다닌대도 아무 상관 없어."

할머니의 예언은 과연 적중했다. 나중에 리더가 된 후에는 백팩을 메고 회의에 들어가도 아무도 저지하는 사람이 없었다.

화장을 안 하거나 무릎이 튀어나온 후줄근한 트레이닝 바지를 입고 밖에 나가면 왠지 모르게 위축되는 느낌이 든다. 그렇지만 신경 써서 옷을 고르고 예쁘게 머리를 만지거나 화장을 하면 자신감이 생긴다. 이미지 메이킹이 필요한 장소에서는 조금 값비싼 소품을 활용하는 게 좋은 효과를 가져오기도 한다.

미국의 유명 소설가 마크 트웨인(Mark Twain)의 《백만 파운드 지폐》에는 빈털터리 이방인이 등장한다. 그는 런던 길거리에서 지내던 거지였지만 거액의 백만 파운드 지폐를 받고 한 푼도 쓰지 않고 한 달간 버티는 실험에 들어갔다. 결과는 뜻밖이었다. 계산하려고 돈을 꺼내기만 하면 식당이나 양복점, 호텔 어느 곳에서나 사양하며 그를 추앙하고 떠받들었다. 심지어 언론에서 그를 '백만장자'로 소개하기도 하고 공관에 초청을 받기도 한다. 나중엔 사업보증을 서 주는 대가로 거액을 벌고 마침내 사랑하는 연인까지 만나 해피엔딩으로 끝을 맺는다.

우리의 영혼은 육체 안에서 숨 쉬며 우리의 육신은 눈에 보이는 옷과 장신구 등으로 치장한다. 어떤 특정한 환경에서 태어나 모든 순간이 겹겹이 모여져 지금, 이 순간의 당신이 만들어졌다. 현재 당신의 상태가 별로라고 생각된다면, 늘 무기력하고 생동감이 없다면 집이나 일터 등 당신이 주로 생활하는 환경을 조금 더 깨끗하게 치우고 정돈하길 바란다. 상쾌하게 목욕하거나 헤어스타일에 변화를 주는 것도 좋고 예쁜 옷을 사 입는 등의 변화로 이미지를 바꿔 보자. 이런 일련의 행동을 통해 심리적으로 긍정적인 에너지를 얻을 수 있다. 시각은 인류가 외부 정보를 취득하는 주요 채널이다. 눈은 인류가 외부 세계를 관찰하고 내면의 감정을 전달하는 주요 감각기관 중 하나다. 절대다수의 외부 정보는 시각을 통해 대뇌에 전달된다. 이미지는 우리의 '명함'과도 같다. 당신의 신분에 관한 정보를 외부 세계에 전달할 때는 당장 눈에 보이는 이미지부터 손을 쓰는 게 좋다.

자신을 귀중히 여기는 사람일수록 자신감이 넘치고 자신이 원하는 방향으로 삶을 이끌어갈 수 있다. 남들의 싸구려 대우를 참아내지 말자. 나를 스스로 깎아내리거나 무시하지 않도록 주의하자. 기회를 밀어내지 말라. 행운의 여신은 진실하고 귀중한 당신에게 손을 내밀 것이다.

• 2

아빠는 늘 "돈은 큰 곳에 요긴하게 써야 한다"는 말을 입에 달고 살았다. 아빠는 물건을 잘 버리지 못했다. 그래서 이사를 할 때마다 짐이 너무 많았다. 그걸 보고 이웃 중에 누가 "남의 걸 주워 오는 모양"이라고 했다. 소문은 걷잡을 수 없이 빠르게 번졌다. 마침 그때가 인사 발령 시즌이라 아빠도 진급자 후보 명단에 올랐었는데 경쟁자가 그 소문을 나쁘게 활용해 아빠를 이간질했다. 물론 감사 후 아빠는 '청렴결백'한 사람으로 밝혀졌지만, 승진 기회는 날아갔다. 명절에 회사에서 과일 상자를 나눠 주면 아빠는 늘 제일 무른 것부터 골라 먹으라고 했다. 그러면 다음 날 또 다른 과일이 무르기 시작했다. 그래서 우리는 늘 신선한 과일을 먹지 못했고 심지어 상한 걸 먹어서 온 가족이 한꺼번에 배탈이 난 적도 있었다.

아마 우리 아빠 같은 사람은 적지 않을 것이다. 아빠는 작은 돈을 아끼는 데 선수였다. 전기세 물세를 아끼느라 한 번도 마음 놓고 에어컨을 틀거나 집에서 목욕한 적 없었다. 늘 먹고 마시고 입는 것을 아끼느라 평생을 절약하며 살았다. 아마 아빠의 무의식에는 '고생은 영광스럽지만, 누리며 사는 건 사치'라는 생각이 자리했던 것 같다. 특히 아빠는 자기 관리를 위해 돈 쓰는 걸 절대 이해하지 못했다. 건강 보조 식품을 산다거나 여행을 가서 관광지에서 물건을 사는 등이었다.

물론 '돈은 큰 곳에 요긴하게 써야 한다'는 건 일리 있는 말이다. 그렇지만 문제는 '요긴한 곳'이 어딘지 제대로 판단하는 능력이 있어야 한다는 점이다. 자산을 잘 관리할 능력이 없는 사람에게 갑자기 큰돈이 쥐어진다면 그는 금세 탕진하고 나락에 빠진다. 돈은 열량 에너지와 같아서 충분히 섭취하지 않으면 고생고생해서 모은 것이 곧 다른 열량에 흡수되어 버리고 만다.

터널 붕괴 사고로 갇혀 있다가 기적적으로 살아남은 생존자들이 구조된 뒤 하는 말을 들어 보면 하나같이 가지고 있던 초코바나 커피믹스 등을 아주 조금씩 나눠 먹으며 열량을 보존했다고 한다. 그러면서 자신이 살아남아야 하는 이유를 생각하고 자신의 가치를 일깨운 것이다.

한창 힘들 때 마트에 갔다가 치약 하나를 사면서 가격을 보고 한참을 고민하는 나를 봤다. 그날 문득 '나를 위해 비싼 치약 하나 정도는 살 수 있는 거 아닌가?' 하는 생각이 들었다. 그전까지는 늘 하나 사면 하나 더 주는 행사 상품을 사거나 가장 저렴한 치약을 골랐던 나였다. 나는 매대에 진열된 치약 중 가장 비싼 놈을 골랐다.

시간이 지난 후 나는 신기한 경험을 했다. 매일 양치질을 하면서 '나도 좋은 걸 쓸 수 있는 사람이야.'라는 긍정적 자기 암시와 함께 자신감이 올라갔다. 양치질도 구석구석 공들여서 하게 되었다. 비싼 치약이었지만 사용 횟수를 나눠서 계산해 보면 그리 비싼 것도 아니었다. 그런데도 이렇게 기분이 달라지고 좋은 습관이 생기니 돈을 썼다는 것에 대한 죄책감에서 벗어날 수 있었다. 그리고 감사하는 마음이 생겼다. "이렇게 좋은 치약을 만들어 주셔서 감사합니다!"

우리가 좋아하고 특별히 아끼는 물건에는 특유의 스

토리가 담겨 있다. 그건 우리의 상처 받은 마음을 치료하는 작용도 있어서 생기 넘치는 에너지를 불어 넣어 사용 가치를 올린다. 매일 그 물건을 보며 '나는 최선을 다해 스스로 돌보고 있어'라는 긍정적 메시지도 줄 수 있다. 그렇게 마음속에 하나의 커다란 '긍정 에너지 스팟'을 만드는 것이다. 이것이 나를 돌보는 하나의 방법이라고 생각한다.

● 3

할머니는 돌아가시기 전, 내게 이런 말을 남기셨다.

"내가 지금까지 사기당하지 않고 농락당하지 않은 비결이 뭔지 아니? 나를 누구보다 소중히 돌봤다는 거야."

나를 홀대하는 사람은 인간관계에서 자기도 모르게 허리를 굽히고 들어간다. 누군가 자기에게 조금이라도 잘해 주면 감격스러워서 상대의 나쁜 점은 보지 못하고 여과 없이 그대로 받아들인다. 할머니는 늘 자신을 잘 돌봐주셨다. 새로운 경험에 주저하거나 머뭇거림이 없었다. "이게 뭐 대수라고!"는 할머니가 가장 잘하는 말 중 하나였다. "걱정 마. 나도 이거 살 돈 있어.", "내가 직접 갈게." 도 할머니에게 자주 듣던 말이었다.

은행에 가면 창구 직원들이 이런저런 재테크 상품을

권했지만, 그때마다 할머니는 설명은 고마우나 잘 모르겠으니 그냥 정기 예금에 들겠다고 했다.

누군가 번지르르한 말로 투자 상품을 권하면 할머니는 늘 "내가 그렇게 다 가져가면 댁은 뭐로 돈을 벌어요?" 라고 대답하고는 돌아서서 내게 속삭였다. "저게 진짜로 그렇게 돈을 벌 수 있는 거면 저이가 나한테 알려 주겠니? 자기가 가서 하지."

확실하지 않거나 모호한 일에 관해서는 정확히 이해할 때까지 문의했다. 담당자에게 전화 거는 건 물론 시장에게 투서를 넣기도 했고 젊은 친구들을 찾아가 상담을 해 보는 등이었다.

건강보조식품 영업 사원이 할머니에게 상품을 권하면 잘 적어 두었다가 병원에 가서 의사에게 정말 그게 그렇게 좋은 식품인지, 할머니에게 도움이 되는지 물었다.

보이스 피싱 전화가 오면 끊지 않고 그대로 전화기를 들고 헐레벌떡 파출소를 찾아 경찰에게 넘겨 주며 물었다. "이게 진짜래요?"

세상에 함정은 수도 없이 많고 거짓말은 넘쳐 난다. 내 능력에는 한계가 있고 나는 세상 모든 걸 다 알 수 없다. 다만 내가 쉽게 속아 넘어가는 부분은 보통 내가 집착하는 부분, 혹은 나를 아프게 하는 상처가 대부분이다. 자책과 열등감은 근시안적인 사고를 형성해서 작은 걸 크게 부풀려서 생각하게 한다. 착실하게 성실하게 일할 생각을 자꾸만 방해하고 쉬운 길, 지름길을 찾게 한다. 나 자신을 홀대하는 사람에겐 구멍이 많다. 사람들은 그곳을 파고들어 당신을 속인다. 열량 에너지를 나에게 집중하지 않으면 다른 사람에게 쉽게 흡수된다.

나를 잘 돌봐야 한다. 내면이 충만할 때 비로소 장기적인 안목이 생기고 그래야 우아하고 낭만적으로 늙을 수 있다.

• 4

할머니는 사촌 동생과 내가 초등학생일 때도 명절이면 가고 싶은 식당이나 먹고 싶은 음식을 우리에게 말하게 했다. 할머니는 가족 모두의 의견을 존중했기 때문에 심지어 한 끼에 식당 세 군데를 돌면서 모두의 요구를 만족시켜 준 일도 있었다. 한 번은 나와 사촌 동생이 KFC에서 각자 먹고 싶은 세트 메뉴를 주문했다. 할머니는 다른 식당에 가서 식사할 예정이었다. 그런데 사촌 동생이 먹는 모습을 보고 너무 먹음직스러워 보였던지 할머니가 닭다리 하나만 먹어 보자고 했다. 내 메뉴에는 닭다리가 없어서였다. 그러자 사촌 동생이 쟁반을 잽싸게 손으로 덮으면서 "안 돼요. 닭다리 이거 하나뿐이란 말이에요. 드시고 싶으면 할머니가 사서 드세요."라고 했다.

나는 바짝 긴장했다. 만일 내가 아빠에게 그렇게 말했다면 "키워 준 은혜도 모르는 불효자식!"이라는 말과 함께 종일 잔소리를 들을 게 뻔했기 때문이었다. 그런데 할머니는 기분 좋게 웃으며 카운터로 가서 세트 메뉴를 주문해 받아 왔다. 우리 셋은 그렇게 기분 좋게 식사를 즐겼다.

집에 돌아와서 내가 아까 사촌 동생에게 화나지 않았었냐고 묻자, 할머니는 이렇게 대답했다.

"생각을 해 봤는데 말이야. 어린이 세트는 양이 적잖니. 내가 그걸 먹으면 아마 걔가 배가 안 찼을 거야. 애 걸 뺏어서 내 배를 채우면 좋을 게 하나 없지. 그냥 확 뺏어 먹고 싶긴 했지만, 그보다는 나도 똑같은 메뉴를 시켜서 맛보는 게 더 나을 것 같았어. 내가 그거 사 먹을 돈이 없는 것도 아니고. 뭐 하러 나도 억울하고 남도 억울하게 만드니?"

부모님은 내가 대학에 가서도 꾸미는 걸 반대하셨다. 학생은 공부에만 전념해야 한다면서. 일을 시작하고는 옷을 사도 '이상한 옷(할머니 말로는)'을 자꾸만 샀다. 보기엔 괜찮은데 내가 입으면 하나도 어울리지 않아서 자꾸만 돈을 낭비했다. 결국에는 할머니께 부탁해 같이 쇼핑에 나섰다. 할머니와 약속 시간을 정하려면 꼭 미리 얘기해야 했다. 할머니는 외출 준비에 시간이 오래 걸리는 편이었고 또 본인 일정이 있는 날도 있기 때문이었다. 나는 약속 시간보다 항상 먼저 할머니 집에 도착해서 할머니가 준비를 다 할 때까지 기다렸다. 같이 쇼핑몰에 가면 옷을 고른 뒤에는 꼭 내가 계산했다. 물론 할머니가 선물해 줄 때도 있긴 했지만 내 옷은 내가 결제하는 게 옳았다. 그리고 할머니가 날 도와서 같이 쇼핑을 나와 주었으니 감사한 마음으로 식사를 대접했다. 메뉴는 할머니가 좋아하는 걸로 직접 정해 주셨지만, 물론 내가 부담할 수 없는 터무니 없는 뷔페나 호텔 레스토랑 같은 곳에 간 건 아니었다.

할머니는 본인이 사고 싶은데 도대체 어디서 파는 건지 모르는 물건들은 내게 당당히 부탁하고 돈을 보내 주었다. 내가 선물을 드릴 때 본인이 좋아하는 물건이면 기쁘게 받았지만 별로 마음에 들지 않거나 필요 없으면 다른 사람에게 주거나 환불하라고 솔직히 말씀하셨다. 할머니와 함께하면 마음이 참 편안했는데 그건 늘 즐겁고 자신감 넘치는 할머니의 모습을 보며 나 역시 자존감이 올라가기 때문이었다.

“누군가의 도움을 당연한 듯 받아서는 안 돼. 도움이

필요하면 상대방이 네게 주는 가치를 인정하고 네가 그렇게 생각한다는 걸 증명해 줘야 한다. 도움을 받았으면 감사해야 하고 때에 따라서는 상응하는 보상도 해줘야 한다. 그게 다른 사람도 존중하는 거고 나 자신도 존중하는 법이란다. 누군가 자기 능력으로 날 도와주었다면 '아, 나는 도움을 받을 만한 가치 있는 존재구나.' 하고 생각해야 해. 설령 지금 당장은 보답할 능력이 없더라도 반드시 기억했다가 나중에 꼭 그 은혜를 갚아야 하는 거란다."

'모든 고민은 인간관계의 고통에서 오고 모든 기쁨 역시 인간관계 속에서 만들어진다.' 개인심리학의 창시자 알프레드 아들러(Alfred Adler)의 말이다. 모든 사람은 자기가 좋은 사람이길 바란다. 그건 인간의 기본적인 욕구 중 하나다. 그런 의미에서 다른 사람을 칭찬하는 것은 훌륭한 처세술이다. 진심 어린 칭찬은 텅 빈 사탕발림이 아니다. 구체적인 일이나 방법, 물건에 대한 상세한 묘사가 있어야 그 효과가 커지고 오해를 줄여 긍정적인 선순환이 일어난다. 이러한 순환이 감동을 주고 관계를 친밀하게 만든다. 타인을 칭찬하고 격려하는 건 우리가 무슨 경제적인 보상을 원해서가 아니라 나의 칭찬과 격려를 통해 상대가 힘을 내는 모습을 보기 위함이다. 그리고 누군가에게 그렇게 힘을 주는 나 자신에게 뿌듯함과 대견함을 느끼면서 자기 가치를 실현하려는 것이다.

다소 폐쇄적인 공장 단지 내 아파트에서 자란 나는 다섯 살에 처음으로 에스컬레이터를 접했다. 처음에는 무서워서 도저히 탈 엄두가 나지 않았다.

할머니는 에스컬레이터에 올랐다가 나와 엄마가 타지 못한 걸 보고 바로 다시 두 계단을 내려왔다. 엄마는 나를 안아서 타려고 했지만, 할머니는 그러지 말라며 말렸다. 그런 다음 내가 스스로 발을 올릴 수 있게 격려했다. 그 당시에는 자동으로 움직이는 계단에 올랐다가 자칫 잘못해 발이라도 헛디디면 발가락부터 시작해 온몸이 빨려 들어갈 것 같은 생각에 너무 무서웠다. 뒤에 있던 아저씨가 계속 빨리 가라며 나를 재촉하는 통에 혼미해진 정신으로 얼떨결에 발을 올렸고 할머니가 그 뒤에 바짝 붙어 올랐다.

하지만 계단의 노란 안전선을 반만 밟고 서 있다가 올라가면서 몸이 뒤로 젖혀지는 바람에 할머니에게 그대로 넘어졌고 할머니는 나를 잡아 주다가 에스컬레이터 유리 벽면에 팔이 쓸려 찰과상을 입었다. 하지만 할머니는 나를 탓하지 않고 간단한 처치를 한 뒤 이번에는 하행 에스컬레이터를 타 보자며 나를 독려했다. 결국 그날 나는 여러 번의 시도 끝에 혼자 에스컬레이터 타는 법을 익혔다. 할머니는 “오늘 우리 손녀가 새로운 기술 하나 익혔구나!”라며 진심으로 기뻐했다.

“거 봐라. 네가 이렇게 쉽게 올라갈 수 있는 이유는 에스컬레이터 타는 법을 터득했기 때문이야. 나중에는 처음 접하는 것들이 훨씬 더 많아질 거야. 그렇지만 당황하지 말거라. ‘다른 사람들은 다 잘하는데 왜 나만 못할까?’ 하는 생각도 할 필요 없어. 그 사람들은 방법을 배웠기 때문에 할 수 있는 거니까. 모든 사람에게는 다 한 번도 접해 보지 못한 물건이나 경험해 보지 않은 일들이 있어. 모든 일에는 처음이 있는 법이야. 그러니까 너도 다른 사람들처럼 배우면 그만인 거야.”

할머니도 한 번도 보지 못한 게 많다는 걸 나는 나중에야 알았다. 그렇지만 그럴 때마다 할머니는 공손하게 사람들에게 물어보았고 호기심 어린 마음으로 시도했다. 그렇게 매번 새로운 체험을 할 수 있다며 즐거워하던 할머니였다. 나는 이제 늙어서 안 된다고, 나이 들어서 이걸 어떻게 하냐고 눈을 흘기거나 역정 내지 않았다.

인간관계에서 상대의 태도를 정하는 건 보통 구체적인 사건이 아니라 나의 태도에 달렸다. 이것은 아주 미묘한 신호와도 같아서 상대가 이 신호를 순간적으로 포착하는 순간, 동물적 본능에 의한 반응 체계에 뿌리를 내린다.

그렇지만 주눅 들지 않고 침착하게, 당당하게 물어보면 상대는 눈을 흘기거나 나를 얕보기보다는 기쁘게 도와준다. 의기소침하고 긴장하는 모습은 금세 들통나고, 상대는 나를 무시하거나 깔보는 태도를 보인다.

내가 어떤 태도와 기분을 취하느냐에 따라 상대 마음속에 나란 사람의 가치가 결정된다. 이러한 가치는 돈으로는 결코 측량할 수 없는 것으로 보통 존중이나 배려 등과 깊은 연관이 있다.

잘 노는 사람이 인생을 잘 산다

하루를 살아도 즐겁게! 신나게! 행복하게!

할머니의 신조는 단 하루를 살아도 즐겁고 신나게 사는 것이었다. 할머니는 나와 사촌 동생에게 입버릇처럼 자주 말씀하신 것이 있는데 특히 노는 걸 아주 중요하게 생각했다.

"난 널 믿는다."

방학 때마다 할머니 집에서 생활했던 나와 사촌 동생은 스스로 계획표를 짜서 방학 숙제를 모두 마쳐야 했다. 그런데 할머니는 다른 건 묻지 않고 언제나 '다 했느냐'고만 물었다. 내가 "네."라고 하면 할머니는 "그래. 난 널 믿는다."라고만 하셨다. 내가 만약 거짓말로 다 했다고 하면 할머니는 당신의 방법으로 우리를 가르치셨고 다시는 거짓말을 하지 못하게 했다. 할머니의 머릿속에는 번뜩이는 아이디어가 차고 넘쳤다. 나와 사촌 동생은 삼장법사 손 위에 있는 손오공처럼 절대 도망칠 수 없었다. 만일 거짓말이 아닌 다른 이유로 숙제를 마치지 못하면 할머니는 늘 우리와 같이 해결 방법을 모색했다. 그래서 우리 사이의 '신뢰도'는 아주 좋은 편이었다.

부모님이 출장을 가거나 집에 안 계시면 할머니가 와서 나를 돌봐 주셨다. 하루는 내가 학교를 빠지고 싶다고 했더니 할머니는 "결석해도 수업 진도 따라갈 수 있겠니?"라고 물었다. 내가 가능하다고 하자 할머니는 "그래. 난 널 믿는다."라고 하시며 도움이 필요하면 언제든지 방법을 찾아 줄 테니 주저하지 말고 얘기하라고 하셨다.

할머니 눈에는 공부와 휴식, 노는 것이 모두 중요했다. 이 셋 사이에서 균형만 잘 맞춘다면 자유롭게 시간을 분배하기만 하면 되는 일이었다. 사람이란 누군가가 나를 믿어 주면 더 책임감 있게 행동하려 노력한다. 사촌 동생은 방학이 끝난 뒤에도 작문 숙제를 모두 마친 다음에야 나가서 놀았다.

"애들은 강압하면 할수록 더 반항하려고 하는 거야. 놀지 말라고 다그칠수록 공부가 싫어지지."

할머니는 내게 웃으면서 그렇게 말씀하셨다.

"잘 놀 줄 알아야 한다."

할머니는 자칭 '놀 줄 아는 미식가'였다. 이 칭호는 우리 집에서는 아주 수준 높은 칭찬이었다. 삶을 즐길 줄 알고 미식을 즐기며 마음이 착하고 유머러스한 사람만이 그 '왕관'을 차지할 수 있었다. 하지만 나는 할머니가 자칭 그렇게 말하는 게 하나도 우습거나 이상하지 않았다. 할머니는 90년대 초에 친구들과 모임을 만들어서 '미식 탐험'에 나섰다. 새로 개업하는 식당이 있으면 찾아가서 음식 맛을 보고 잘 기록해 두었다가 가족이나 친구들에게 정보를 나눠 주었다. '재미있게' 살아야 한다는 할머니의 인생 철학이 고스란히 묻어나는 삶이었다.

재미없는 인생은 살만한 가치가 없고 재미없는 사람은 사귈 필요 없다는 게 할머니의 생각이었다. 할머니는 피아노를 배워 여학교에 진학했지만, 영어는 잘하지 못했다. 그나마 외운 몇 단어와 문장도 나중에는 거의 잊어버렸는데 아마 매일 수업에 빠지면서 놀러 다녔기 때문일 거라 나는 생각했다.

그렇지만 할머니는 어디 식당은 무슨 요리가 제일 맛있는지, 어디에서 무슨 전시를 하는지, 어디에서 무슨 공연이 열리는지, 어디에 꽃이 피었는지는 빠삭했다. 꽃이 피는 봄이 되면 늘 우리를 공원에 데려가 자연의 색이 변하는 걸 보여 줬고 근처 맛집에 들러 맛있는 음식을 먹었다. 동생과 셋이 쭈그리고 앉아 개미가 이사하는 과정을 지켜보기도 했다. 아직도 나는 소낙비 내리던 여름의 오후에 할머니와 우비를 꺼내 입고 동네 정자에 앉아 빗줄기가 떨어지는 소리를 가만히 듣던 그날이 떠오른다. 산뜻하고 비릿했던 비 냄새와 풀냄새가 폐부에 가득 차오르던 그 기분이 너무 좋았다.

간식을 잔뜩 두 손에 들고 영화 하나를 골라서 텔레비전 앞에 앉아 맛있게 집어 먹으며 보았던 기억도 있다. 재미있는 장면이 나오면 허리가 끊어지게 웃었고 영화가 끝난 다음에도 그 자리에 앉아 감명 깊었던 장면을 얘기하느라 시간 가는 줄 몰랐다.

할머니가 여든여섯이었던 그 해, 가족들과 다 같이 공원 나들이에 나섰던 그날이 아직도 눈앞에 선하다. 할머니는 칼과 총, 곤봉을 들고 한 줄로 늘어선 고대 무사들의 조각상 앞에서 사진을 찍고 싶다고 했다. 내가 카메라를 꺼내자, 할머니는 갑자기 들고 있던 지팡이로 뒤에 있는 조각상을 흉내 냈다. 그 모습이 너무 웃겨서 우리는 눈물을 흘리며 웃다가 배가 찢어질 것 같다고 했고 옆에 지나가던 행인들조차 그 모습을 보고 폭소했다. 하지만 할머니는 전혀 개의치 않고 장난기 가득한 얼굴로 물었다.
"어때? 재밌지?"

"열심히 놀아야 한다."

어릴 때, 할머니는 방 한 칸을 아예 놀이방으로 만들어서 우리가 오면 자유롭게 그 안에서 놀 수 있게 해 주었다. 덕분에 우리는 그 안에서 누구의 방해도 받지 않고 놀이에 완전히 몰입할 수 있었다. 할머니는 나와 사촌 동생이 그 방에서 놀 때면 다른 사람이 들어가지 못하게 막았다.

나중에 석사 공부를 할 때 지도 교수님과 감각 통합 놀이 치료를 공부하게 되었는데 교수님은 만일 어릴 때 놀이를 하는 과정에서 계속 어른에게 저지당하면 집중력이 저하된다고 했다. 그리고 이는 나중에 아이의 학습에도 깊은 영향을 준다고 했다.

2013년에 나는 강아지 한 마리를 데려와 키웠는데 가끔 할머니가 와서 돌봐 주셨다. 할머니는 강아지와 재밌게 잘 놀아 주셨는데 꼭 한 번에 딱 하나의 장난감만 주었다. 내가 이유를 물었더니 할머니는 장난감이 너무 많으면 강아지 집중력이 흐트러지기 때문이라고 하셨다. 그때 나는 석사 공부도 하지 않고 그 모든 걸 깨우친 할머니야

말로 진정한 교육자이자 인생 선배라는 생각이 들었다.

학년이 올라갈수록 할머니는 나와 사촌 동생에게 놀이에 관해 더 많은 주도권을 넘겨주었는데 그럴수록 나는 '숙제는 다 마쳤나?', '숙제도 안 하고 정신 빠지게 놀면 안 돼.'라는 생각으로 스스로를 일깨웠다. 또 뭘 하며 놀아야 재미있을지, 나가 놀 때는 어떤 음료수를 가져가야 하는지, 이 계절에는 어떤 간식이 어울릴지 스스로 고민하고 준비하게 되었다.

할머니가 가르쳤던 대로 나는 이제 전심으로 집중해서 '놀 줄 아는' 사람이 되었다.

"놀 수 있을 때 실컷 놀아야 한다."

오늘 내린 눈은 내일 태양이 떠오르면 녹아 없어진다. 오늘 꽃을 보러 가지 않으면 내일 다 떨어질지도 모른다. 작열하는 태양과 혹독한 추위를 견뎌 낸 뒤에 유일무이한 문양으로 피어나는 나뭇잎이 하나둘 모여 무성한 나뭇잎을 만들고 가을을 만들어 낸다. 하늘 위에 떠 있는 달은 매일 모양이 다르다. 조물주가 만들어 낸 그 완벽한 자연의 작품들을 하루에 한 번, 고개를 들어서 보는 일이 그리 어려운 것도 아닌데 우리는 바쁘다는 핑계로 그것조차 잘 하지 않는다.

독특한 풍경과 계절이 만들어 내는 색깔은 눈 깜짝할 사이 사라진다. 그 소중함을 의식하는 사람의 눈에만 그게 보이고 자연에 대한 경외심이 생긴다. 매일 찾아오는 낮과 밤은 싸구려이기 때문에 우리에게 거저 주어지는 것이 아니라 너무 소중해서 차마 값으로는 매길 수 없는 것이다. 자연을 관찰하고 감상하면 지금, 이 찰나의 소중함과 진귀함을 알게 될 것이며 '시간은 우리를 기다려 주지 않는다. 오늘의 일은 오늘 끝내야 한다.'는 깨달음이 생긴다.

중학교 때 한 번은 종일 친구들이랑 신나게 놀았다가 다음날 다리가 너무 아파 체육 수업을 빠지고 싶다는 생각이 들었다. 엄마에게 조퇴서를 내 달라고 했더니 "제 정신이니? 친구들이랑 쇼핑하며 노느라 힘들어서 수업에 빠지는 게 말이 돼?"라며 핀잔을 들었다. 하지만 할머니는 달랐다. "신나게 노는 것도 다 운동이야. 걷는 거랑 달리기랑 대체 뭐가 다르냐?"

대학교 때는 수업에 너무 많이 빠져서 따로 계절 수업을 받아야 했다. 할머니는 그런 내게 젊은 시절, 집안 식구들의 눈을 피해 인력거꾼을 불러 수업에 빠지고 놀러 나갔던 본인 일을 들려주셨다.

"후회 없이 놀거라."

"여한 없이 놀아야 공부할 마음도 생기는 거야."

어떻게 놀아야 잘 놀 수 있는지 배우는 것도 정말 중요하다. 우리에겐 충분히 놀 시간이 필요하다.

삶을 즐기는 사람이 일도 잘 한다

할머니는 날이 조금만 추워져도 내복을 껴입는 버릇이 있었다. 사실 엄청 간단한 일이었는데도 나는 그렇게 하지 않고 늘 핑곗거리를 찾았다. '몇 걸음만 걸으면 실내로 들어가는데 뭐.', '입고 벗는 게 더 귀찮아. 추워도 조금만 참지 뭐.'

사람들은 할머니가 유난을 떤다며 핀잔을 주기도 했다. 심지어 급한 일이 생겨서 빨리 준비하고 나가야 하는 그 순간에도 할머니는 꼭 내복을 챙겨 입었고 따뜻한 물을 보온병에 담느라 시간이 더 걸렸다. 이런저런 원망의 소리에도 할머니는 뜻을 굽히지 않았고 자신의 방법을 고수했다.

유치원생 시절, 할머니가 내게 자신이 쓰던 검은색 동전 지갑을 선물로 주면서 용돈을 조금 넣어 주셨다.

"사고 싶은 거 있으면 사서 쓰거라." 그 후 아파트 단지 안에 있는 매점에서 할머니가 주신 돈으로 군것질거리를 사려고 하는데 옆집 할머니가 와서 말리며 지갑을 뺏은 뒤 내 손을 붙잡고 할머니에게 달려갔다. 내가 할머니의 지갑을 훔쳤다고 오해한 거였다. 할머니는 지갑을 받아 든 뒤 다시 내 손에 들려주며 조용히 말했다.

"저 할망구가 볼 때는 쓰지 마. 저 노인네는 나이가 너무 많아서 네가 설득하기 어렵거든."

그 작은 자유가 내 유년 시절에 아름다운 기억으로 남아있다.

초등학교에 간 뒤에는 어디라도 한군데 아파서 쓰러졌으면 했다. 그러면 부모님이 나를 불쌍하게 생각해 더는 엄격하게 대하지 않을 것 같아서였다. 특히 부모님은 공부와 성적에 대한 요구가 가혹하리만큼 높았다. 시험 성적이 조금이라도 떨어지면 불같이 화를 냈다. 그래서 나는 자주 아팠다. 하지만 할머니 집에서 방학을 보내고 오면 완전히 다른 사람이 되어 있었다. 살도 통통하게 오르고 마음도 단단해졌다.

한 번은 할머니가 우리 집에 올라왔을 때 엄마 아빠 몰래 "병에 걸렸으면 좋겠어요."라고 말했더니 할머니가 이상하다는 얼굴로 쳐다봤다. "쉬고 싶어서요." 그랬더니 할머니는 “지금 쉬면 되지.”라고 하셨다. “안 돼요. 엄마 아빠가 절대 안 된다고 할 거예요.”

내 말에 할머니는 깊은 한숨을 내쉬었다. 당장은 할머니가 지켜 줄 수 있지만 어쨌든 본인은 다시 집에 돌아가야 했기 때문이었다. 할머니는 잠시 뭔가를 생각하다가 슬리퍼를 신고 서 있는 자기 발을 한 번 보라고 했다. 내가 의아한 얼굴로 쳐다보자, 할머니가 웃으며 말했다.

“내가 지금 발가락을 꼼지락대는 게 보이니? 잘 안 보이지? 그냥 서 있는 것만 보이지? 너도 그렇게 하면 돼. ‘잘생긴’ 성적표만 네 엄마 아빠에게 보여 주면 돼. 중간에 어떻게 공부하든 그런 건 상관없어. 모르게 하면 되거든.”

그 후로 나는 나에게 약간의 ‘자유’를 허락했다. 영어 듣기를 끝낸 다음 좋아하는 노래 한 곡을 듣거나 교과서 공부를 하다가 중간중간에 만화책을 보는 식이었다. 그렇게 공부하니 전보다 훨씬 마음이 편해졌다.

상담 일을 시작하고 처음 나를 찾아왔던 내담자가 말했다.

“길을 걸어가다가 자주 생각해요. 저쪽에서 오는 차가 나를 치고 갔으면 좋겠다고. 그러면 정말 마음 편히 쉴 수 있을 텐데 말이죠.”

그래서 내가 물었다.

"지금 쉬면 되잖아요?"

그랬더니 그녀는 익숙한 대답을 내놓았다.

"안 돼요……. 저는 당연히 쉬면 안 되거든요."

'당연히'. 너무 익숙한 단어였다. 큰 병이나 사고라도 나야 마음 편히 쉴 수 있다고 말하는 그녀를 보니 어릴 적 나의 모습이 떠올랐다.

우리는 현실 속에서 살아간다. 우리는 사회를 완전히 벗어나 살아갈 수 있는 존재가 아니다. 학업이나 사업, 가정에서 성공을 이룬 사람들은 피라미드의 꼭대기에 올라앉은 사람들이다. 그걸 위해서는 정말 많은 희생과 노력을 해야 한다. 그렇기에 평소에 누리며 사는 것이 무엇보다 중요하다. 부지런한 건 좋지만 그렇다고 자기를 홀대해서는 안 된다. 자신을 강압하고 억압하는 방법은 지속하기 어렵다. 동아시아 문화 속에서는 누리며, 즐기며 사는 삶을 비정상적인 것으로 간주한다. 그런 사람들은 게으르고 나태한 '베짱이'라고 손가락질한다. 하지만 사람은 생존을 위해 계속 에너지를 소모해야 한다. 이 말은 곧 에너지를 끊임없이 비축해야 방전되지 않는다는 뜻이다. 그래서 매일 출근을 하듯, 회사에 가서 일을 하듯 자연스럽게 매일 삶을 즐겨야 한다.

우리는 희귀하고 값비싼 보석을 다루듯 자신을 대해야 한다. 신선하고 영양소 가득한 식재료를 골고루 구매하고 맛있는 음식을 마음껏 즐겨야 한다. 여행을 떠나면 현지 경관과 특색을 최대한 즐기고 씀씀이에 너무 인색하지 않아야 한다. 기회는 무궁무진하지만 살면서 언제 그 기회가 내게 다시 올지 모른다. 어쩌면 영원히 오지 않을 수도 있다. 추우면 옷을 껴입고 더우면 에어컨을 틀어야 한다. 휴대용 컵을 들고 다니면서 수시로 수분을 보충해 주어야 한다. 편하고 질 좋은 옷을 사 입어 몸도 마음도 편안하게 만들어야 한다. 내가 좋아하는 일을 찾아 아무런 부담 없이, 즐겁게, 온 마음과 정성을 다해 그 일을 즐길 시간을 마련해야 한다. 진짜 좋아하는, 갖고 싶은 물건은 조건이 된다면 바로 사야 한다. 돈이 없으면 차근차근 모아서 사야 한다. 저렴한 건 사지 않는 게 좋다. 안 좋은 물건으로 나를 하대해서는 안 된다.

공부와 일이 아무리 바빠도 시간을 내서 공원을 산책하고 석양을 즐겨야 한다. 변해 가는 나뭇잎 색을 봐야 하고 꽃냄새를 맡아야 한다. 따뜻한 물에 발을 담그며 하루의 긴장을 풀어 주고 편안한 음악을 들어야 한다. 햇살이 내리쬐는 따스한 오후, 창가에 놓인 소파에 앉아 좋아하는 소설책을 읽어야 하고 살랑이는 바람이 옷깃을 스치는 걸 느껴 봐야 한다. 지식이 천천히 흐르는 강물처럼 조금씩 내 머릿속으로 흘러 들어가 내 영혼과 하나가 되는 걸 느껴야 한다. 자연이 우리에게 거저 주는 선물 같은 하루를 온몸으로 느껴야 하며 아름다운 순간을 기억 속에 잘 저장해 두었다가 생각날 때마다 꺼내 봐야 한다.

자신을 홀대하는 사람은 실제로 몸이 많이 아프다. 아프면 삶의 질도 떨어진다. 늘 억울한 상황에 놓이면 평정심을 찾기 위해 너무 많은 에너지를 써야 한다. 이러한 소모는 공짜로 이뤄지지 않는다. 다 거기에 맞는 가격이 매겨져 있다.

건강하고 편안하고 즐거운 삶을 살 수 있도록 최선을 다해 나를 돌봐야 한다. 나를 기만하지 말고 내게 솔직해야 한다. 따뜻하고 능력 있는 어른이 되려면 내 안에 있는 어린 나를 잘 보듬어 주어야 한다. 내게 아낌없는 사랑을 부어 주고 삶의 모든 순간을 소중히 여기며 그 느낌을 최대한 기억해야 한다. 당당하게 내 삶을 즐겨야 한다. 그래야만 한다. 왜냐하면 아름다운 순간과 기억을 충분히 쌓아 놓아야 인생에 닥쳐오는 무수히 많은 시련과 고통을 덤덤히 이겨낼 수 있기 때문이다.

나를 아끼는 방법

할머니의 친한 친구 중에는 올해 100세가 된 C 할머니가 있다. 여전히 건강하고 스스로 일상생활을 유지하는 데 문제가 없다. 그런데 두 분은 성격이 완전히 달랐다. C 할머니는 하늘이 무너져도 얼굴색 하나 바뀌지 않는 무던한 성격으로 뭐든 마음에 담아 두는 일이 없었고 몸을 움직이는 신체 운동을 좋아했다. 그런데 우리 할머니는 좋고 싫음이 분명히 얼굴에 나타나는 사람이었고 운동을 정말 싫어했다. 두 분은 가끔 만나서 같이 밥을 먹기도 했고 할머니가 피아노를 치면 C 할머니가 그 반주에 맞춰 노래를 부르거나 춤을 췄다. 어느 여름, C 할머니가 집에서 끓는 물을 쏟아 심한 화상을 입었다. 누군가 이상한 냄새를 맡고 C 할머니의 바지를 걷어 봤을 때는 이미 살이 곪아 터져서 썩어 가는 중이었다. 그런데도 C 할머니는 아프지 않다며 덤덤한 미소를 지었다.

한 번은 C 할머니 집에서 밥을 먹고 돌아오는 길에 할머니에게 물었다. 무슨 일이든 신경 쓰지 않고 마음에 담아 두지 않는 C 할머니가 부럽지 않으냐고. 왜냐하면 나는 그런 성격이 너무 부러웠기 때문이었다. 나는 우리 할머니처럼 예민하고 민감한 성격이었다. 물론 할머니는 그런 자신의 성격을 자랑스러워했다. 다른 사람의 생각이나 기분을 바로바로 느낄 수 있어 필요하면 도움을 줄 수 있기 때문이었다.

할머니에게는 화를 푸는 방법이 아주 많았다. 예민하고 민감한 성격 탓에 할머니는 누군가의 악의를 기막히게 알아챘고 거기에 대응하려면 여러 방법이 필요했다. C 할머니도 살면서 무수히 많은 역경을 지났지만, 자식들에게 그 방법을 전수해 주진 않았다. 왜냐하면 워낙에 '둔감한' 사람이었기 때문이다. 그 당시 내 눈에는 C 할머니처럼 차라리 고통을 느끼지 못하는 게 아파서 소리를 질러 대는 것보다 훨씬 편해 보였다. 그렇지만 할머니는 그렇게 생각하는 나를 매우 이상하게 여겼다.

"위에만 쳐다보면 언제나 너보다 뛰어난 사람이 앞서가고 있는 법이야. 너는 항상 뒤떨어진 사람이 되지. 생각해 봐라. 세상에 꽃이 딱 한 종류만 있다면 예뻐 보이지 않을 거야. 사람도 그래. 이 세상에 딱 한 종류의 사람만 있으면 사는 게 무슨 재미가 있겠니? 모든 사람은 성격도 다르고 인생도 다르고 찾아오는 기회도 다 다르단다. 그러니까 저 사람에겐 저런 장점이 있고, 나에겐 또 이런 장점이 있는 거지."

할머니는 동전 하나를 꺼내서 내게 보여 주며 계속 말을 이어 갔다.

"자, 봐라. 세상 모든 것에는 양면성이 있단다. 내 친구이긴 해도 C를 웃기거나 감동하게 하는 건 정말 어려워. 고통이나 아픔을 잘 느끼지 못하는 건 좋지만, 대신 그만큼 아름답고 행복한 것도 잘 느끼지 못한단다. 그런데 우리의 감정은 그보다 훨씬 더 풍부하지. 내가 어떤 사람인지 잘 알고, 내가 할 수 있는 범위 안에서 내게 맞는 방법을 찾아 인생을 꾸려 가면 되는 거야."

할머니는 늘 자신감이 넘쳤고 자신을 좋아했다. 칼슘 부족으로 노년에는 골다공증 때문에 고생하고 키가 점점 작아져 마지막엔 138cm까지 줄어들기도 했다.

"158cm였는데 어째서 138cm짜리로 '농축'됐을까? 그래도 '8'* 자는 들어 있으니 좋은 사인 아니냐?"

---

* '돈을 벌다', '재산을 모으다'의 뜻을 지닌 '발(發, fa)'과 발음이 비슷해서 중국에서는 '8(ba)'을 행운의 숫자로 간주한다. -역주

건강 검진을 다녀온 할머니는 기분 좋은 얼굴로 농담을 건넸다.

"작은 여자는 귀엽잖아. 소싯적 내 별명이 '저우쉬안'이었어. 그 당시엔 정말 유명한 국민 가수였거든. 그이가 키가 그렇게 작고 귀여웠다고."

할머니의 옛날 친구들은 대부분 옛 상하이의 귀족 집안 출신이었다. 할머니 집안은 그중에서 특출난 편이 아니어서 친구 중에서도 할머니는 차림새가 소박하고 검소한 편에 속했다. 성적도 그렇게 뛰어난 편이 아니었고 수학을 특히 못 해서 과목별 성적 편차가 심했다. 그런데도 할머니는 늘 자신감이 넘쳤고 스스로 자랑스러워했다.

보통 우리의 정서와 기분은 외부의 평가에 따라 좌지우지된다. 하지만 엄밀히 따져 보면 나를 정의하고 평가할 자격은 그 누구에게도 없다.

세상 모든 사람의 인생은 저마다의 스토리가 있다. 그 누구 하나 쉽지 않은 인생을 산다. 게다가 저마다 생각하는 것도 다르고 성장 배경도 다르다. 그래서 소통을 해도 오해가 생기기 마련이다. 가끔은 일부러 마찰을 만들어 내는 사람도 있다. 자기 기대에 충족하지 못한다고 상대를 못된 사람으로 몰아가거나 상대의 감정이나 생각을 모른 척, 묵살하는 경우도 있기 때문이다.

더 넓은 시각에서 보자면 자연계에서는 약하고 강한 것을 따지지 않는다. 이것은 인간이 만들어 낸 개념에 불과하다. 자연계에서는 '연명 능력'을 더 중시한다. 토끼는 무조건 약하고 호랑이는 무조건 강할까? 호랑이는 멸종 위기에 놓였지만, 토끼는 그렇지 않다. 인류 역사 속에서 나 자신은 물론 나를 멋대로 평가하던 사람과 그 평가 자체 모두 과거가 되어 버릴 것이다. 그러니 우리가 붙잡아야 할 것은 지금, 이 순간이다. 시간을 붙들지 않으면, 내가 좋아하는 삶을 최선을 다해 살지 않으면 우리의 '지금'은 계속 자취를 감출 것이다.

우리는 미래의 원대한 목표에 지나치게 몰두하는 경향이 있다. 반면 작디작은 현재, 지금은 소홀히 한다. 인간의 삶은 유한하다. '나는 왜 이 모양일까?'에 집착하는 건 아무런 의미가 없다. 머리만 더 복잡해질 뿐이다. 능력이 닿는 범위 안에서 내가 할 일을 위해 지금 당장 손을 뻗어야 한다. 할 수 없는 일은 과감히 잊어버리자. 그걸 붙들고 있어 봤자 아무런 변화도 일어나지 않는다.

의미에 너무 집착하지 말자. 우리는 의미 있는 삶 그 자체를 살아가는 중이다. 다른 사람이 되려 하지 말자. 그 사람은 그 사람의 인생을, 나는 나의 인생을 살아야 한다.

세상에 단 하나뿐인 나를 사랑하고 아껴 줘야 한다.

'이끼꽃은 쌀알처럼 작지만, 목련처럼 활짝 피어난다.' 누군가의 삶을 우러러보며 부러워하는 그 눈을 나에게 돌려 나 자신을 돌아보자. 그리고 나에게 말해 주도록 하자. "나도 꽤 멋진 사람이야. 나에게도 장점이 얼마나 많은데!"

5
장

세상과 잘 어울려 살아가는 법

군자의 ‘화이부동’

할머니는 건강관리에 무척 신경 썼다. 몸이 어딘가 조금이라도 불편하면 바로 병원으로 향했다. 하지만 다른 노인들처럼 건강보조식품은 거의 사지 않았고 대신 의사에게 물어본 다음 정식으로 등록된 약국에 가서 영양제를 구매했다. 할머니의 일부 친구들은 ‘별것 아닌 걸로 자꾸 병원에 간다’며, ‘하여간 유난’이라고 할머니를 흉보기도 했다.

“뭐 그 사람들이 어떻게 생각하건, 그건 그 사람들 자유지. 하지만 나는 조금 아파도 바로 병원에 가서 진료받는 게 미루고 미루다가 큰 병을 얻어서 수술하거나 치료받는 것보다 훨씬 낫다고 생각해. 내가 나라 발전을 위해 큰 기여를 하진 못해도 내 몸뚱이 하나 잘 간수하면 내 자식들이 편하게 일하고 그래야 우리 가정과 사회가 발전하는 거라고 본다. 나는.”

할머니는 어릴 때부터 한의원에 다녔다. 매년 겨울과 여름, 두 번 한의원에 가서 몸 상태에 따라 침을 맞았다. 서양 의학을 공부한 사촌 동생은 할머니에게 종합병원에 가는 걸 권유했다. 그래서 할머니는 의료 체계가 발달한 병원에서 정기적으로 건강 검진을 받았지만, 자잘한 병은 모두 한의원에서 치료했다.

“사람은 자기에게 편한 곳을 신뢰하는 경향이 있어. 이건 뭐 좋다 나쁘다 할 논쟁거리가 안 된다. 어떤 방법이든 본인이 좋다고 느끼면 그만이야. 나에게 맞는 방법으로 나를 잘 관리하되 남에게 그걸 강요해서는 안 돼.”

나는 몸이 아플 때마다 효과가 빠른 병원을 찾았지만, 할머니 말을 듣고는 한의원에 관심이 생겨서 한 번 방문해 보았다. 한의사는 내 맥을 짚어 보고 최근 나의 수면이나 정신 상태, 먹는 습관이나 불편한 곳 등을 물어보더니 내가 왜 불편한지 상세하게 설명해 주었다. 한의사는 마치 나를 ‘완전 정복’이라도 한 듯 내 상태를 아주 정확히 풀어냈다. 신기한 건 그날 지어 온 약이 양약만큼 효과가 빨리 나타나진 않았지만, 한의학에 대한 내 편견이나 인지를 완전히 바꿔 놓았다는 것이다. 석사 공부 시절 지도교수님이 했던 말이 생각났다.

"어떤 심리상담사는 학파에 집착합니다. 그러나 모든 학파에는 배울만한 점이 있어요. 그러니 두루두루 공부해야 합니다. 중요한 건 효과지 학파가 아니에요. 효과만 있다면 무엇이든 얼마든지 배워서 적용할 수 있어요."

할머니는 노년에는 외삼촌 집에서 함께 살았는데 나는 거기서 종종 재미있는 장면들을 목격했다. 할머니는 식사할 때마다 국이 식으면 다시 데우고 식으면 또 데우기를 반복했다. 일단 '마시는' 국물이 있는 모든 액체는 따뜻하게 유지해야 했는데 함께 밥을 먹는 사촌 동생은 컵에 얼음을 계속해서 채워 넣었다. 그래서 한 사람은 따뜻한 물로, 한 사람은 얼음물로 건배하고는 했다.

가을이 될 때까지 사촌 동생은 슬리퍼를 신고 다녔지만, 할머니는 가을이 되면 양털이 가득 채워진 단화를 꺼내 신었다. 두 사람은 외출할 때마다 서로의 신발을 가지런히 놓아 주었다.

사촌 동생은 된밥을 좋아했지만, 할머니는 부드럽게 넘어 가는 진밥을 좋아했다. 그래서 할머니는 밥솥 안에 분리 칸막이를 넣어 한쪽은 물을 많이 잡고 한쪽은 물을 적게 잡아 두 종류의 밥을 동시에 지었다.

할머니는 식단을 철저히 지켰지만 사촌 동생은 치킨이나 튀긴 음식을 좋아했다. 두 사람은 가끔 서로가 먹는 것을 바꿔 먹어 보기도 했는데 감기에 걸렸을 땐 동생도 한방약을 먹고 할머니는 부루펜 계열의 진통제를 먹기도 했다.

'군자(君子)는 화이부동(和而不同)하나, 소인(小人)은 동이불화(同而不和)로다.'

공자는 "군자는 서로 조화를 이루지만 남에게 반드시 자기와 같기를 요구하지 않는다. 그러나 소인은 남에게 자기와 같기만을 요구하고 다름을 인정하지 않는다."라고 했다.

많은 가정에서 언쟁이 끊이지 않는 이유가 뭘까? 화목하고 단란해 보이는 가정도 사실은 그 안에 누군가의 일방적인 희생과 인내, 양보를 담보로 하고 있을지 모른다. '통제자'는 가족 구성원과 함께 상의하고 토론하는 걸 일절 거부하고 자기 생각을 무조건 따라야 한다고 강요하면서 '이게 다 너를 위해서'라는 도덕적인 기준으로 자신의 행위를 합리화하려고 한다.

일말의 경계 없이 무조건 양보만 하는 사람이 있다. 그러다가는 결국 막다른 길에 다다라 한 번에 감정이 폭발해 버린다. 프로이트는 "표현하지 못한 정서는 영원히 사라지지 않는다. 그것들은 잠시 '살아서 묻혀 있는' 것과 다름없어 언젠가는 추악한 방식으로 폭발하고 만다."라고 했다.

이렇듯 표면적인 조화 너머에 숨겨진 부정적인 정서는 결국 참을 수 있을 때까지 인내하고 견디다가 용암이 분출하듯 한 번에 폭발해 버리고 만다. 평소에 착한 사람이 한 번 화나면 무서운 이유다. 힘들게 직장에서 일을 마치고 집에 돌아왔는데 편히 쉬지 못하고 계속해서 분쟁이 일어난다면 그는 일생을 총성과 죽음이 낭자한 전쟁터에서 살아가는 것과 같다.

시간을 허투루 낭비하고 싶지 않다면 판단력을 키워야 한다. 내가 진정으로 원하는 것은 무엇이며 타인과의 경계선은 어디쯤 있는지. 그걸 확실히 알아야만 진정한 '화이부동'을 실현할 수 있다.

타인을 존중하되 마음의 경계선을 지켜라

할머니는 결혼 전에 고조모로부터 4층짜리 주택을 혼수로 선물 받았다. 할머니는 그 건물에 야학교를 열어 여성 노동자에게 글자를 가르쳤다. 가정 폭력 반대 운동에 적극적으로 나서며 집에서 도망쳐 나온 여성들에게 쉼터를 마련해 기술을 가르쳐 일할 수 있게 도와줬다. 은퇴 후에도 그 일을 계속하다가 도저히 혼자서는 보행이 어려울 때가 되어서야 멈추었다.

하지만 늘 뜻대로만 되는 건 아니었다. 할머니가 정성으로 가르치고 열심히 돌봐 준 여성들 가운데는 원래의 가정으로 다시 돌아가는 사람도 있었고 심지어 "그래도 다 나를 위해서 했던 행동인데 내가 가족들 마음을 몰라줬다."라고 말하는 사람들도 있었다. 이런 일을 몇 번 겪으면서 나는 할머니가 상심하고 화를 낼 거로 생각했지만,

사실은 전혀 그렇지 않았다. 누가 집에 돌아갔다는 소식을 들어도 할머니는 "그래." 한마디만 하고 다시 자기 할 일을 이어 갔다. 하지만 그들이 다음번에 다시 도움을 요청할 때는 아무리 불쌍한 척, 가여운 척을 해도 단칼에 거절했다.

결혼을 하면서 외지에 나가 일을 하게 된 할머니는 그 건물의 부동산 계약서를 둘째 오빠에게 맡겼다. 그런데 그가 할머니 몰래 계약서를 팔아넘겼다. 이후로 할머니는 둘째 오빠와의 인연을 끊었다. 그 누구도 감히 할머니 앞에서 '마음 크게 쓰라'며, 그래도 가족이니 핏줄이니 하는 등의 도덕적 잣대를 들이대지 못했다.

학교장이 임금을 고의로 빼돌리거나 학생 관리가 특히 어려운 기술 학교로 할머니를 전출시켰을 때도 갖은 노력 끝에 본인이 받아야 할 대우를 회복하고 임금을 되찾았다. 학교장은 훗날 비리 문제로 영구 정직당했다. 많은 교사가 그 틈을 타서 그에게 돌을 던졌으나 할머니는 그러지 않았다. 할머니가 그의 집으로 문안을 갔을 때는 건강을 이유로 만나 주지 않아 문전박대당했지만, 할머니는 아무것도 기억나지 않는다고 했다.

"다른 사람의 생각과 행동의 원인과 결과를 너무 따지려고 하면 안 돼. 물론 다른 사람도 너의 마음에 쉽게 관여하지 못하게 해야 한단다. 사람은 자기만의 규칙을 세우고 그게 옳다고 생각되면 그대로 따라야 해. 실제로 행동에 옮겨 봐야 나중에 어떤 건 쓸모가 있고 어떤 건 잘못됐는지 알 수 있지. 틀린 건 고치면 되고 유용한 건 지속하면 돼. 그렇게 사람이 성장하는 거지."

대인관계에서 가장 어울리기 힘든 사람은 직설적이고 단호한 사람이 아니라 모호하게 말하고 결정하지 못하며 행동하지 않는 사람이다. 우리의 에너지에는 한계가 있어서 가치가 있는 곳에 집중해서 사용해야 한다. 그리고 그걸 판단하고 결정하는 건 오로지 나의 몫이다. 우리는 내 마음만 관여하고 관리하면 된다. 결과가 어떻든, 다른 사람이 어떻게 보든 상관없다. 어떻게 생각하는지는 온전히 그들의 몫이다.

맹목적인 동정과 연민은 자멸하는 지름길이다. 누굴 동정하든 우리는 타인의 운명을 대신해서 살아 줄 수 없다. 아픈 것도, 변화하는 것도 모두 그 사람의 몫이다. 그 사람의 아픔은 그 사람이 해결해야 한다. 누군가의 인생을 대신 살아 주려고 하지 말자. 특히 아직 당신의 날개가 채 펴지지도 않은 상태라면 누군가를 도와주려고 했다가 당신은 물론 상대까지 같이 연못으로 끌고 들어가는 셈이 된다. 맹목적인 선의에는 아무런 보상이나 결과가 없기 때문에 자칫 억울한 마음이 들 수도 있다. 스스로 감동할 수는 있지만 큰 상처를 남기기도 한다.

아무리 도와줘도 깨우치지 않는 사람들이 있다. 그러면 그가 성장할 권리, 역경 속에 단련할 기회를 그들 손에 넘겨줘야 한다. 그들의 선택을 존중해 줘야 한다. 모든 사람에겐 변화할 권리와 그렇지 않을 자유가 있다. 그 결정이 그들의 최종적인 운명을 정할 것이다.

예전에 일적인 문제로 할머니에게 동료 흉을 본 적 있었다. 할머니는 많은 집안의 가정 교육이 제대로 이뤄지지 않거나 심지어 잘못된 방법으로 이뤄진다고 했다. 그런 사람들은 인지적으로 많은 제한이 있으므로 언쟁을 해 봤자 나에게 득이 될 게 없다는 게 할머니의 생각이었다.

“그러면 제가 더 넓은 마음으로 그 사람을 품어 줘야겠네요.”

내가 그렇게 말했더니 할머니는 고개를 저었다.

“아니야. 틀렸어. 다른 사람의 인지적 한계를 이해해 주는 건 그냥 내 마음 편하자고 그러는 거야. 나와 아무런 이익 관계가 없는 사람이랑은 애초부터 논쟁할 필요가 없어. 그렇지만 말 타면 경마 잡히고 싶은 법이라고 사람 욕

심엔 끝이 없거든. 계속 참아 주고 인내해 줬더니 오히려 적반하장으로 나오면 바로 반격해야 해. 다음에 같은 일이 일어나지 않도록. 그 사람의 무지와 무식함은 네 탓이 아니야. 사람은 모두 자기 잘못에 그만한 대가를 치러야 하는 거란다."

할머니는 각자 원하는 바가 있을 땐 그 사이에서 접점을 찾아야 하는데 보통 그건 쉽지 않은 일이라고 했다. 그러니 내가 원하는 목적을 분명하고 정확하게 얘기해야 한다고 당부했다. 그 일이 나에게 부정적 영향을 미친다면 상대의 생각이나 행동을 바꿔야 하지만 보통 사람은 쉽게 바뀌지 않는다는 게 할머니의 생각이었다.

"그렇지만 그 사람이 바뀌지 않는다고 네가 성낼 필요는 없어. 그걸로 답답해하지 말고 다른 방법을 찾아보는 게 훨씬 빠르고 효율적이야."

SNS를 운영하면서 이런 문제로 고민하는 사람들의 쪽지를 많이 받았다. 대부분 다른 사람의 생각과 행동을 도저히 이해하지 못하겠다는 내용이었다.

유명 심리학자 카를 융은 죽기 전에 이런 말을 남겼다. "내가 누군가의 생각을 바꿀 수 있다는 생각은 버려야 한다. 가르치는 사람으로서 우리는 태양을 본받아 빛과 열을 낼 수 있어야 한다. 태양에 대한 사람들의 반응은 저마다 다를 수 있다. 누군가는 눈이 부시다고 불평하지만, 누군가는 따뜻함을 느낀다. 학문의 씨앗을 심고 그것이 발아하기 전까지는 아무런 징조가 나타나지 않는다. 아직 때가 되지 않아서다. 모든 사람에게는 자기만의 구원자가 있다."

2019년 노벨 경제학상은 빈곤 문제를 연구한 학자에게 돌아갔다. 그의 저서에는 이런 내용이 등장한다. '가난한 사람은 자신의 인지 범위를 벗어난 것에 대한 과도한 편견과 고집을 내세운다. 그들은 직감과 정서에 근거해 사물을 이해하는 데 익숙하다. 많은 이가 경제적으로는 빈곤하지 않지만, 사유적인 면에서는 그렇지 않다. 이렇듯 빈곤한 인지 방식은 인간의 발전을 저해한다. 타인의 무지함으로 자신을 벌하지 말라. 세상에 태어난 모든 사람은 자기만의 방법으로 수행을 이어나가야 한다. 타인의 행동과 생각의 인과관계에 과도하게 개입할 필요 없다. 타인이 감당해야 할 책임을 대신 짊어질 필요도 없다. 그것은 상대가 성장할 기회를 박탈하는 것이며 상대의 위험 처리 능력을 떨어뜨리는 것과 같다.'

모든 사람이 나를 좋아하게 할 수는 없다. 특히 소탈하고 솔직한 사람은 더욱 그렇다. 아무리 신경 써서 일을 처리해도 마음에 들어 하지 않는 사람은 언제나 있다. 심지어 그 미움이 당신과는 관계없는, 자기의 감정풀이나 기분 해소용일 때도 있다. 살다 보면 내가 싫어하는 사람이나 일을 피할 수 없는 순간이 있다. 거기에 얽매이고 영향을 받으면 마음에 불안이 싹트고 자기에 대한 회의감이 생긴다.

그럴 때 가장 중요한 건 마음을 다스리는 일이다. 다른 사람의 생각이나 듣기 싫은 말, 싫어하는 사람이나 일을 너무 신경 쓰다 보면 마음이 힘들고 머리가 아프다. 듣기 싫은 말이나 상대하기 어려운 사람을 지나가는 바람처럼 여겨 보자. 그러면 아무 흔적도, 상처도 남지 않는다.

일어난 일은 언젠가 지나간다. 시간은 멈춰있지 않다. 당신의 그 고민과 아픔도 바람과 함께 지나가고 나면 그만이다. 반복해서 생각하고 떠올릴 필요 없다. 우리는 외부 세계를 통제하지 못한다. 시대의 흐름을 막지 못하고 사람의 생각을 주무르지 못한다. 외부의 공격이 들어왔을 때 거기에 얽매이기 시작하면 아픔은 독약이 번지듯 서서히 당신 안에 퍼져나가 갈증을 일으키고 생각을 죽이고 결국 온몸을 마비시킨다.

하지만 당신의 생각은 스스로 통제할 수 있다. 최대

한 영양분을 흡수할 수 있는 부분을 찾아보고 나를 향한 지독한 비난과 공격은 흘러가도록 놓아 주자. 따뜻하고 감동적인 기억으로 최대한 마음을 다스리고 편협하고 어두운 기억에는 인사를 건네고 지나가도록 하자.

《육조단경(六祖壇經)》*에는 이런 문구가 등장한다. '꼭 꽃이 될 필요 없다. 속세에는 팔만 사천 개의 노고가 있다. 먼지와 노고를 모두 털어 낸 자에게 지혜가 나타나고 자기 본연의 모습이 드러난다.' 부족한 나의 지혜로는 이 가르침을 모두 깨달아 알 수 없지만, 한 가지 확실한 건 세상의 노고는 피해 갈 수 있는 것이 아니며 그 모든 걸 이겨낸 자는 더는 번민에 시달리지 않는다는 사실이다. 이것이 바로 한 개인의 진정한 성장이 아닐까.

이것을 깨닫는 자에게는 지혜가 주어질 것이며, 진정한 자유를 얻는 자에게는 평안한 삶이 찾아올 것이다.

---

* 중국 선종(禪宗)에서 매우 중요한 경전으로, 남종선(南宗禪)의 개조인 육조 혜능(六祖 慧能, 638-713)의 가르침과 설법을 기록한 책

지나친 집요함은 금물

할머니는 감정만큼 표현도 풍부한 사람이었다. 털털하고 호탕한 성격 뒤에는 그 특유의 유머러스함과 세심함, 그리고 간교함이 숨어 있었다. 요즘도 나는 할머니 집에서 있었던 두 가지 사건을 떠올리며 할머니가 해 주었던 말의 의미를 곱씹는다.

외삼촌은 이혼 후 한동안 사촌 동생과 외할머니 집에서 지냈다. 당시 우리 부모님은 국유기업에 다니고 있었는데 직원 복지가 좋은 편이었다. 과일이나 떡, 탄산음료 등을 자주 받았고 수시로 선물 상자를 한 꾸러미씩 집에 들고 와서 택시 기사 아저씨가 '이사 하시느냐'고 물을 지경이었다.

매년 여름방학이 되면 나는 할머니 집에 갔다. 보통 오후에는 할머니, 동생과 함께 낮잠을 잤는데 하루는 자고 일어나서 보니 옆에 누워있던 동생이 사라지고 없었다. 동생을 찾아보려고 방문을 열었는데 삼촌이 동생을 몰래 데려다가 장롱 위에 있는 상자에서 탄산음료를 꺼내서 마시는 모습을 봤다. 나는 못 볼 걸 본 사람처럼 가슴이 쿵쾅대기 시작했다. 엄마 아빠는 매년 여름마다 아파트 단지 내 공장에서 나눠주는 80병의 탄산음료를 단 한 병도 빠짐없이 할머니에게 부쳤다. 할머니는 그걸 침대 밑에 넣어 두고 우리와 매일 나눠 마셨다. 그렇다면 저 장롱 위에 있는 음료수는 대체 어디서 난 걸까? 삼촌은 왜 동생만 불러내서 마시라고 하는 걸까? 비록 어린 나이였지만, 나는 삼촌에게 그 이유를 바로 물어봐서는 안 된다는 걸 직감적으로 알았다. 그 후 삼촌이 동생을 데리고 외출했을 때 살며시 할머니에게 그 일을 얘기했다.

할머니는 잠시 뭔가를 생각하더니 장롱 위로 손을 뻗어 보았다. 키가 작은 할머니에겐 역부족이었다. 결국 할머니는 책상 위로 올라가서 그 상자를 꺼냈다. 그러고는 상자 안에 있는 탄산음료 뚜껑을 모두 열어 하수도에 따라 버린 뒤 빈 병을 상자에 꽂아 넣고 원래 자리에 되돌려 놓았다. 나는 놀란 토끼 눈으로 그 모습을 지켜봤다. 버려지는 음료수가 아까웠지만, 할머니 표정이 좋지 않아서 말릴 수가 없었다. 멍하니 서서 그걸 보는 내게 할머니가 말했다.

"애들은 탄산음료 많이 마시면 안 좋아. 평소에 나랑 나눠 마시는 걸로 이미 충분하다. 너무 많이 마시면 입맛이 떨어져서 밥도 덜 먹게 되고 그러면 키도 안 커요."

할머니는 중요한 얘기를 하나 더 해 주었다.

"꼭 말로만 자기 생각을 전달해야 하는 건 아니란다. 네가 이 일을 알았고 그래서 기분이 나빴다는 건 얼마든지 다른 방식으로도 알려 줄 수 있단다. 꼭 상대방 면전에서 누가 맞네 틀리네 싸울 필요 없어."

그 후로 모든 것이 평정을 되찾았다. 나는 할머니의 기막힌 일 처리에 감탄하면서도 그걸 누구에게도 알리지 않았다. 우리 엄마에게도.

나이가 들고 어른이 되어 보니 그때 할머니처럼 행동하는 게 쉬운 일은 아니었겠다는 생각이 자꾸 들었다. 할머니가 그럴 수 있었던 이유는 첫째, 대가족 안에서 생활했기 때문이었다. 할머니는 자매가 특히 많은 집에서 태어나 자랐다. 일하는 사람들도 많아서 관리에 어려움이 따랐다. 할머니는 어릴 때부터 고조모에게 사람을 대하는 처세술과 가족 간의 불화를 처리하고 해결하는 방법을 배웠다.

둘째, 할머니가 만일 삼촌을 꾸짖었다면 삼촌 체면이 말이 아니었을 거다. 물론 자기 아들에게만 몰래 음료수를 주는 게 큰 흉은 아니지만 딱히 자랑할 일도 아니지 않은가.

셋째, 그 장면을 하필이면 내가 목격했다는 게 문제였다. 만일 할머니가 그냥 모른 척하라면서 쉬쉬하고 넘어갔다면 내게는 상처가 남았을 거고 화딱지가 나서 부모님께 일러바쳤을지도 모른다. 그리고 만일 내가 엄마에게 그 일을 얘기했다면 엄마는 생각이 많아졌을 거고 삼촌에게 서운한 마음이 들었을지도 모른다. 그러면 가족끼리 상당히 껄끄러운 관계가 되었을 거다. 나아가 아빠가 그 일을 알았다면 아마 할머니 집에 다시는 물건을 보내지 못하게 했을지도 모른다.

어느 각도에서 보나 당시 할머니의 대응은 기가 막힌 발상이었다. 삼촌에게 내가 그 장면을 봤다는 걸 넌지시 알려 주면서 서로의 체면을 상하는 일이 없게 했다. 알고도 모른 체 한다는 게 그런 말인 것 같았다. 설사 나중에 내가 엄마 아빠에게 그 일을 알린다고 해도 부모님은 딱히 할 말이 없었다. 할머니는 아주 공평하고 공정하게 일을 처리했으므로.

넷째, 탄산음료는 실제로 자라나는 청소년에게 그리

좋은 식품은 아니었다. 뼈에도, 치아에도 좋을 게 없었다. 그러니 다 따라 버린다고 해도 큰 문제가 있는 건 아니었다. 게다가 나중에 나랑 사촌 동생 모두 병원에서 칼슘 부족이라는 진단을 받아 그 후로는 탄산음료를 입에 댈 수 없었다.

그 일이 있고 얼마 지나지 않아 또 하나의 사건이 벌어졌다. 하루는 할머니의 노인 대학 동기가 우리를 집으로 초대해서 식사를 대접했다. 그 할머니는 노인 대학에서도 열심히 공부하고 열정적으로 활동하는 사람이었는데 누군가 할머니에게 그 사람이 조금 이상하다고 귀띔을 해 주었다. 하지만 무턱대고 남의 말을 다 믿거나 색안경을 끼고 사람을 차별하는 성격이 아니었던 할머니는 다른 사람과 마찬가지로 그 할머니와 자연스럽게 대화를 나눴다. 초대를 받았으니 빈손으로 갈 수는 없다며 할머니는 작은 집들이 선물도 미리 준비했다. 당시 나는 심부름을 갈 때마다 항상 엄마가 유통기한 확인하는 걸 당부했었기에 모든 물건의 유통기한을 확인하는 버릇이 있었다. 그런데 이상한 점이 하나 있었다. 그 할머니가 우리에게 먹으라고 내놓은 음료수 포장지가 색이 조금 바랜듯했다. 자세히 살펴보니 유통기한이 지나도 한참은 지난 거였다. 하지만 그 할머니 가족들 앞에 놓인 음료수는 포장도 새

것이었고 기한도 여유가 있었다. 나는 할머니의 옷소매를 잡아당겨 할머니 귀에 대고 조그맣게 그 사실을 알려 주었다. 할머니는 조금의 동요도 없이 재빠르게 날짜를 확인한 다음 내게 절대 마시지 말라는 눈짓을 주었다. 그러고는 이따 음식을 내오면 그 집 손주가 먹는 것만 따라서 먹으라고 했다.

집에 돌아가는 길에 나는 화가 치밀어 올랐다. 그런데 할머니는 콧노래를 불렀다. 어이가 없어서 할머니에게 따져 물었다.

"왜 그 자리에서 바로 말하지 않았어요? 우리가 선물까지 사 갔는데! 손님한테 그런 식으로 대하는 건 예의가 아니잖아요. 왜 할머니답게 하지 않았어요?"

그러자 할머니가 웃으며 대답했다.

"자, 무슨 일을 벌이기 전에는 먼저 내가 이루고자 하는 목적이 뭔지 정확히 알아야 하는 거야. 사실 우리가 그 집이랑 알고 지낸 시간이 얼마 안 되잖니. 그이를 친구로 삼기엔 아직 성급한 감이 있지. 여러 일을 겪어 보고 그 사람의 됨됨이를 본 다음에 결정해도 되는데 오늘 이 일이 나한테는 아주 좋은 계기가 된 것 같구나. 밥 한 끼로도 사귈만한 사람인지 아닌지 결정할 수 있는 거야. 알겠지?"

할머니는 장난스러운 얼굴을 하고 한 쪽 눈을 찡긋했다.

"물론 거기서 상을 뒤엎고 준 선물을 뺏어서 집에 올 수는 있지. 그런데 그렇게 하면 일단 집에 가서 밥을 해야 하잖니. 그러면 우리 둘이 텔레비전 볼 시간이 줄어든단 말이야. 나는 드라마 보는 게 그이랑 실랑이하는 것보다 더 중요하거든. 그리고 그런 사람은 보통 밴댕이 소갈딱지가 많아. 나중에 앙심을 품고 나한테 무슨 일을 벌일지 모른다고. 그런 위험을 감수하면서까지 복수할 필요는 없잖아. 그냥 모른 척하면서 우리는 계획대로 움직이고 그 이를 멀리하면 그만이야. 뭐 음료수는 그랬지만 설마 음식에도 장난을 치겠어? 자기 손주도 같이 먹는 건데. 그러니까 음식은 그 손주가 먹는 것만 따라 먹으면 되고, 음료수는 안 마시면 그만이지."

할머니는 시간과 에너지를 들여 그 사람을 가르칠 필요도 없고, 본인에게 그럴 의무도 없다고 하셨다. 작은 일에 화를 내는 것 또한 정력 낭비라며 그래 봤자 손해 보는 건 우리라고 했다. 화를 내도 좋고 언쟁을 벌이는 것도 좋지만 일단 목표를 정해서 그걸 달성해야 하는데 목표 없이 냅다 싸우기만 하는 건 바보라고 했다.

어릴 적, 친척 중에 숙부 한 명이 외도를 했다. 친척들은 모두 쉬쉬하며 그 사실을 숨겼다. 숙모는 외지에서 홀로 올라와 시집온 사람으로 모든 집안일을 도맡아 했다. 다들 숙부 편을 들었지만 사촌 언니만은 숙모 편을 들었다. 나중에는 둘이 이혼하느냐 마느냐로 다툼이 일어났는데 언니는 그때도 숙모 편을 들어 주었다. 훗날 숙부 부모님이 돌아가시면서 유산을 분할했는데, 숙부는 뒤에 숨고 숙모가 앞에 나서서 사촌 언니네 집안과 대판 싸움을 벌였다. 언니는 숙모가 자기가 편을 들어줬던 그 사람이 맞는지 의심스러울 정도라고 했다. 아무리 생각해도 이해할 수가 없다며 할머니에게 억울함을 털어놓았다. 사촌 언니를 특별히 예뻐했던 할머니는 진심 어린 조언을 해 주었다.

"학교에서 열심히 공부해서 시험 잘 보는 법만 배웠지. 뭐가 맞고 틀린 지 구분하는 법은 안 배웠구나. 삶은 실전이야. 실전에서는 선생님이 일일이 정답을 알려 주지 않아. 물론 인생에 정해진 답이 없긴 하다만."

할머니는 씩씩대는 언니에게 진정하라고 하면서 말을 이었다.

"앞으로는 정답과 오답을 이익과 손해로 바꿔 생각하면 편할 거다. 처음에 그네들이 이혼한다고 했을 때 여자 쪽에서 내놓은 요구 사항이랑 남자 쪽 요구 사항이 달랐어. 그때 네가 나서서 여자 쪽 이익을 모두 챙겨 줬지. 그래 놓고 둘은 결국 갈라서지 않았어. 여전히 가족이었고 부부였지. 재산 분할을 할 때 너희 집에 조금 더 많은 유산이 남겨졌어. 그랬더니 그이가 눈이 돌았지. 애초에 너는 정의감에 불타서 지팡이를 휘둘렀지만, 상대는 감사할 줄 모르는 사람이었던 게야. 그걸 모르고 나섰으니 아무리 불평하고 원망해 봤자 소용없는 거지. 그렇다고 그 사람이 바뀌는 것도 아니고. 시간은 시간대로 쓰고 네 마음은 상할 대로 상하고. 그러니까 다음부터는 누군가를 도와주고 싶다면 먼저 그 사람이 어떤 사람인지, 관계를 이어갈 만한 사람인지 아닌지 생각하면 돼."

한 번은 명절을 맞아 친척 중 한 명이 삶은 자라를 들고 할머니께 인사를 왔다. 할머니 몸보신을 위해 사 왔다며 내밀었는데 당시 전국적으로 자라 고기가 붐이 일어 아빠의 고향 친구가 양식장 사업을 시작해 우리는 자주 사다 먹는 편이었다.

그런데 그분이 가고 난 뒤 엄마가 한 입 먹어 보고는 맛이 이상하다고, 아무래도 상한 것 같다고 했다. 할머니는 손으로 이리저리 들춰 보고 냄새를 맡아 보더니 "죽고 나서 한참 지난 걸 가져왔구나."라고 하셨다. 다음날 그분은 전화를 걸어 자라 고기는 맛있게 먹었냐고 물었다. “안 먹었다. 상했더구나.” 할머니의 대답에 그는 “아마 비닐봉지에 그대로 넣어 가서 그랬나 봐요. 제가 일부러 그런 게 아니라…….”라며 한참 동안 변명을 늘어놓았다. 수화기를 내려놓고 할머니는 코웃음을 쳤다.

“가끔은 아무 생각 없이 한 일에 다른 의도가 숨겨져 있는 거야. D에게는 좋은 놈으로 선물하고 우리한테는 입에 대지도 못하는 걸 가져오다니. (당시 D는 한창 공직 자리에서 일하고 있었다.) 자기에게 필요 없는 물건을 남에게 선물로 주는 사람이 제일 나쁜 거야. 오히려 부작용만 생기잖니. 다른 사람을 바보로 보는 사람이 사실은 제일 바보야.”

그 후로 그는 친척들 모임이 있을 때마다 자기가 우리 할머니를 각별히 챙기는 것처럼 말했다. 그러면 할머니는 그저 웃으면서 고개를 끄덕이고는 했다. 한 번은 집에서 꽃게 요리를 해 먹은 적 있었는데 할머니는 그중에서 죽은 것만 잘 골라서 그분 집에 가져다주었다. 어째서 죄다 죽은 놈들만 있냐고 전화가 오자 할머니는 웃으면서 대답했다. “어머나! 비닐봉지에 넣어서 갔더니 그새 다 죽은 모양이구나. 다른 뜻은 없었는데. 맛있게 먹으렴.”

사람을 바꾸려면 어마어마한 시간과 노력, 에너지가

필요하다. 노력을 기울여도 기대한 결과가 나오지 않을 수 있다. 그 사람을 위해 진심으로 조언을 건넸는데 그걸 받아들이긴커녕 반박하며 화를 내고 당신을 미워할 수도 있다. 그래서 나는 '사람은 바꾸는 게 아니라 선택하는 것'의 중요성을 터득하기 시작했다.

사건 자체가 중요한 게 아니다. 중요한 건 그 사건이 나에게 어떤 영향을 미치는가 하는 것이다. 진상을 파헤치려고 집요하게 파고들면 일단 모든 게 즐겁지 않다. 그러니 불필요한 논쟁과 언쟁에 당신의 소중한 시간을 사용하지 말자. 그보다 이제부터 어떻게 해야 할지 생각하자. 내 감정과 정서에 책임을 지고 잘 관리하자.

30초 만에 사물의 본질을 파악하는 사람. 평생에 걸쳐서도 모르는 사람. 그 둘의 인생은 천지 차이라는 걸 기억하자.

하늘은 정말 스스로 돕는 자를 도울까?

요즘 직장에서는 '하늘은 스스로 돕는 자를 돕는다'는 말이 효력을 잃은 듯하다. 밥 먹을 시간도 없이 바쁘게 일하는 사람이 있는 반면, 일이 없어 한가로이 시간을 보내는 사람도 있다. 그런데 바쁜 사람들은 늘 일개 사원으로 평생을 보낸다. 어디든 책임이 불분명한 업무가 있고 경계가 모호한 일이 있다. 이런 일에 한 번 손을 대기 시작하면 그 이후에는 자동으로 당신 것이 된다. 만일 당신이 거절하면 사람들은 당신을 욕하고 원망한다. 거절하지 못해 그런 일을 계속 해서 처리하다 보면 당신에겐 '좋은 사람'이라는 프레임이 씌워진다. 그 후로는 모든 잡다한 일이 전부 당신에게 돌아온다. 시간이 지나 직원들에 대한 평가를 할 때는 당신에 대한 칭찬은 쏙 빠진다. 당연히 당신을 거론하지 않아도 아무 반응 없을 거로 생각하기 때문이다. 화가 단단히 난 당신은 부탁을 거절하기 시작하지만, 이때는 사람들의 원성이 더 커진다. "이제 와서 왜 그러는 거예요? 당신 때문에 프로세스가 전부 엉망이 됐잖아요!" 더 무서운 건 '쓰기 좋은 사람'에겐 상사가 진급의 기회를 주지 않는다는 사실이다.

일반 사원의 경우 하는 일이 많으면 당연히 실수도 많아지는 법이다. 백 가지 일을 하더라도 실수를 저지르지 않아야 한다고 생각하는 사람들 속에서 한 번의 실수는 기억 속에 각인된다. 이런저런 잡일을 맡아 처리하다 보면 핵심 경쟁력을 키울 수 없고 자기 계발의 시간을 갖지 못한다.

할머니는 어떤 일은 대충대충 넘기면서도 어떤 일에는 꼭 반격에 나섰다. 나는 늘 '대체 반격의 기준은 무엇인가'에 대한 고민이 있었다.

어릴 때 할머니는 우리에게 <동물의 세계>와 같은 프로그램을 많이 보라고 권했다.

"저것 봐라. 동물들도 규칙을 다 알고 자기 영역을 표시하잖니. 저런 게 일종의 신호야. '여기 내 영역에 들어오면 바로 반격할 거야.' 하는 경고 메시지 같은 거지."

사방에 위험이 도사리는 밀림에서 동물들에게는 안

전한 자기만의 공간이 절실하다. 싸움이 일어나면 반드시 패자와 승자를 가려야 한다. 철저하게 상대를 무너뜨리지 않으면 상대는 굴복하지 않고 계속해서 덤벼들기 때문에 싸움은 끝나지 않는다.

"사람도 마찬가지야. 시작이 좋지 않은 일에 손을 대면 골치 아픈 '규칙'이 만들어지는 법이지. 그럴 때는 거절하거나 반격해야 해. 단번에 끊어 내는 게 중요해. 그래야 더는 상대가 도발하지 않고 너만의 규칙을 만들 수 있는 거야."

깨끗한 장소에 가면 손에 든 쓰레기를 아무 데나 버리지 않는다. 휴지통을 찾지 못하더라도 그걸 주머니에 넣거나 계속 들고 다니다가 집에 돌아와서 버리거나 휴지통을 발견하면 그제야 버린다. 그런데 지저분한 장소에 가면 손에 든 쓰레기를 아무렇게나 버리는 데 심리적인 부담이 없다.

미국 스탠퍼드 대학 심리학과 필립 짐바르도(Philip Zimbardo) 교수가 1969년에 흥미로운 실험을 진행했다. 그는 똑같은 두 대의 중고차를 구매해 한 대는 뉴욕주의 브롱크스에, 다른 한 대는 캘리포니아주 팰로앨토의 스탠퍼드 대학 인근 지역에 주차했다. 둘 다 보닛을 살짝 열어 둔 채로 두었는데 브롱크스에 놓아둔 차는 10분 만에 배터리와 라디에이터가 털렸고 24시간 안에 거의 모든 것이 사라졌다. 한편 팰로앨토에 둔 차는 5일 동안 아무 일도 일어나지 않았다. 이후 짐바도르가 망치로 팰로앨토에 둔 차의 창문을 망치로 깨뜨리고 지켜보았더니 단 몇 시간 안에 차는 자취를 감추고 사라졌다.

이 실험을 바탕으로 정치학자 제임스 윌슨(James Q.Wilson)과 범죄학자 조지 켈링(George L.Keling)이 '깨진 유리창 이론'을 제시했다. 깨진 유리창 하나를 그대로 방치해 두면 그 지점을 중심으로 범죄가 확산한다는 이론으로 사소한 무질서를 방치했다가는 지역 전체로 확산할 가능성이 높다는 의미를 담고 있다.

인간관계도 마찬가지다. 사람의 언어나 제스처, 분위기 등은 수시로 그 사람에 관한 정보를 외부에 전달한다. 사람들은 이 정보에 근거해 어떤 태도로 그를 대할지 생각하고 행동한다. 책략과 유세의 고전으로 불리는 《귀곡자(鬼谷子)》에는 '지나친 겸손과 양보는 그 사람의 분위기를 앗아간다'는 구절이 나온다. 요즘 말로 하면 카리스마를 잃는다는 의미로 해석할 수 있다. 카리스마를 유지하라. 그 누구도 당신을 무시할 수 없게 하라. 잠재적인 갈등과 충돌이 뿌리를 내리지 않게 처단하라.

온라인이나 현실에서 스쳐 지나가는 인연에게는 마음껏 미소를 지어줄 수 있다. 언제 다시 만날지 모르는 인연이기 때문이다. 그러나 앞으로 자주 봐야 하는 관계라면 서로 간의 관계를 어떻게 경영하고 유지할지, 거기서 어떻게 경계를 짓고 규칙을 세울지 고민해 봐야 한다. 상대가 자꾸만 내가 그어놓은 경계선을 넘어오려 하거나 무례한 행동을 저지른다면 어떻게 하는 게 좋을까?

첫째, 일단 화를 내지 말자. 화를 내는 순간 이성이 무너지고 당신의 생각을 상대에게 들켜 버린다. 할머니는 누군가 무례하게 굴 때 기분은 나빴지만, 그걸 겉으로 드러내진 않았다. 그렇지만 머릿속으로는 어떻게 대응할지 방법을 생각했다. 그러면 언제나 기회는 할머니에게 먼저 왔다. 반격할 때도 할머니는 시종일관 예의 바르게 행동했으며 심지어 온화하고 다정한 태도를 보였다. 그러나 말과 행동은 정갈하고 논리 있게 해서 상대가 그 어떤 트집도 잡지 못하게 만들었다.

사실 문제가 있는, 그래서 해결해야 하는 관계는 대부분 자주 만나는 사람들 사이에서 일어난다. 그러므로 생각을 다 마치지 않은 상태에서 함부로 기분을 드러내서는 안 된다. 그렇지 않으면 갑자기 화가 나서 아무 말이나 지껄이게 되고 심지어 행동까지 과격해져 더 큰 문제를 불러올 수 있다. 그러면 상대에게 약점을 잡히고 심지어 '분노 조절 장애' 등과 같은 나쁜 꼬리표를 달게 될 수도 있다. 인간관계에서 우위를 차지하려면 먼저 내 안의 질서를 바로잡고 내가 수용할 수 있는 경계선을 마련해야 한다. 인간의 본성을 잘 이해한 사람이 진짜로 성숙한 사람이다.

과거 몸담았던 회사에서 나는 동기 중에서 가장 먼저 승진했다. 그런데 진급 후 얼마 되지 않아 우연히 동료 H와 Z가 내 뒷담화를 하는 걸 듣게 됐다. 당시 나는 그들을 이해할 수 없었다. 두려운 마음마저 생겼다. 그들은 회사에서 나와 가장 가까운, 가장 친한 동료들이었기 때문이다. H가 내 욕을 하는 건 그나마 이해가 됐다. 나와 연차나 직급이 모두 같았으니까. 그런데 Z는 나와 직급도 다르고 연차도, 부서도 달랐다. 그녀는 나의 라이벌이 아니었다. 그런데 왜 내 험담을 하고 다녔을까.

Z는 처음에 영업 사원으로 입사했지만, 회사에서 실시한 건강 검진 결과 이상 징후를 발견하게 되어 수술 후 사무직으로 복직했다. 그녀는 주로 감사팀에 제출하는 서류와 보고서를 작성하는 일을 했는데 글재주가 없었던 그녀의 보고서는 깐깐한 감사팀 마음에 전혀 들지 않았다. 한번은 그녀가 울면서 나에게 제발 보고서를 대신 써 줄 수 없냐며 부탁을 해 왔다. 어쩔 수 없이 나는 여러 번 그

녀를 대신해 보고서를 작성하고 자료를 만들었다. 그것도 정말 열심히. 그런데 그녀가 나에게 왜 그랬을까.

며칠 동안 화가 풀리지 않아 결국에 할머니를 찾아갔다. 씩씩대며 얘기하는 내게 할머니는 따뜻한 차를 끓여 주셨다.

"크리스탈(시골 큰어머니가 키우는 초록 눈의 고양이로 쥐 사냥에 특출났다)이 만약에 생쥐 두 마리가 자기 험담을 하는 걸 들었다면 어땠을까?"

"글쎄요. 같잖겠죠."

"그럼 너는 지금 왜 화를 내는 거냐?"

그 순간 번개 치듯 머릿속에서 무언가 번쩍였다.

"뭐 그 둘이 너 없는 곳에서 그런 식으로 욕할 수도 있지. 억울하고 속상한 감정을 그렇게 푸는 건 그 사람들 자유니까. 하여간 너는 이미 승진을 했잖니. 네 앞에서 얘기하지 않고 뒤에서 그렇게 수군거리는 건 어쨌든 네가 그 애들보다 더 위에 있다는 얘기 아니냐. 중요하지 않은 사람에게 그렇게 성낼 필요 없어."

그래도 난 억울했다.

"그렇지만 제가 그동안 Z를 얼마나 많이 도와줬는데요! 사람이 양심이 있지. 너무 나빴잖아요."

그랬더니 할머니는 웃으며 말했다.

"조건 없이 그냥 도와준 건 너 아니더냐? 부르면 바로바로 달려가서 해 달라는 대로 다 해 줬잖니. 원래 작은 도움을 주면 감사해 하지만 큰 도움을 자꾸 주면 습관이 돼서 오히려 도와주지 않을 때 미움을 사는 법이야."

나는 할머니가 가르쳐주는 '진리'를 마음에 꼭 새겨야겠다고 다짐했다.

"너보다 못한 사람에게 너무 마음 쓰지 말거라. 그럴수록 네 품격만 낮아지는 거란다. 이제 앞으로 어떻게 할지. 거기에만 정신을 집중하렴."

그길로 집에 돌아가 밤을 새워 고민했다. 현재 부서에서는 더는 새롭게 배울 수 있는 게 없었다. 게다가 인간관계도 너무 복잡했다. 나는 부서 이동을 신청하기로 했다. 부서를 이동한 후에도 Z는 몇 차례 보고서 쓰는 일을 부탁해 왔다.

사실 처음에는 나도 알겠다고 대답만 해 놓고 차일피일 미뤄 Z 발등에 불이 떨어지게 하거나 사람들 앞에서 망신을 줘 볼까 생각도 했었다. 하지만 그렇게 하진 않았다. 나는 그녀의 부탁을 당당하게 거절했다. '크리스탈'은 고양이었고 그 정체성을 잘 유지해야 했으니까.

사람들은 인간관계 속에서 '좋은 사람'이라는 타이틀을

얻고 싶어 한다. 용서받기 힘든 죄를 지어 놓고도 '나는 정말 그러고 싶지 않았는데 환경이 그렇게 만들었다'며 남을, 그리고 자기를 설득할 갖은 이유를 찾는다.

남들이 당신의 주머니에서 좋은 걸 공짜로 빼가지 않게 하라. 도움을 줬으면 그에 상응하는 보상을 받도록 하라. 도와주고도 아무런 보상이나 대가를 바라지 않으면 당신과 그 사람 사이의 경계는 점점 희미해진다. 심지어 그쪽에서 말도 안 되는 요구를 하기 시작한다. 도와주는 게 습관이 된 사람은 누군가의 부탁을 거절하는 게 정서적으로, 인지적으로 힘들다. 그래서 누군가를 맹목적으로 도와주는 걸 멈추지 못한다. 일단 거절하면 '나는 좋은 사람'이라는 타이틀에 먹칠하는 것만 같은 생각이 들어 죄책감에 시달린다. '혹시 내가 변했나? 나는 이제 좋은 사람이 아닌가? 예전에는 그렇게 잘 도와줬으면서 왜 이제 와서 거절하는 걸까?' 내면의 심판관은 그림자처럼 졸졸 따라다니면서 당신을 심판하고 저주한다.

처음에 사소한 부탁을 먼저 들어주면 나중에 더 큰 부탁을 좀 더 쉽게 들어줄 수 있다는 것을 설명하는 심리학 용어를 '풋 인 더 도어(Foot in the door) 효과'라고 한다. 처음부터 큰 부탁을 하는 것보다 상대방이 들어줄 만한 작은 부탁을 하고 이어서 큰 부탁을 해 상대방의 동의를 쉽게 얻어 내는 심리적 기법으로 미국 스탠퍼드 대학의 심리학자 프리드먼(Jonathan Freedman)과 프레이저(Slott Frazier)가 연구했다.

그들은 캘리포니아의 가정집을 방문해 안전운전 캠페인의 일환이라며 'Drive Carefully'라고 쓴 크고 흉측한 광고판을 마당에 설치하게 해 달라고 부탁했다. 무작정 찾아온 이들의 부탁을 들어준 사람들은 마을 전체의 22.2%뿐이었다. 하지만 실험 사흘 전에 현관에 'Be a Safe Driver'라고 쓴 작은 스티커를 붙이게 해 달라는 부탁을 흔쾌히 들어주었던 주부들의 경우, 무려 52.8%가 큰 안내판에 대한 부탁도 들어주었다.

도움을 받는 데 익숙한 사람의 경우, 부탁을 들어준 상대에게 자신도 무언가를 보상할 수 있는 능력이 있으면 '나는 좋은 사람'이라는 신념을 유지한다. 여전히 자기는 좋은 사람이라고 생각하며 높은 자존감을 유지하는 것이다.

하지만 도움을 너무 많이 받고 거기에 상응하는 보상을 해 줄 수 없는 경우에는 그 신념이 흔들리기 시작한다. '나는 왜 저 사람처럼 못 할까?', '나는 왜 저 사람보다 못났을까?' 이러한 느낌을 지우기 위해, 즉 '나는 좋은 사람'이라는 신념을 계속 유지하기 위해 그는 갖가지 이유를 찾기 시작한다. 가령 '상대가 부정한 방법으로 돈을 벌었다'고 말하거나 '순전히 운이 좋아 성공한 거'라고 한다. 그렇지만 그는 자신이 상대만큼 부지런하지 못했다거나 자신이 그만큼 똑똑하지 못하다는 등의 이유는 무시한다. 왜냐하면 그걸 인정하는 순간 그의 '합리화'가 무너지기 때문이다. 그는 자신의 부족함과 무능함에 대한 진정한 이유를 찾지 않고 핑곗거리만 찾기 때문에 영영 문제를 해결하지 못한다.

너무 많은 돈을 빌려 상환하지 못하는 사람들은 돈을 벌어 갚을 생각을 하지 않는다. 왜냐하면 이미 그것을 '나는 도저히 해낼 수 없는 일'이라고 단정지었기 때문이다. 그들은 채권자가 어느날 갑자기 사라져서 자기 빚도 같이 사라지길 바라거나 자신의 자존감을 위협하는 사람이 증발해 버렸으면 좋겠다고 기도한다.

돈을 빌린 사람의 결말이 비극으로 끝나는 이유는 여기에 있다. 많은 경우 돈 때문에 친구나 친척, 때로는 가족들과의 연을 끊어 버리기도 한다. 부탁할 때는 하늘에 맹세한다. 이 은혜는 꼭 갚을 거라고. 평생 잊지 않겠다고. 하지만 시간이 지나면 상황도, 사람의 마음도 바뀌기 마련이다. 그래서 우리는 미래에 일어날지 모르는 여러 변화에 대응하고 준비해야 한다. 만일 당신에게 누군가의 도움이 절실히 필요한 순간이 오면 최대한 내가 예전에 도움을 주었던 사람에게는 부탁하지 말자. 그렇게 되는 순간, 그들은 그 '부탁'을 일종의 거래로 생각해 당신이 베풀었던 '은혜'와 '선심'을 자신이 도움을 주는 행위로 갚을 수 있다고 생각한다. 어쩌면 그들이 진심으로 바라는 바였을지도 모른다.

사람을 신뢰하되, 인간의 본성은 신뢰하지 않는 것이 좋다. 가끔 하늘은 스스로 돕는 자를 돕지 않을 때도 있다.

당신이 희생할수록 손해 보는 이유

엄마가 어릴 때 할머니는 도시 외곽에 있는 학교에서 기숙사 생활을 하며 아이들을 가르쳤다. 엄마는 중학생이 되면서 국가에서 실시한 '농촌 노동 교육'의 영향으로 시골에 내려가 생활했다. 함께 산 세월이 상대적으로 많지 않다 보니 평소 생각하는 방법이나 성격 면에서 엄마와 할머니는 서로 다른 점이 많았다. 엄마는 자기가 손해를 보는 한이 있어도 헌신하고 희생하는 걸 좋아했다. 때로는 불편한 점도 있었지만, 자기 이익을 챙기기 위해 나서는 건 왠지 '면이 서지 않는', 창피한 일이라고 느꼈다.

어릴 때, 한 번은 엄마가 바닷가 도시로 출장을 가게 되었는데 우리 세 식구가 함께 가는 것이 어떻겠느냐고 했다. 일정을 끝내고 도시에서 하루 정도 더 놀면서 관광도 하고 맛있는 것도 먹자고 했다. 엄마의 동료 L 아저씨도 아들을 데려오기로 했다고 했다.

여행사에 따로 신청한 관광이 아니었으므로 이동할 때는 무조건 택시를 타야 했다. 그런데 갈수록 뭔가 이상하다는 생각이 들었다. 엄마만 계속 돈을 내고 L은 한 번도 지갑을 열지 않는 것이었다. 엄마에게 그 얘기를 했더니 엄마는 뜻밖에도 크게 화를 냈다. 나더러 그렇게 속이 좁아 앞으로 어떻게 살 거냐며, 어차피 차를 타고 가는 길에 두 사람을 태워 주는 건 아무 문제 없다고 했다.

"그러면 왜 식사비까지 엄마가 내요? L 아저씨랑 아들이 먹는 게 우리 가족 세 명 합친 것보다도 많은데."

엄마는 순간 멍해졌다. 하지만 어른들은 늘 자기가 하는 일에 정당한 이유가 있는 법이다. 엄마는 사소한 걸 하나하나 쪼잔하게 따지지 말라며, 어린애가 벌써부터 생각이 발랑 까졌다며 나를 비난했다.

억울했다. 엄마를 아끼는 마음에 걱정돼서 한 말이었는데. 엄마는 평소에 절약 정신이 투철한 사람이었다. 신발에 구멍이 날 정도로 신고 그걸 실로 꿰매고 또 꿰매서 신고 다닐 정도였다. 그렇게 아끼며 살았던 엄마가 어째서 남에겐 저렇게 인심이 후할까? 게다가 거기는 바닷가 도시라서 물가가 비싼 편이었다. 저 사람들에게 쓸 돈을 조금만 아껴서 본인 신발 한 켤레 사면 될 것 같은데. 도저히 엄마가 왜 그러는지 이해할 수 없었다. 공평하게 돈을 나눠 내는 게 그렇게 어려운가? 번갈아 가면서 계산하면 안 되는 건가? 할머니는 절대로 저런 사람들과는 사귀지 말라고 했었는데. 그리고 L과 엄마는 그냥 같은 회사에 다니는 사람일 뿐, 같은 부서도, 협업 관계도 아니었다. 평소에는 별로 친하지도 않은 것 같았는데. 나는 속으로 L 아저씨 얼굴 위에 크게 'X자'를 그렸다.

대학 시절에는 이런 친구가 있었다. 다 같이 밥을 먹으러 가면 항상 갖은 이유를 대서 돈을 내지 않았다. 친구들에게 돈을 빌리고도 갚지 않았다. 내가 급히 돈 쓸 일이 생겨서 "빌려 간 돈은 언제 갚을 수 있냐"고 물었을 땐 정말 어이없는 대답이 돌아왔다.

"어차피 너는 지금까지 필요 없는 돈이었잖아. 그걸 내가 좀 쓰면 어떠니? 그리고 당장 필요한 것도 아니면서 왜 거짓말하는 거야? 그냥 돈 받아 내려고 거짓말하는 거잖아. 사기꾼 같으니라고!"

너무 어이가 없어서 웃음이 나왔다. 보통 이런 사람은 이미 가치관이 왜곡되고 마음이 병든 상태다. 그들은 온갖 도덕적인 잣대를 들이대며 주변 사람에게 '냉정한 사람', '피도 눈물도 없는 사람'이라는 올무를 씌운다. 내 이익을 되찾기 위해 나서면 오히려 나를 공격한다. 다행히 내가 빌려준 돈은 얼마 되지 않아서 그렇게 큰 문제는 없었다. 누군가에겐 친구란 이용하기 위해 사귀는 대상이 되기도 한다. 이런 사람들에게는 '친구'라는 호칭이 어울리지 않는다. 인연을 끊는 것만이 상책이다.

할머니는 여든 살까지 혼자 지내셨다. 온정이 넘쳤던 할머니는 지방에서 올라온 친척들을 본인 집에서 재워 주시거나 식사를 챙겨 주시고는 했다. 한번은 먼 친척인 H 부부가 느닷없이 할머니에게 문안 인사를 왔다. 부부는 멀끔한 정장 차림이었는데 손은 빈손이었다. 보통 어른들을 뵈러 갈 때는 하다못해 음료수나 전병 정도는 사 들고 가는 게 예의였다. 꼭 비싼 물건이 아니라도 그건 최소한의 성의 표시였다. 그래도 할머니는 개의치 않았다. 부부에게 들려 보낼 선물 세트를 사고 현지 특산물을 한가득 준비했다. 심지어 집에서 저녁까지 해 먹였다. 저녁 식사 시간에는 H가 술도 한잔하고 싶다고 해서 특별히 찬장에서 아끼는 술을 꺼냈다.

할머니 말에 따르면 할머니가 찬장을 여는 그 순간, 갑자기 H의 눈빛이 돌변했다고 한다. 할머니는 약주를 좋아해서 집에 좋은 술을 많이 가지고 있었다. 아주 오래전에 만들어진 술도 있었고 지금은 살 수 없는 한정판도 있었다. 식사가 거의 끝나갈 무렵, 할머니가 주방에서 디저트를 접시에 담고 있는데 H가 자기 마음대로 찬장 문을 열어 가장 비싼 술을 한 병 꺼내서 마셨다. 얼큰하게 취한 그는 자기가 이 술을 너무 좋아한다고, 혹시 선물로 줄 수 없겠냐고 했다. 그때 할머니는 H의 아내를 한 번 쓱 쳐다봤다. 아내는 고개를 푹 숙인 채 아무 말도 하지 않았다. 남편을 말릴 생각이 전혀 없는 듯했다. 할머니는 잠깐 뭔가를 생각하고 일단 알겠다고 대답했다. 그런 다음 그들의 짐가방에 술병을 넣어 주었다. H는 신이 나서 입이 귀에까지 걸렸다.

할머니는 H에게 역시 보는 눈이 있다며 칭찬했다. 그러면서 본인은 다리가 불편해서 친척들을 만나러 다니기 어렵다며 H 어머니에게 드릴 선물을 챙겨줄 테니 전해 드리라고 했다. 다른 선물이 또 있다는 말에 부부는 걱정하지 마시라며, 어머니께 잘 전해 드리겠다고, 아무리 많아도 다 들고 갈 수 있다며 함박웃음을 지었다. 할머니는 선물을 아는 사람에게 부탁해 놨는데 아직 가져오질 않았다며, 내일 기차역으로 가져다줄 테니 돌아가는 차편과 시간을 알려 달라고 했다.

다음 날, 할머니는 집에서 청소할 때 입는 다 헤진 옷을 입고 어디서 났는지 모를 커다란 부직포로 만든 이불가방에 나뭇가지를 한가득 넣었다. 가방은 누더기를 꿰맨 듯 여기저기 천을 덧대어 꿰맨 자국이 있었다. 다 잠기지 않는 지퍼 사이로 나뭇가지가 삐죽빼죽 튀어나왔다.

사람으로 가득 찬 기차역 대합실에서 할머니는 H 부부를 만났다. 그리고 큰 소리로 말했다. "의사가 그러는데 이게 너희 어머니 병에 그렇게 좋다는구나! (나중에 한의사에게 따로 물어봤더니 사실이었다) 내가 너희 어머니한테 특별히 문자도 넣어 놨으니 꼭 전해드려야 한다!" 멀끔하게 쫙 빼입은 부부는 황당한 얼굴로 입을 벌린 채 아무 말도 하지 못하다가 황급히 고맙다며 인사를 건넸다.

옷을 깨끗하게 차려입은 부부가 누더기 같은 이불 가방 속에 삐죽빼죽 튀어나온 나뭇가지를 들고서 플랫폼으로 향하는 모습은 정말 가관이었다. 그 전날 할머니가 정말로 H 어머니에게 특별히 문자를 넣어 놨기 때문에 H는 함부로 가방을 버릴 수도 없었다. 기차를 타서는 그 '짐'을 어디에 어떻게 놨는지, 인산인해를 이루는 승강장에서는 어떻게 빠져나왔는지는 알 수 없지만, 그 장면만 생각하면 고소해서 웃음이 나오는 할머니였다.

그 후로 H 부부가 다시 할머니를 찾아오는 일은 없었다.

사촌 동생은 이 에피소드를 듣고 너무 재미있어했다. 동생이 각종 모임에서 이 이야기를 해 주었더니 반응이 두 갈래로 나뉘었다고 한다. 하나는 친인척 사이에 뭐 그럴 것까지 있냐며, 할머니가 마음을 조금 더 넓게 쓰셔야겠다는 반응이었다. 나머지는 어른이 아랫사람들을 교육해 주는 건 당연한 일이라며, 할머니가 너무 재치 있게 잘하셨다는 반응이었다. 나는 후자였다. 그날은 이미 늦은 밤이었고 얼큰하게 취한 장정을 데리고 할머니가 할 수 있는 일은 별로 없었다. 그렇다고 다른 친척들 사이에 '할머니 집에 가면 원하는 물건을 아무렇게나 집어 올 수 있다'는 소문이 퍼지면 곤란했다. 혼자 사는 노인에게는 위험하고도 귀찮은 일이었다.

'인격이 비천한 사람은 수치를 모르고 도덕관념이 없으며 두려움과 정의감이 없다. 이익이 되지 않으면 성실히 노력하지 않으니 징벌하지 않으면 그 내면에 경계심이 일지 않는다. 작은 징벌이라도 가하여야 큰 경각심을 가질 것이다.'* 공자의 말이다.

사촌 동생이 사람들의 반응을 할머니에게 얘기해 줬을 때 할머니는 손을 휘휘 가로저었다.

"아니야, 아니야. 걔들을 위해서, 걔들을 교육하려는

* 子曰 : "小人不耻不仁，不畏不义，不见利不劝，不威不惩。小惩而大诫，此小人之福也。"

의도는 전혀 없어. 그냥 그날은 그렇게 하고 싶어서 한 거야. 어쨌든 그건 내 자유니까."

할머니에게는 '손해는 딱 한 번만'이라는 원칙이 있었다. 할머니는 먼저 상대를 신뢰하되 상대가 가까이 할 만한 사람이 아니라고 판단되면 즉시 멀리했다. 이 판단에는 모든 우연의 가능성과 상대가 무심코 했던 반응으로 만들어진 결과는 배제되었고 오직 그 사람의 고의성만 포함되었다. 엄마는 할머니 같은 사람에게는 오래 사귄 친구가 많이 없다고 했지만, 나는 진짜 친구라는 건 원래 그렇게 많을 수 없다고 생각했다. 만일 누군가 내 덕을 보려는 생각으로 나와 친구를 맺은 거라면 어떻게 그 관계를 오랫동안 유지할 수 있을까? 참고 또 참다 보면 상대는 점점 심한 걸 요구한다. 그럴 때는 용감하게 반격하고 다음번이 없도록 단호하게 잘라 내야 한다.

규칙은 어디에나 필요하다. 내 이익을 보호하지 못하고 힘든 부탁을 자꾸만 들어주면 당신의 경계선은 갈수록 희미해진다. 그러면 사람들은 당신의 희생과 배려에 감사할 줄 모르고 당신에 대한 소중함을 잊는다. 늘 희생만 하는 사람은 결국 싸구려로 전락한다. 사람들이 당신으로부터 쉽게 얻어 낼 수 있는 것들을 소중히 여기지 않고 너무 당연하게 생각하기 때문이다. 상대는 당신의 노력과 희생을 '정당화'하고 '합리화'할 것이다. 그러다가 도움을 멈추면 당신에게 죄책감을 심어 주고 심지어 미워하고 증오한다. 아주 질 나쁜 인간관계에서 나타나는 문제점이다.

사람의 시간과 에너지는 제한적이다. 당신의 그 소중한 시간과 에너지를 가치 있는 사람에게 사용하라. 이것이 바로 '인간관계의 경제학'이다. 좋은 칼을 만들려면 좋은 쇠가 있어야 한다. 우리의 삶은 그 무엇보다 소중하다.

인간관계도 실력이다

어릴 때는 친가 쪽 친척들이 집에 많이 찾아와서 손님맞이가 잦았다. 그래서 엄마는 늘 생활비가 모자랐다. 절약하지 않고는 도무지 살아갈 방법이 없었다. 엄마는 늘 남이 입던 옷을 내게 입혔다. 상하이의 친척들은 작아지거나 안 입는 옷을 모아서 늘 우리 가족에게 부쳐 주었는데 모든 친인척을 통틀어 우리 모녀의 차림새가 가장 볼품없고 낡았기 때문이었다.

아빠는 회사에서 일이 잘 풀리지 않았다. 계속 진급자 명단에서 제외됐고 월급은 오르지 않았다. 한번은 엄마 아빠가 정말 크게 싸운 적이 있었는데 아빠가 우리집에서 가장 비싼 전자제품인 텔레비전을 자기 친구에게 공짜로 선물해 줬기 때문이었다. 아빠는 늘 그런 식이었다. 가족들에게는 아깝다고 못 쓰게, 못 먹게 하고서는 그걸 다른 사람에게 나눠 줬다. 그러면서 본인은 의리 있고 정이 넘치는 사람이라고 했다. 그런데 씀씀이가 그토록 큰 아빠에게 정작 돌아오는 건 거의 없었다. 어쩔 땐 아빠도 화가 나는지 그들을 욕하기도 했다. "도둑놈들!"

할머니는 우리집 일에는 최대한 관여하지 않으려고 했다. 그저 어려운 일이 생기면 사건의 앞뒤 맥락을 정리해 주고 그 과정에서 스스로 교훈을 얻을 수 있게 했다.

"사실 네 아빠는 열등감이 심한 사람이야. 그러니까 그렇게 퍼 주고 대인배처럼 행동해서 사람들한테 존경과 존중을 받으려고 하는 거지. 그런데 생각해 봐라. 장군이 병사들에게 관심을 주면 병사들은 감사해서 어쩔 줄 모르지만, 거지가 병사들에게 관심을 보이면 어떻겠니? 거들떠보지도 않겠지. 둘 다 똑같이 관심을 준 건데 왜 그럴까?"

할머니는 사람도 동물이기 때문에 서로의 '등급'에 따라 상대를 대하는 태도가 달라지는 거라고 했다. 그런 게 바로 본능이라고.

"좋은 대우나 좋은 환경을 못 견디는 사람들이 있어. 자기는 그런 대우를 받을 자격이 없다고 생각하는 거야. 괴팍하고 이상한 성격이지. 자기에게 뭔가를 하는 걸 아까워하는 사람일수록 남을 도와줬을 때 티가 안 나는 법이야. 그럴수록 더 티를 내고 싶어서 더 크고 많은 걸 내주지. 심지어 간도 쓸개도. 가지고 있는 걸 다 남한테 내줬으니 이제 자기한테 남은 건 하나도 없어. 그런 사람이 어떻게 성장하겠니?"

부자는 갈수록 더 부자가 되고, 가난한 사람은 갈수록 더 가난해진다. 많이 가진 자가 갈수록 가진 게 더 늘어나고, 적게 가진 자는 갈수록 가진 게 사라진다. 형제자매 중에 가장 효자 효녀는 보통 부모님이 가장 무시하던, 관심 없던 자식이다. 결혼 후 나중에 헌신짝 버려지듯 무참히 버림받는 사람은 늘 희생하고 헌신만 하던 사람이다.

내가 나를 어떻게 대하느냐, 그것은 나를 대하는 사람들의 시각과 태도를 결정한다. 사람의 본능이란 그런 것이다. 자신감 없는 모습, 열등감에 휩싸인 모습을 보일수록 남들에게 무시당하기 쉽다. 자존감이 높고 능력이 있을수록 남들에게 인정받는다.

누군가에게 사랑받기만을 바라지 말자. 나를 구원할 누군가가 언젠가는 나타날 거라 하염없이 기다리지 말자. 남에게 기대지 않을수록 나 자신을 사랑하게 되는 법이다. 시간과 에너지, 돈을 자기에게 쓰기 시작하면 몸도 마음도 바뀐다. 내가 가치 있는 사람이라고 생각할수록 나 자신을 잘 관리할 수 있다. 그럴수록 성공하기 쉽고 남들도 당신의 생각을 더 존중하게 되며 당신의 희생과 도움에 감사하게 된다.

당신이 자신감 넘치는 모습이면 사람들은 자연스레 당신이라는 사람에게 관심을 보인다. 능력이 더해지면 더해질수록 사람들은 당신을 우러러본다. 그래서 나를 먼저 변화시켜야만 자신감이 생기고 삶이 조금씩 변한다. 중국 형법 대학의 뤄샹(羅翔) 교수는 말했다. "이 세상이라는 물과 불 속에서 자신을 구원해야 합니다. 한 번, 두 번, 세 번, 천 번, 만 번이라도 그렇게 해야 해요. 단 1초도 망설이지 마십시오." 나를 바꿀 수 있는 사람은 오직 한 사람, 바로 나 자신이다. 따뜻하게 나를 안아 주자. 나와 함께 손을 잡고 천천히 앞을 향해 나아가자. 진정한 성장이라는 건 바로 그런 것이다.

할머니는 수영을 정말 좋아했다. 한 번은 갑자기 바닷가에 놀러 가고 싶어서 여행사에 전화를 걸었더니 사람이 많지 않아서 상품을 만들기 어렵다고 했다. 하지만 예전에 다른 할머니가 똑같은 문의를 한 적 있었는데 그분이 동의하신다면 두 분이라도 같이 가 보시는 게 어떠냐고 했다. 열정적인 직원은 상대에게 의견을 물었고 상대는 동의했다. 그래서 두 할머니는 파트너가 되어 여행을 떠났다. 바닷가에서 신나게 놀고 해변 근처에서 진주 귀걸이와 작은 브로치도 샀다. 그대로 집에 돌아가기에는 아쉬워서 두 사람은 한 곳을 더 여행하기로 했다. 마침 그곳 호텔 사장과 할머니가 서로 잘 아는 사이여서 그곳에서 묵기로 했다. 그런데 사장이 깜짝 놀란 얼굴로 할머니 팔을 붙잡아 끌고 속삭였다. "같이 오신 저분이랑 어떻게 아는 사이에요?" 할머니는 무슨 소리인지 모르겠다는 얼굴을 했다. 알고 보니 할머니와 같이 여행을 떠난 파트너는 정부 고위 관리의 부인이었다. 할머니는 너무 놀랐다. 같이 여행하는 동안 한 번도 그런 티를 내지 않았기 때문이었다. 둘은 무사히 여행을 마치고 집에 돌아갔지만, 할머니는 그에게 다시 연락하지 않았다.

노력해도 만나기 힘든 그런 사람이랑 우연히, 그것도 보름 동안 같이 어울렸으니 얼마나 많이 친해졌겠냐고, 대체 왜 연락을 안 하느냐고, 너무 아깝다고 말하는 사람이 있을 수 있다. 그런데 할머니 생각은 조금 달랐다.

"우리가 어디 사교모임에서 만난 사이도 아니고. 우리는 그냥 서로의 신분도 직업도 나이도 모르는 채로 그냥 편하게 놀았어. 하지만 이제 그이가 누군지 안 이상 부담이 될 수밖에. 나도 그렇지만 아마 그이도 부담될 거야. 사실 그 신분으로는 어디 놀러 가고 싶다고 하면 따라나서는 사람이 수두룩할 거다. 뭐라도 하나 얻어낼 수 있지 않을까 싶어서. 그렇지만 인간관계란 그런 거야. 서로에게 최고의 여행 메이트가 되어 한동안 같이 시간을 보냈다가 여행이 끝나면 또 각자의 길을 가는 거지. 그렇게 앞으로 걸어가다 보면 새로운 풍경이 다시 새롭게 펼쳐지는 거야."

처음 회사에 들어가 일을 시작했을 때는 '인맥 넓히는 법'에 관한 자기계발서를 정말 많이 읽었다. 그중에 감명 깊었던 부분을 할머니께 얘기했더니 할머니가 웃으며 말했다.

"도움을 받고 싶으면 일단 너는 그 사람에게 뭘 줄 수 있는지 생각해야 해. 세상에 공짜는 없어. 인간관계의 본질은 가치 교환이야. 나한테는 저 사람의 가치와 바꿀 수 있는 게 뭐가 있는지 생각하는 게 우선이다."

할머니 말을 듣고 나에겐 어떤 가치가 있는지, 남에게 무엇을 줄 수 있는지 생각해 보았다.

"그러려면 먼저 실력을 키워야 해. 네 손에 다른 사람과 바꿀 수 있는 뭔가가 있어야 협력의 가능성도 커지는 법이니까. 인맥은 인간관계의 가장 최고 단계야. 화려한 것만 좇아가느라 본업을 잊어선 안 된다."

윗사람에게 아첨하는 사람, 유명 인사에게 어떻게든

자기를 어필하려는 사람은 그들과 인맥을 쌓고 싶어서 안달이다. 거기에 온 신경을 쏟느라 정작 자기 계발에는 관심이 없다. 누군가 자기를 무조건 도와주길 바라고 심지어 '나 같은 약자를 돌봐 주지 않는 당신은 인간쓰레기'라는 도덕적 올무를 들이대기도 한다. 극단적으로 자기만의 세상에 갇혀 누구와도 교제하지 않고 살아가는 사람들도 있다. 물론 둘 다 건강하지 않은 관계 맺기 형태에 해당한다.

‘청렴함’이 내 인생을 발목잡지 않게

한 아이가 커다란 돌을 옮기려고 했다. 그의 아버지는 옆에서 그 모습을 지켜보며 아들을 응원했다. “아들아, 최선을 다하면 옮길 수 있어!” 하지만 아이는 끝내 돌을 옮기지 못했다. 아이는 주눅 든 목소리로 말했다. “최선을 다했는데 실패했어요.” 그러나 아버지는 아이의 머리를 쓰다듬으며 말했다. “아니야. 넌 최선을 다하지 않았어.” 슬픈 눈으로 아버지를 쳐다보는 아들을 보며 아버지는 손가락으로 자기를 가리키면서 한쪽 눈을 찡긋했다. “아직 나에게 도와 달라는 말을 안 했잖니.”

최선을 다한다는 건 가능한 모든 방법을 동원해 내게 가진 모든 자원을 전부 사용한다는 의미다. 아빠는 늘 자신이 남에게 아쉬운 소리를 하지 않는다는데 자부심을 느끼는 사람이었다. 공장에서 일할 때 공장이 사택을 제공해 주었는데 그때도 '나는 사람들에게 구걸하지 않을 거다'라는 이유로 굳이 좁은 방을 선택했다. 평소 죽어도 남에게 뭔가를 부탁하지 않았고 그건 자기 얼굴에 먹칠을 하는 일이라고 생각했다.

할머니는 놀라울 정도의 사교성을 가진 사람이었다. 호텔 직원 교육에 초청되어 여러 차례 강연을 하기도 했다. 나이가 들어서는 혼자서 친척들을 만나러 해외로 나가기도 했다. 큰 캐리어 두 개를 혼자 끌고 간다고 해서 가족들이 걱정했더니 "걱정 마라! 이까짓 게 뭐 대수라고!"라며 웃는 사람이 할머니였다.

나중에 들어 보니 할머니는 여행 내내 짐을 옮길 때 많은 이의 도움을 받았고 비행기에서 내려 택시를 타고 가는 동안에는 기사에게 실크 손수건을 선물한 게 인연이 되어 친구가 되었다. 비행기에서 짐을 올리고 내릴 때 도와준 유학생과도 친구가 되어 식사를 대접했고 나중에 그 친구가 초대한 파티에도 참석해 즐겁게 지냈다고 했다.

할머니는 일단 무슨 일을 시작하기 전에 세 가지 질문을 통해 생각을 정리했다.

뭘 해야 하지?

어떻게 해야 하지?

누구를 찾아가야 하지?

누군가에게 문의하고 부탁하는 걸 두려워할 필요 없다. 모든 사람에겐 자기가 가지지 못한 것이 하나쯤은 있다. 그렇다면 나에게 있는 것이 무엇인지 잘 생각해 보고, 남이 가지지 못한 것과 서로 교환하는 것도 나쁘지 않은 방법이다.

"그런데 부탁했다가 거절당하면 어떡해요? 창피하잖아요."

내가 그렇게 물었더니 할머니는 고개를 저었다.

"아니야. 물어보는 건 네 소관, 부탁을 들어주고 말고는 상대방 소관이야. 그 사람이 거절한다고 해서 네가 형편없는 사람이 되는 건 아니야. 그냥 조금 불편할 뿐이지. 빨리 다른 사람에게 다시 물어보면 되는 거야. 도저히 못하겠다? 그러면 그 이유를 잘 생각해 봐야 해. 왜냐하면 이건 네 인생의 꿈을 실현하는 데 큰 걸림돌이 되는 문제니까."

청렴하게, 도덕적으로, 남에게 절대 피해 주지 않고 사는 데 자부심을 느끼는 사람들이 있다. 하지만 사실 그건 변명이다. 이런 사람일수록 자신의 도덕적 수준을 높이 평가하는 경향이 있다. 그들은 보통 '청렴함'이라는 핑계 뒤에 숨어 자신이 불만을 느끼는 상황에 대해 마음껏 비난하고 욕한다. 이로써 자신을 정당화하고 세상을 탓하는 것이다.

대인관계에서는 내가 가진 자원과 남이 가진 자원을 통합하고 사용하는 과정에서 부단한 좌절과 실패를 맛볼 수밖에 없다. 그래서 오랜 단련의 시간을 통과해야만 하는데 이것이 바로 그들이 '청렴함'을 내세우는 진정한 원인이다. 사람과 부딪히고 부탁하고 거절당하면서 겪는 좌절을 차단하고 싶어서.

혼자서 살아갈 수 있는 사람은 세상에 없다. 내 능력으로는 할 수 있는 게 한계가 있다. 도움이 필요할 때는 상대에게 도움이 필요하다고 솔직하게 말하고, 도움을 받았을 때는 감사의 마음을 전하자. 상대 역시 그 인사를 통해 일종의 성취감을 느낀다. 인간관계란 원래 그런 것이다. 네가 나를 도와주고, 또 나는 너를 도와주어야 서로 점점 더 가까워진다. 이런 힘이 갈수록 더 커질 때 우리는 더 많은 일을 할 수 있고 바꿀 수 없을 것만 같던 현실을, 상황을 바꿀 수 있다. 나는 어떤 자원을 가졌는지 잘 생각해 보면 뜻밖에도 원래 내가 상상했던 것보다 훨씬 많다는 걸 발견할 수 있을 것이다.

쓸데없는 체면치레에서 벗어나자. 내가 처한 위치에서 가능한 모든 자원을 다 동원해 보자. 당신의 행복을 위해 조금 더 능동적으로 움직이자. 절대 포기하지 말자.

능동적으로 행동하라, 영원히 자유로워라

할머니는 평생 다른 사람을 도와주며 사셨다. 하지만 고기를 낚는 법을 가르쳤지 대신 고기를 잡아 주진 않았다. 그들이 직접 삶을 헤쳐 나갈 수 있도록 생존에 필요한 기술을 가르쳐 주거나 사람을 대하는 처세술을 알려 주었다. 그렇게 많은 사람의 운명을 보이지 않게 바꿔 놓았다. 할머니 집에서 일하던 가정 폭력에 시달리던 가정 관리사에게는 자기를 보호하는 방법을 알려 주고 법적으로 대응하는 방법을 알려 주었다.

잘은 모르지만, 할아버지는 생전에 여자 문제로 할머니 속을 많이 썩인 것 같았다. 또 돈을 버는 족족 고향에 계신 부모님과 두 여동생에게 부치느라 늘 가난했다. 결혼 후, 시집올 때 해 왔던 예단이며 혼수가 점점 바닥나기 시작해 결국 할머니가 피아노로 가족을 부양해야만 했다.

합주, 과외 등을 하다가 나중에는 학교에서 음악 선생님을 했고 학생주임을 맡기도 했다. 할머니가 집안일을 대충한다고 해도 그 누가 뭐라고 할 수 없는 상황이었다.

그 시절 차가운 물을 많이 만져서 그랬는지, 아니면 먹고 살기 위해 피아노를 너무 많이 쳐서 그랬는지 할머니의 손가락은 뼈가 휘어지고 뒤틀려서 말년에 고생을 많이 했다. 하지만 할머니는 단 한 번도 시댁에서 할아버지를 지원해 주지 않는다고 불평하지 않았다. "큰형님 작은 형님이 다 공부 중이었고 시부모님은 누군가가 부양해야 했으니 어쩔 수 없었지." 젊은 시절을 생각할 때마다 할머니는 덤덤하게 얘기했다.

할머니는 아무리 많은 물건도 차곡차곡 테트리스 맞추듯 기가 막히게 정리를 잘했다. 내 눈엔 마술사가 마술을 부리는 것처럼 보였다. 정리 정돈에 특히나 재주가 없는 나는 늘 그게 신기하기만 했다. 할머니가 돌아가시고 한 번은 해외 출장을 가게 되었는데 아무리 정리를 해도 캐리어가 미어터질 것만 같았다. '대체 할머니에게 있던 그 능력이 나에겐 왜 없는 걸까?'

할머니는 생전에 이사를 정말 많이 다녔다. 짐 정리라면 이골이 난 사람이었다. 짐을 풀고 싸고를 무수히 반복하는 과정에서 경험이 쌓여 결국에는 '정리 전문가'가

됐다. 그렇지만 할머니는 단 한 번도 자신이 선택한 결혼을 후회하거나 원망하지 않았다. 점점 나이가 들면서 연애나 결혼에 관한 이야기를 할 때면 할머니는 늘 이런 식으로 기분 좋게 말했다.

"살면서 진짜로 누군가를 좋아하는 건 정말 힘든 거야. 정말 좋아하는 사람은 꼭 잡아야 해."

"좋아하는 사람이 있으면 말을 해야지. 말 안 하면 그 사람이 어떻게 아니?"

"좋으면 일단 직진해. 여자라고 먼저 대시하면 안 되는 법이라도 있니? 놓치면 평생 후회해."

할머니가 사는 아파트 단지 정문을 공사한다고 한동안 통행을 막은 적이 있었다. 그래서 집 앞 버스정류장을 가려면 한참을 돌아가야 했는데 길이 좋지 않고 중간에 계단도 많았다. 나이 많은 노인들에게는 불편한 것도 있었고 자칫 계단에서 발이라도 헛디디면 큰일이었다. 그래서 할머니는 버스회사에 민원을 넣었다. 민원서를 넣은 봉투 안에는 할머니 집 주소를 적고 우표까지 붙인 편지봉투 하나를 더 동봉했다. "과연 이게 될까요?"라고 묻는 내게 할머니가 웃으며 대답했다.

"버스정류장 하나 새로 추가하는 건 그네들한테는 일도 아니야. 오늘 해도 되고 내일 해도 되는 일이지. 하지만 난 아니거든. 지금 당장 제일 가까운 곳에 정류장이 있어야 하는데 기다리기가 힘들잖니. 그러니 빨리 일이 진행될 수 있게 재촉하는 거지. 그런데 전화 민원을 넣으면 그네들이 실사도 해야 하고 여러 가지가 복잡하잖니. 그러니까 내가 대신 실사를 마친 보고서를 써서 보내 주면 얼마나 편하니. 그 안에 있는 편지봉투에 답장만 써 주면 되고 일이 빨리 진행되잖아. 누이 좋고 매부 좋고 아니냐."

그리고 며칠 후, 정말로 그곳에 버스정류장이 생겼다.

그 일은 내게 정말 많은 영향을 줬다. 이후로 무슨 일이 일어날 때마다 나는 스스로 물었다. '이건 누가 원하는 거지? 누구에게 더 절실히 필요한 거지?' 만일 대답이 '나'라고 나오면 지체하지 않고 행동에 나섰다.

할머니 집 근처에는 가게들이 많았는데 그중 한 가게 사장은 늘 바닥 물청소를 하고 더러워진 물을 문 앞에 뿌려서 버렸다. 거긴 길이 평탄하지 않은 곳이라서 물 때문에 노인들이 지나가다가 넘어지기라도 하면 큰일이었다. 사람들이 몇 번이고 사장에게 그러지 말라고 타일렀지만, 그는 듣지 않고 제멋대로 행동했다. 할머니가 사는 아파트 단지에는 대부분 노인, 그것도 많이 배운 노인들이 살고 있었는데 그런 일로 가게 사장과 얼굴을 붉히는 건 체면에 맞지 않는다고 생각해 아무도 나서지 않았다. 넘어지면 본인 운이 나빠서라고 생각하는 사람들이 많았다. 하지만 할머니는 달랐다. 할머니는 매일 그 가게에 가서 사장을 보고 얘기했다. 다만 늘 웃는 얼굴로, 조곤조곤 상냥하게. 다정하게 말하는 할머니에게 사장도 딱히 화를 내진 못했다. 나중에는 노인들의 자녀들까지 모두 이 '대열'에 합류해 사장을 찾아가 끊임없이 권면했다. 결국 사장은 손을 들었고 다시는 문 앞에 물을 쏟아 버리지 않았다.

이상했다. 분명히 '피해자'는 할머니를 포함한 노인들인데 '가해자'인 가게 사장을 설득하려고 사람들이 힘을 모으는 게 잘 이해되지 않았다. 보통은 잘못한 사람이 피해를 본 사람에게 먼저 사과해야 하는 것 아닌가.

"내 얘기 잘 들어라. 절대 너를 '피해자'라고 생각하면 안 돼. 사람들은 잘못을 저지르는 사람이 바뀌어야 한다고 생각하지. 그런데 일단 네가 '피해자'의 자리에 앉으면 다른 사람을 탓하기 시작해. 그 순간부터 너는 움직이지 않는 거야. 왜? 나는 아무 잘못 없는데 저 사람이 잘못했다고 생각하니까. 바뀌어야 하는 사람은 내가 아니고 저 사람이라고 생각하니까."

할머니는 그렇게 '피해자' 자리에 궁둥이를 붙이게 되면 내 권리를 챙길 수 없다고 했다. 내 권리도 알아서 챙기지 못하는 사람에게 도움을 주는 사람은 없다고 강조했다.

"널 무시하고 깔보고 괴롭히는 사람은 네가 그를 비난하고 원망한다고 해도 절대 바뀌지 않아. 상황을 원망하고 자기 연민에 빠져 봤자 아무 소용 없어. 공평함, 공정함 같은 건 기다리면 떡 하니 눈앞에 나타나지 않는단다. 힘들게 쟁취해야 해. '저 사람이 가해자야.', '저 사람이 나한테 상처를 줬어.'라고 원망만 하지 말고 '뭘 어떻게 해야 할까'를 생각하렴."

나에게 영향을 주는 어떤 일이 벌어지면 능동적으로 나서서 처리하고 행동해야 한다. 자는 척하는 사람이 되면 안 된다. 곁에 있는 나뭇가지 하나를 주워서 불을 붙이고 소리를 질러야 한다. "불이야!" 그러면 거기서 눈을 감고 자는 척하던 사람도 벌떡 일어나 주변을 살피기 시작한다.

"그 가게 사장이 문 앞에 구정물을 버리면 안 된다는 걸 몰랐겠니? 당연히 알았지. 그런데 구정물을 버리는 정화조가 가게에서 조금 떨어져 있단 말이야. 귀찮으니까 대충 쏟아부은 거야. 한 번 해 보니까 편했겠지. 그래서 사람들이 뭐라고 하든 상관 안 한 거야. 제 몸이 편한 게 우선이니까."

삶에 필요한 대다수의 규칙은 그냥 만들어지지 않는다. '시련'과 '연단'을 통해 만들어진다. 남에게 피해를 주면서 자기 편한 대로 사는 사람은 시간이 지날수록 그렇게 행동하는 자기만의 '합당한 이유'를 만들어 내기 시작한다. 그래서 갈수록 그 사람의 행동을 바꾸기 어렵다. 누가 지적이라도 하면 상대를 미워하고 화낸다. 그러니 잘못된 행동에는 처음 시작부터 대응해야 한다. 습관이 되면 더 고치기 어려우므로.

우리 주변에는 이런 사람들이 많다. 자식 중에 유독 한 명만 편애하는 부모. 대놓고 며느리를 무시하는 시어머니. 집안일을 보고도 못 본 체하는 남편. 막대한 양의 업무를 부하직원에게 줘 놓고 아무런 보상도 해 주지 않는 상사. 오히려 책임을 전가하는 상사.

그들은 자기 행동이 특정인에게 불공평하다는 걸 모를까? 아니다. 그렇지 않다. 하지만 이것이 그들의 이익에 직접적인 피해를 주지 않으므로 그들은 행동을 바꾸지 않는다. 그런데 '당하는' 약자의 경우, 자신을 '피해자'의 자리에 놓으면 놓을수록 상처받기 쉽다. 상대는 더 무례하게 당신을 대할 것이며 결국 당신은 관계의 주도권을 잃어버릴 것이다. 인생의 주도권을 다른 사람 손에 넘기지 말자. 그건 당신의 삶을 다른 사람이 조종하도록 방관하는 것이다.

우리가 사는 현실은 아주 복잡하다. 쟁취하지 않으면 아무것도 따라오지 않는다. 쟁취하고 싸워야만 결과가 있고 보상이 있다. 세상에 절대적인 공평함은 없다. 신동방그룹의 위민홍(俞敏洪) 대표는 "당신이 노력하지 않으면 사람들은 절대 당신을 공평하게 대하지 않는다. 노력하는 사람에게만 발언권이 주어지고, 공평함을 얻을 기회 또한 잡을 수 있다."라고 했다.

새는 나뭇가지가 부러질까 봐 두려워하지 않는다. 가지가 아닌 자신의 날개를 믿기 때문이다. '피해자'의 위치에 자리를 펴고 눕는 순간, 당신에겐 영원히 당신의 고통을 책임질 '가해자'가 필요하다. 그런 사람은 자리를 털고 일어나지 못한다. 누군가 내 삶을 구원해 주기만을 바란다. 그러면 결국 우리가 가지고 있던 날개는 부러지고 말 것이다. 내 삶의 진정한 구원자는 바로 나 자신이다.

"마음에 근심을 두지 말라. 상황이 벌어지면 받아들이되 일어나지 않은 일은 걱정하지 말라. 문제가 생기면 마음에 잡념을 두지 말고 오로지 그 일을 해결하는 데 몰두하라. 일이 지나가면 다시는 생각하지 말라."*

* "物来顺应，未来不迎，当时不杂，既过不恋。"

청나라 정치가이자 문학가였던 증국번(曾國藩)이 남긴 말이다. 할머니는 몸소 그 가르침을 살아 낸 사람이었다. 할머니는 일어나지 않은 일을 미리 걱정하거나 근심하지 않았다. 문제가 생기면 두려워하지 않고 해결해 나가려 노력했다. 실패하면 다시 도전했다. 성공할 때까지 포기하지 않았다. 마침내 성공하면 덤덤하게 기분 좋은 미소를 지었다.

기억하라. 내 인생을 책임질 사람은 오직 하나, 나 자신이다. 부디 당신의 이번 생을 후회 없이 살아 내길 바란다.

혼자서는 결코 살 수 없지만 어른이 되고 부모가 되었어도 나와는 다른 타인과 더불어 살아가는 것에는 여전히 서툴다. 시행착오를 겪을 때마다, 그래서 한없이 위축될 때마다 '괜찮다'는 그이의 위로가, 천진한 웃음을 짓는 딸들과 가족들의 격려가 무너진 마음을 추스르게 한다.
사람 때문에 힘들다가도 사람 때문에 힘을 내는 삶의 연속이다.
이 책은 그런 이야기다.
처음 의뢰를 받고 본격적인 번역에 착수하기까지 기다림의 시간이 있었다. 저작권 협의와 같은 절차적인 문제를 마무리하기까지 생각보다 꽤 시간이 걸렸다. 그러던 중 가장 적당한 때에 이 책이 나에게 왔다.
유쾌하면서 자신감 넘치는, 자기를 사랑하고 아끼지만 그렇다고 분에 넘치지 않는, 그래서 주변 사람을 기분 좋게 만드는 할머니의 사랑스러운 모습을 문체에 녹여내려 애썼다. 삶의 순간순간을 충실히 살아내고 지나간 일을 원망하지 않는, 주어진 환경을 비난하고 탓하기보다는 당장 내가 할 수 있는 일을 찾아 과감하게 행동하는 할머니의 모습에서 감탄을 넘어 묘한 통쾌함마저 느꼈다.
저자의 어두웠던 어린 시절이 마냥 '검은빛'으로 물들지 않은 이유는 할머니였다. 아무도 자기편이 되어주지 않았을 때, 심지어 부모님마저 고개를 돌렸을 때도 그녀가 견딜 수 있었던 이유는 할머니였다. 할머니와 함께했던 '여름방학'이 그녀를 숨 쉬게 했고 할머니가 전해준 삶의 지혜와 그녀 존재를 향한 차별 없는 격려가 마침내 결핍과 상처를 넘어 심리학자가 되게 했다. 이제 그녀는 다른 이의 결핍과 상처를 치유하는 역할을 한다.

책을 번역하며 자연스레 돌아가신 두 할머니를 많이 떠올렸다. 자개장 깊은 곳에 숨겨두었던 쌈짓돈을 꺼내 내 주머니에 넣어주던 외할머니, 학창 시절 새벽마다 일어나 도시락통에 오이지며 멸치볶음이며 꾹꾹 눌러 담아 싸주던 친할머니. 그 시절 그들의 사랑과 수고, 노력을 먹고 자란 이 생을 더 값지게 살아내야겠다고 다짐했다.

유난히 길고 더웠던 이번 여름. 저자와 함께 그녀의 할머니 집 마루에 앉아 선풍기 바람을 쐬며 시원한 수박을 먹으면서 기분 좋은 경험을 했다. 부디 내가 그녀의 할머니에게 위로받았듯 필요한 이에게 이 책이 닿아 기분 좋은 위로를 건넬 수 있기를 바란다.

꼭 꽃이 될 필요는 없다. 각자의 자리에서 각자의 모양대로 소신껏, 찬란하게 피어날 수 있기를 소망한다.

하은지

꼭 꽃이 될 필요 없어

초판 2024년 11월 25일
지은이 리웨이천(理微尘) | 옮긴이 하은지 | 발행인 이기선 | 발행처 제이플러스
주소 경기도 고양시 덕양구 향동로 217
영업부 02-332-8320 | 편집부 02-3142-2520
홈페이지 www.jplus114.com
등록번호 제 10-1680호 | 등록일자 1998년 12월 9일

ISBN 979-11-5601-271-9

* 파본은 구입하신 서점이나 본사에서 바꾸어 드립니다.
* 책에 대한 의견, 출판 희망 도서가 있으시면 홈페이지에 글을 남겨 주세요.